KB139202

지음 |
카와하라 레키
일러스트 |
abec
옮김 |
김완

002

REKI KAWAHARA   ABEC   bee-pee

SWORD ART ONLINE
Aincrad

SWORD ART ONLINE

"……아니에요…….
고맙습니다…… 구해주셔서……."

시리카 § 패밀리어 몬스터 《페더리 드래곤》을
소유한 《비스트테이머》 소녀.

"······미안해. 네 친구를 구하지 못했어······."

키리토 § 아인크라드 최상층 도달을 목표로 하는 《솔로 플레이어》. 별명은 《검은 검사》.

"어, 어, 드래곤의 공격 패턴은
좌우 발톱과 얼음 브레스와 돌풍공격이래!
······조, 조심해!"

리즈벳 § 아인크라드 48층 주거구역
《린더스》에서 대장간을 경영하는 소녀.

"와아ㅡ. 아빠, 안아줘."

ㅡ유이 § 아인크라드 22층의 숲에서
쓰러져 있던 의문의 소녀.

"저기, 키리토.
같이 어디로 도망치자."

―사치 § 아인크라드 공략 길드
《달밤의 검은 고양이단》 멤버.

거대 부유성
아인크라드

전체 100층에 이르는, 암석과 강철로 이루어진 성. 내부에는 수많은 대도시, 소도시, 마을, 숲과 초원, 호수 등이 존재한다. 상하층을 잇는 계단이 각 층마다 하나씩 존재하지만, 이는 모두 괴물이 우글거리는 위험한 미궁 구역에 있다. 이 세계의 플레이어들은 무기 하나에 의지해 그곳을 돌파, 상층으로 가는 통로를 찾아내고 강력한 수호 몬스터를 쓰러뜨리며 끝없이 성 정상을 향한다. 몬스터와의 전투 외에도 대장장이 기술이나 가죽 세공, 재봉 같은 제조에, 낚시며 요리, 음악 등에 이르기까지 플레이 범위는 다채로우며, 광대한 필드를 모험하는 것만이 아니라 말 그대로 ≪생활≫하는 것도 가능하다.

≪아인크라드≫란 VRMMORPG라는 세계 최초의 게임 장르를 표방한 ≪소드 아트 온라인≫의 무대가 되는 세계이다.

「이것은 게임이지만
놀이가 아니다.」

──『소드 아트 온라인』 프로그래머 카야바 아키히코』

SWORD ARt OnlinE
Aincrad

REKI KAWAHARA

ABEC

BEE-PEE

●커버 그림, 본문 일러스트 | abec

무한한 창공에 떠 있는 거대한 암석과 강철의 성.

　그것이 이 세계의 전부이다.

　할 일 없는 어떤 기술자 클래스들이 한 달에 걸쳐 측량한 결과 기반 플로어의 직경이 약 10킬로미터—세타가야 구가 그대로 들어갈 만한 크기란 사실을 알아냈다고 한다. 그 위에 무려 100개에 달하는 플로어가 쌓여 있다니, 그 까마득한 넓이는 상상을 초월한다. 총 데이터의 양은 얼마나 되는지 헤아릴 길도 없다.

　내부에는 몇 개의 대도시와 수많은 일반 도시 및 마을, 숲과 초원, 호수마저 존재한다. 상하 플로어를 잇는 계단은 각 플로어마다 하나뿐이며, 그나마 모두 괴물들이 득실거리는 위험한 미궁구역에 존재하기 때문에 발견도, 돌파도 쉽지 않다. 하지만 아무나 한 번만 돌파해 상부 플로어 도시에 도착하면 그곳과 하층 플로어 각 도시의 《텔레포트 게이트》가 연결되므로 누구나 자유로이 이동할 수 있게 된다.

　그렇게 해서 이 거성(巨城)은 2년에 걸쳐 현재까지 천천히 공략되고 있다.

　성의 이름은 《아인크라드》. 약 6천 명이나 되는 인원을 집어삼킨 채 떠 있는 검과 전투의 세계. 또 다른 이름은—

　《소드 아트 온라인》.

검은 검사

§ 아인크라드 제35플로어
2024년 2월

"부탁이야……날 혼자 두지 마……피나……."

시리카의 뺨을 타고 흘러내린 두 줄기의 눈물이 물방울로 맺히더니, 지면의 커다란 깃털 위로 떨어져 빛의 입자를 흩뿌렸다.

그 엷은 하늘색 깃털은 오랜 기간 유일한 친구이자 파트너였던, 패밀리어(familar) 《피나》의 유품이었다. 겨우 몇 분 전, 피나는 시리카를 지키기 위해 죽고 말았다. 몬스터의 무기에 치명상을 입어, 슬픈 목소리로 한 차례 울더니 얼음처럼 깨져서 흩어졌다. 이름을 부르면 언제나 기쁘게 파닥파닥 흔들던 긴 꼬리의 깃털 하나만을 남겨놓고—.

1

시리카는 아인크라드에서 보기 드문 《비스트 테이머 (Beast Tamer)》이다. 아니, 지금은 '였다'고 해야 할까. 테이머의 상징인 패밀리어는 이제 없으니까.

비스트 테이머란 시스템상 규정된 클래스나 스킬의 이름이 아니라 플레이어들 사이의 통칭이었다.

보통 전투 때는 선공 속성을 가진 몬스터들이, 극히 드물게 플레이어에게 우호적인 흥미를 드러내는 이벤트가 발생할 때가 있다. 그 기회를 놓치지 않고 먹이를 주거나 해 테이밍 (taming)에 성공하면 몬스터는 플레이어의 《패밀리어》가 되어 수많은 도움을 주는 귀중한 존재가 된다. 그 운 좋은 플레이어를 칭송과 시기를 담아 비스트 테이머라 부른다.

물론 모든 몬스터가 패밀리어가 되어주는 것은 아니다. 가능성이 있는 것은 극히 일부분의 작은 동물계 몬스터뿐. 이벤트 발생 조건은 완전히 판명되진 않았지만, 《동종 몬스터를 지나치게 많이 죽이면 발생하지 않는다》는 것만이 유일하게 확실시되고 있었다.

생각해보면 이것은 상당히 어려운 조건이었다. 패밀리어가 될 수 있는 몬스터를 노리고 조우를 반복하려 해도, 원래 몬스터들은 선공 속성을 가지고 있어 전투를 피할 수가 없기 때문이다. 다시 말해 비스트 테이머가 되고 싶다면 대상 몬스터와 수도 없이 접촉해, 이벤트가 발생하지 않았을 경우 그때마다 도망을 쳐야만 한다. 그 작업이 얼마나 번거로울지는 상상하기 어렵지 않으리라.

그 점에 있어 시리카는 정말로 운이 좋았다고 할 수 있었다.

아무런 예비지식도 없이, 마음 내키는 대로 내려선 플로어의 숲 속에 별 이유 없이 들어갔는데, 처음 만난 몬스터가 공격도 하지 않고 다가왔고, 바로 전날 별 생각도 없이 샀던 땅콩 한 자루를 던져줬더니, 그것이 마침 그 몬스터가 좋아하는 음식이었던 것이다.

종족명 《페더리 드래곤(Feathery Dragon)》. 온몸에 폭신폭신한 페일 블루 컬러의 솜털을 두르고, 꼬리 대신 두 개의 커다란 깃털이 달린 그 조그마한 드래곤은 평소에도 매우 보기 힘든 레어 몬스터였다. 테임에 성공한 것은 시리카가 처음이었는지, 그 드래곤을 어깨에 얹고 홈타운인 제8플로어 주거구역 《프리벤》에 돌아오자 눈 깜짝할 사이에 큰 화제가 되었다. 다음날부터 수많은 플레이어들이 시리카의 정보를 토대로 페더리 드래곤의 테임에 도전했다는데, 성공했다는 이야기는 한 번도 듣지 못했다.

시리카는 이 작은 드래곤에게 《피나》라는 이름을 붙여주었다. 현실세계에서 기르던 고양이와 같은 이름이었다.

패밀리어 몬스터는 직접 전투력이 그리 높지 않다고 알려져 있으며, 피나도 그 예외에서 벗어나지 않았다. 하지만 대신 몇몇 특수 능력을 지녔다. 몬스터의 접근을 알려주는 색적 능력, 소량이지만 주인의 HP를 회복시켜주는 힐 능력 등 모두가 귀중한 것이어서 매일 하는 사냥은 매우 편해졌다. 하지만 시리카가 무엇보다도 기뻐했던 것은 피나의 존재가 가져다주는 편안함과 따뜻함이었다.

패밀리어가 가진 AI 프로그램의 수준은 그리 높지 않았다. 물론 말도 할 수 없으며, 명령도 십여 종류를 이해하는 것에 불과했다. 하지만 겨우 열두 살에 이 게임, 폐쇄세계 SAO에 사로잡혀 불안과 외로움에 짓눌릴 지경이었던 시리카에게 피나는 필설로 형언하기 힘든 구원을 가져다주었다. 피나라는 파트너를 얻으면서 드디어 시리카의《모험》—이는 곧 이 세계에서《살아간다》는 것을 의미하지만—이 시작되었다고 해도 과언이 아니었다.

그 후 1년, 시리카와 피나는 순조롭게 경험치를 쌓으며 단검전사로서 실력도 올라가 중층 클래스 플레이어들 사이에서는 나름 하이레벨 플레이어로 유명해지게 되었다.

물론 최전선에서 싸우는 톱클래스 전사들에게는 한참 미치지 못하는 레벨이었으나, 실제로 7천 남짓한 플레이어들 중 겨우 몇 백 명밖에 없다는《공략파》는 어떤 의미로는 비스트 테이머보다도 레어한 존재였으며, 그 모습을 목격할 기회조차 거의 없었으므로 주류를 차지하는 중층 플레이어들 가운데에서 유명해진다는 것은 곧 아이돌 플레이어의 대열에 들어선다는 뜻이기도 했다.

원래부터 여성 플레이어가 상당히 적은 데다 나이 탓도 있어, 《드래곤 마스터 시리카》가 수많은 팬을 가진 인기인이 되는 데는 그리 많은 시간이 걸리지 않았다. 아이돌을 원하는 파티나 길드의 권유도 끊이질 않아, 겨우 열세 살인 시리카가 그런 상황에서 다소 자만에 빠진 것은 당연한 일일지도 모른다. 하지만 결국 그 자만심이, 아무리 후회해도 돌이킬 수 없는 과오를 범하게 하고 말았다.

계기는 사소한 말다툼이었다.

시리카는 2주일 전에 만난 파티에 가담해 제35플로어 북쪽에 펼쳐진 광대한 삼림지대, 통칭 《방황의 숲》을 모험하고 있었다. 물론 현재의 최전선은 훨씬 위쪽인 제55플로어이므로 제35플로어는 이미 공략된 후였다. 하지만 톱클래스 전사들은 원래 미궁구역 돌파 외에는 관심이 없기 때문에, 《방황의 숲》 같은 서브 던전은 손을 대지 않은 채 남겨둬 중층 플레이어들에게는 절호의 타깃이 되었다.

시리카가 가담한 6인 파티는 숙련자들뿐이라, 아침부터 오랫동안 전투를 하고 수많은 보물상자를 발견해 상당한 액수의 콜과 아이템을 벌어들였다. 주위가 노을빛으로 물들어가기 시작하고 멤버들의 회복 포션이 거의 떨어져, 모험을 마치고 주거구역으로 돌아가기 위해 걸음을 옮길 무렵이었다. 장창을 장비한 늘씬한 여성 플레이어가, 같은 여성 플레이어인 시리카를 견제할 생각이었는지 이런 말을 꺼냈다.

—복귀한 다음 아이템을 분배해야 할 텐데, 넌 그 도마뱀이 회복해주니까 힐 크리스탈은 필요 없지?

발끈한 시리카는 즉시 반격했다.

—그런 당신은 앞줄로 거의 나오지도 않고 뒤에서 어물거리느라 크리스탈은 쓰지도 않았잖아요.

그 후 말싸움은 점점 격렬해져, 리더인 방패검사의 중재도 허사로 돌아가고, 머리끝까지 화가 난 시리카는 마침내 이런 말을 내뱉었다.

—아이템 같은 거 필요 없어요. 당신하곤 절대로 같이 안 다닐 거예요. 나랑 같이 파티하자는 사람들은 얼마든지 있다구요!

하다못해 숲을 탈출해 마을에 도착할 때까지만 함께 가자고 만류하는 리더의 말에도 귀를 기울이지 않고, 시리카는 파티원들과 헤어져 샛길로 뛰어들어선 내키는 대로 무작정 걸어 나갔다.

설령 솔로라 해도, 단검 스킬을 70퍼센트 가량 마스터하고 피나의 어시스트도 받을 수 있는 시리카에게 35층의 몬스터는 그리 강적이 아니었다. 아무 문제도 없이 돌파해 주거구역까지 도착할 수 있었을 것이다. 길만 잃지 않았다면.

《방황의 숲》이란 이름은 그냥 붙은 것이 아니었다.

거대한 나무들이 울창하게 솟은 숲은 바둑판 같은 수백 개의 에이리어로 나뉘어, 한 에이리어에 발을 들인 후 1분이

지나면 동서남북 사방에 위치한 인접 에이리어의 연결통로가 랜덤하게 뒤바뀌는 설정이 있었다. 숲을 빠져나가려면 1분 이내에 차례차례 각 에이리어를 돌파하거나, 주거구역의 도구상에서 판매하는 값비싼 지도 아이템으로 사방의 연결상태를 확인하며 걸어가야만 한다.

지도를 가진 것은 리더인 방패검사뿐이었으며, 방황의 숲에서는 텔레포트 크리스탈을 써도 도시로는 날아가지 않고 숲 어딘가에 랜덤하게 떨어지게 되어 있다. 시리카는 어쩔 수 없이 일직선으로 돌파를 시도해야만 했다. 하지만 거대한 나무뿌리를 이리저리 돌아가며 구불구불한 숲길을 뛰어가는 것은 생각보다 훨씬 힘들었다.

똑바로 북쪽으로 갈 생각이었는데 에이리어 끝에 도착하기 직전에 1분이 경과해, 어딘지도 모를 장소로 워프되는 일을 몇 차례나 반복했다. 시리카는 지쳐 축 늘어질 지경이었다. 노을빛은 점점 더 짙어지고, 스멀스멀 다가오는 어둠에 조바심을 낼수록 에이리어 탈출은 더뎌지기만 했다.

마침내 시리카는 뛰는 것을 포기하고, 우연히 숲 끝의 에이리어로 날아가기를 기대하며 걷기 시작했다. 하지만 행운은 좀처럼 찾아와주지 않았고―. 터덜터덜 걷는 사이에도 몬스터는 가차 없이 습격해왔다. 레벨에는 여유가 있다고 하나 주위가 어두워지자 발밑도 잘 보이지 않았다. 피나도 도와주었지만 모든 전투를 다치지 않고 헤쳐나오지는 못해, 마침내 남은 포션과 비상용 힐 크리스탈까지 다 쓰고 말았다.

시리카의 불안을 감지했는지, 어깨에 올라탄 피나가 꾸르르르 울며 뺨에 머리를 문질렀다. 파트너의 긴 목을 다독이듯 쓰다듬으며 시리카는 자신의 자만심과 성급함으로 인해 궁지에 몰리게 된 것을 후회했다.

걸어가며 마음속으로 중얼거린다.

—하느님, 반성할게요. 이제 두 번 다시 제가 특별한 사람이라는 생각은 하지 않겠어요. 그러니 다음 워프 때 숲 밖으로 나갈 수 있게 해주세요.

기도하며 아지랑이처럼 일렁이는 워프 존으로 발을 들였다. 순간 현기증 같은 감각에 휩싸인 후, 눈앞에 펼쳐진 것은—당연하게도 이제까지와 전혀 다를 바 없는 깊은 숲이었다. 어스름한 어둠이 자리 잡은 나무들 너머로 초원이라곤 손바닥만큼도 보이지 않았다.

실망하며 다시 걸어가려 했을 때—어깨 위에서 피나가 고개를 홱 쳐들더니 한층 예리한 목소리로 끼르릌! 울었다. 경계하라는 뜻이다. 시리카는 재빨리 허리에서 애용하는 단검을 뽑아들고 피나가 쳐다본 방향으로 겨누었다.

몇 초 후, 이끼가 낀 거목 뒤에서 으르렁거리는 낮은 소리가 들려왔다. 시선을 집중시키니 노란 커서가 떠올랐다. 여럿이다. 둘……아니, 세 마리. 몬스터의 이름은 《드렁크 에이프》. 방황의 숲에 출현하는 것들 중에서는 최고 레벨에 속하는 유인원이다. 시리카는 입술을 깨물었다.

그렇다고는 하나—.

레벨로 보면 그렇게 위험할 수준도 아니었다.

시리카와 같은 중층 클래스 플레이어가 필드에 나갈 때는 출현 몬스터에 대해 충분하고도 넘칠 만큼 안전선을 잡아놓는 것이 상식이었다. 기준은 솔로로 다섯 마리의 몬스터에 포위당했을 때도 회복수단 없이 이길 수 있을 정도.

왜냐하면 최전선에서 게임 클리어를 목표로 싸우는 톱클래스 전사들과는 달리, 중층 플레이어가 모험을 하는 이유는 첫째로 생활에 필요한 콜을 벌기 위해, 둘째로 중층 클래스에 머무르기 위한 최저한도의 경험치를 벌기 위해, 셋째는 노골적으로 말해 지루함을 때우기 위해서였다. 이 중 어느 것도 현실의 죽음을 담보로 삼을 만한 목적은 아니었다. 실제로 《시작도시》에는 죽음의 가능성을 조금이라도 늘리는 것을 기피한 플레이어들이 천 명도 넘게 남아 있다.

하지만 먹을 만한 식사를 하고 여관 침대에서 잠을 자기 위해선 정기적인 수입이 필요하며, 무엇보다도 플레이어의 평균 레벨대에 속하지 못하면 불안해지는 것이 MMORPG 플레이어들의 고질병이다. 이로 인해 게임 시작 후 1년 반가량이 지난 지금, 주류를 형성하는 플레이어들은 매우 넉넉한 안전선을 치고 필드에 나가며 나름대로 모험을 즐기게 되었다.

그런 까닭에—제35플로어 최강을 자랑하는 드렁크 에이프 세 마리라 해도 드래곤 마스터 시리카의 적은 아니었다. 그래야 했다.

지친 정신을 채찍질하며 시리카는 단검을 쳐들었다. 피나도 어깨 위에서 둥실 떠올라 전투태세를 갖추었다.

나무 뒤에서 나타난 것은 검붉은 모피를 가진 커다란 유인원들이었다. 오른손에 조잡한 곤봉을 쥐고, 왼손에는 끈이 묶인 표주박 같은 단지를 들고 있었다.

유인원이 곤봉을 치켜들고 송곳니를 드러내며 포효하는 동안, 선수를 치기 위해 시리카는 선두에 선 한 마리를 향해 땅을 박찼다. 단검 스킬의 중급 돌진기 《래피드 바이트(Rapid Bite)》를 명중시켜 HP를 크게 깎아내고, 그대로 단검의 최고 장점인 고속 연속기로 몰아붙여 압도했다.

드렁크 에이프가 사용하는 것은 저레벨 메이스 스킬로, 일격의 위력은 제법 크지만 공격 스피드와 연속기의 히트 수는 별거 아니었다. 시리카는 정확한 연속공격을 퍼붓곤 재빨리 뒤로 빠져나가 적의 반격을 피한 후, 다시 뛰어드는 히트 앤 어웨이를 반복해 눈 깜짝할 사이에 한 마리의 HP바를 크게 줄여버렸다. 피나도 이따금 비눗방울 같은 브레스를 뿜어 적의 눈을 혼란시켰다.

네 번째 공격으로 연속기 《패드 에지(Fad Edge)》를 날려 첫 번째 유인원의 숨통을 끊으려던 직전.

한순간의 틈을 뚫고 목표의 오른쪽 뒤에서 새로운 적이 포워드로 스위치했다. 시리카는 어쩔 수 없이 표적을 변경하고 두 번째 적을 공격했다. 첫 유인원은 뒤로 물러나더니, 왼손으로 단지를 기울이고 있었다―.

그러자 그 순간, 첫 번째 드렁크 에이프의 HP바를 흘끔 체크하던 시리카를 경악시킬 만한 현상이 일어났다. HP바가 엄청난 속도로 회복되고 있었던 것이다. 아무래도 그 단지에는 모종의 회복제가 들어 있는 모양이었다.

드렁크 에이프는 예전에도 이곳 제35플로어에서 상대해본 몬스터였으며, 그때는 두 마리를 힘들이지 않고 물리쳤다. 스위치시킬 여유조차 주지 않았기 때문에 이런 특수능력을 갖췄다는 사실은 몰랐다. 시리카는 이를 악물고 두 번째 적을 확실하게 해치우는 데 전력을 기울였다.

하지만 맹공 끝에 두 번째 적의 HP바를 레드 존까지 감소시키고 마지막 공격을 날리기 위해 거리를 둔 순간, 또다시 옆에서 다른 놈이 끼어들어왔다. 세 번째 드렁크 에이프였다. 이미 첫 번째 적은 HP를 거의 회복한 상태였다.

이래서는 끝이 나지 않는다. 입 안이 조바심으로 바짝 타들어갔다.

시리카는 애초에 솔로로 몬스터와 싸운 경험이 거의 없었다. 레벨이야 안전선을 치고 있다고 하나 그것은 어디까지나 숫자일 뿐, 플레이어 자신의 스킬은 별개의 문제였다. 생각지도 못한 사태를 맞아, 시리카의 마음속에서 싹튼 조바심은 서서히 혼란의 색을 띠기 시작했다. 조금씩 미스 어택이 증가했으며, 그것은 동시에 적의 반격으로 이어졌다.

세 번째 드렁크 에이프의 HP바를 어찌어찌 반감시켰을 때, 연속기를 계속 날리기 위해 지나치게 깊이 파고든 시리카의 경직시간을 놓치지 않고 유인원이 일격을 날렸다. 그것이 마침내 크리티컬로 명중했다.

곤봉은 나무를 깎아 만든 조잡한 것이었으나, 중량으로 인한 기본 대미지와 드렁크 에이프의 근력 보정이 더해져 시리카의 HP는 무려 30퍼센트 가까이 감소했다. 등에 서늘한 감촉이 내달렸다.

회복 포션이 떨어졌다는 것도 시리카의 동요를 더욱 부풀렸다. 피나가 힐 브레스로 회복시켜주는 HP는 10퍼센트 정도. 그나마 그리 자주 사용할 수 있는 것도 아니었다. 이를 계산에 넣는다 해도 앞으로 세 번만 같은 대미지를 받는다면—죽고 만다.

죽음. 그 가능성이 뇌리를 스친 순간 시리카는 얼어붙고 말았다. 팔이 올라가질 않았다. 다리가 움직이질 않았다.

이제까지 그녀에게 전투란 스릴 있긴 해도 현실적인 위험과는 거리가 먼 것이었다. 그 연장선상에 진짜 《죽음》이 기다리고 있다는 생각은 해본 적이 없었다—.

포효하며 다시 한 번 곤봉을 높이 치켜든 드렁크 에이프 앞에서 눈을 크게 뜨고 굳은 채, 시리카는 처음으로 SAO의 대(對) 몬스터 전투가 무엇인지를 깨닫고 있었다. 게임이되 놀이가 아니라는, 그 모순된 진실을.

공기를 가르는 둔중한 소리와 함께 곤봉이 뻣뻣하게 서 있던 시리카를 강타했다. 강렬한 충격에 견디지 못하고 지면에 쓰러지고 말았다. HP바가 확 줄어들며 노란색의 주의영역으로 돌입했다.

이젠 아무 생각도 들지 않았다. 뛰어서 도망친다. 텔레포트 크리스탈을 사용한다. 선택할 수 있는 길은 아직 남아 있었지만 시리카는 멍하니 세 번째로 치켜 올라간 곤봉을 바라보기만 했다.

조잡한 무기가 붉은색을 띠고, 반사적으로 눈을 감으려던 그 순간.

곤봉 앞의 공간으로 뛰어든 조그마한 그림자가 있었다. 무겁고 오싹한 타격음. 광원 이펙트와 함께 하늘색 깃털이 화악 흩어지더니, 동시에 얼마 안 되는 HP바가 왼쪽 끝까지 감소했다.

지면에 내동댕이쳐진 피나는 목을 치켜들어 동그랗고 파란 눈으로 시리카를 바라보았다. 한마디, 조그만 목소리로 "끼룩……." 하고 울더니—그 직후, 반짝반짝하는 폴리곤 파편을 흩뿌리며 박살이 났다. 긴 꼬리깃털 한 장이 하늘에서 팔랑 춤추고 지면으로 떨어졌다.

시리카의 마음속에서 무언가가 소리를 내며 끊어졌다. 온몸을 묶어놓았던 보이지 않는 실이 사라졌다. 슬픔보다도 먼저 분노를 느꼈다. 겨우 한 방 맞았다고 혼란에 빠져 움직이지도 못한 자신에 대한 분노. 그리고 그 이전에, 사소한 말다툼에 토라져서 단독으로 숲을 돌파하겠다고 잘난 척했던 어리석은 자신에 대한 분노를.

시리카는 민첩한 움직임으로 뒤를 향해 물러나 몬스터의

추격타를 피하고는, 기합을 지르며 적에게 맹렬히 달려들었다. 번뜩이는 오른손의 단검을 유인원의 몸에 차례차례 내질러댄다.

동료의 HP가 줄어든 것을 보고 다시 스위치한 맨 처음 드렁크 에이프의 곤봉을, 시리카는 피하지도 않고 왼손으로 받아냈다. 직격만큼은 아니지만 HP바가 감소했다. 하지만 무시하고 어디까지나 세 번째 적, 피나를 죽인 놈만을 쫓았다.

조그마한 몸집을 살려 품으로 파고든 다음 온몸의 힘을 실어 단검을 유인원의 가슴에 꽂았다. 크리티컬 히트의 요란한 이펙트와 동시에 적의 HP가 소멸했다. 비명, 그리고 파쇄음.

터져나가는 오브젝트의 파편 속에서 시리카는 몸을 돌려 말없이 새로운 목표물에 돌격했다. 그녀의 HP바는 이미 붉은색 위험영역에 돌입했으나 이미 의식조차 하지 않았다. 좁아진 시야 속에 죽여야 할 적의 모습만이 크게 펼쳐졌다.

죽음의 공포마저 잊고, 날아드는 곤봉 바로 밑으로 무모한 돌격을 감행하려던 찰나.

나란히 서 있던 두 마리의 드렁크 에이프를, 등 뒤에서 날아든 수평의 순백색 광채가 휩쓸었다.

순식간에 유인원들의 몸이 상하로 분단되더니, 잇달아 절규와 파쇄음을 뿌리며 사라졌다.

멍하니 서 있던 시리카는 오브젝트 파편이 증발하는 너머에 한 남성 플레이어가 서 있는 것을 보았다. 흑발에 검은 코트. 키는 그리 크지 않았으나 그의 온몸에서는 강렬한 위압감이 뿜어져 나오는 것 같았다. 본능적인 공포를 느끼고 시리카는 살짝 뒤로 물러섰다. 두 사람의 눈이 마주쳤다.

하지만 그의 눈은 조용하며 어둠처럼 깊었다. 사내는 오른손에 쥐고 있던 한손검을 등 뒤의 칼집에 챙 소리와 함께 꽂더니 입을 열었다.

"……미안해. 네 친구를 구하지 못했어……."

그 말을 듣자마자 시리카의 온몸에서 힘이 빠져나갔다. 참을 수도 없이 잇달아 눈물이 흘러나왔다. 단검이 손에서 미끄러져 땅에 떨어진 것도 모른 채, 시리카는 시선을 지면 위의 하늘색 깃털로 돌리더니 그 앞에 털썩 주저앉았다.

뜨겁게 소용돌이치던 분노가 사라진 것과 동시에, 주체할 수 없는 깊은 슬픔과 상실감이 가슴속에 치밀어 올랐다. 그것은 눈물로 형태를 바꾸어 끝없이 뺨을 타고 흘러내렸다.

패밀리어의 AI에는 자기 의지로 몬스터에게 달려드는 행동 패턴은 분명히 없었다. 그러니 그때 곤봉 앞으로 뛰어든 것은 피나 자신의 의지―, 1년에 걸쳐 함께 지냈던 시리카에 대한 우정의 발현이라고 할 수 있었다.

두 손으로 몸을 짚은 채 오열하면서 시리카는 띄엄띄엄 중얼거렸다.

"부탁이야…… 날 혼자 두지 마…… 피나……."

하지만 하늘색 깃털은 아무런 대답도 하지 않았다.

2

"……미안해."

검은 옷을 입은 사내의 목소리가 다시 들렸다. 시리카는 필사적으로 눈물을 거두며 고개를 가로저었다.

"……아니에요……. 제가……바보였는걸요……. 고맙습니다…… 구해주셔서……."

오열을 참으며 간신히 그 말을 입에 담을 수 있었다.

사내는 천천히 다가오더니 시리카의 앞에 한쪽 무릎을 꿇고 앉아선 주저주저하며 말을 걸었다.

"……그 깃털 말인데, 혹시 아이템 이름이 붙어 있니?"

생각지도 못한 사내의 말에 당황하며 시리카는 고개를 들었다. 눈물을 닦고, 다시 하늘색 깃털에 시선을 돌려보았다.

그러고 보니 깃털 하나만 남은 것은 이상한 현상이었다. 플레이어건 몬스터건, 사망해 사라질 때는 장비를 비롯해 무엇 하나 남지 않는 것이 보통이었다. 시리카는 주저주저하며 손을 뻗어선 오른손 검지로 깃털의 표면을 살짝 싱글클릭했다. 떠오른 반투명 윈도우에는 무게와 아이템 이름이 무덤덤하게 적혀 있었다.

《피나의 마음》.

그것을 보고 다시 시리카가 울기 시작하려던 순간, 허겁지겁 사내가 그녀를 저지했다.

"자, 잠깐잠깐. 마음 아이템이 남았다면 아직은 소생시킬 수 있어."

"네에?!"

시리카는 고개를 확 들었다. 반쯤 입을 벌린 채 사내의 얼굴을 들여다본다.

"최근에 밝혀진 사실이라 아직 모르는 사람이 많아. 제47 플로어 남쪽에 《추억의 언덕》이란 필드 던전이 있거든. 이름에 비해 난이도가 꽤 높긴 하지만……거기 꼭대기에 피는 꽃이 패밀리어 소생용 아이템이라고 하―."

"저, 정말요?!"

사내의 말이 끝나기도 전에 시리카는 몸을 벌떡 일으키며 외치고 있었다. 슬픔으로 꽉 막혔던 가슴속에 희망의 빛이 확 피어오른 것 같았다. 하지만―.

"……47플로어……."

중얼거리며 시리카는 다시 어깨를 축 늘어뜨렸다. 지금 있는 제35플로어보다 12단계나 더 위에 있는 플로어였다. 도저히 안전권이라고는 할 수 없었다.

풀이 죽어 시선을 땅에 떨어뜨렸을 때.

"으음―."

눈앞에 있던 사내가 난감해하는 목소리로 머리를 긁었다.

"경비랑 보수만 주면 내가 갔다 와줄 수도 있지만, 패밀리어를 잃은 비스트 테이머 본인이 가야 그 꽃이 핀다고 하거든……."

의외로 사람 좋아 보이는 검사의 말에 시리카는 살짝 미소를 지으며 말했다.

"아니에요……. 정보를 얻은 것만으로도 고마운걸요. 열심히 레벨을 올리면 언젠가는……."

"그럴 수가 없는 게, 패밀리어를 소생시킬 수 있는 건 죽은 후 사흘뿐이래. 그 기간이 지나면 아이템 이름이 《마음》에서 《유품》으로 바뀌니까……."

"세상에……!"

시리카는 자신도 모르게 소리를 질렀다.

현재 레벨은 44. 만약 이 SAO가 일반적인 RPG였다면 각 플로어별 적정 레벨은 직관적으로 플레이어 레벨과 같을 것이다. 하지만 말도 안 되는 데스 게임이 되어버린 현재, 안전선을 생각하면 그보다 10레벨은 높을 필요가 있다.

다시 말해 47층에 가려면 최소한 레벨 55를 확보할 필요가 있으나, 겨우 사흘, 아니, 던전 공략까지 생각한다면 이틀 만에 레벨을 10이상이나 올리는 것은 아무리 생각해도 무리였다. 제법 성실하게 모험을 반복했던 시리카도 1년이 걸려 겨우 지금의 레벨에 도달했던 것이다.

시리카는 다시 절망에 사로잡혀 고개를 떨어뜨렸다. 지면에서 피나의 날개를 집어 들고 두 손으로 살짝 가슴에 끌어안았다. 자신의 어리석음이, 무력함이, 모든 것이 원망스러워 자연스럽게 눈물이 배어나왔다.

사내가 일어나는 기척이 느껴졌다. 떠나가려는 줄 알고 다시 한 번 고맙다는 인사를 해야지 싶었지만, 입을 열 기력도 남아 있질 않았다—.

그때 갑자기 눈앞에 반투명으로 빛나는 시스템 창이 표시되었다. 트레이드 윈도우였다. 고개를 드니 사내도 똑같은 윈도우를 조작하고 있었다. 트레이드 란에 차례차례 아이템 이름이 표시되기 시작했다. 《실버스레드 아머》, 《이본 대거》…… 본 적도 없는 장비들뿐이었다.

"저기……."

주저주저하며 입을 여니, 사내가 무뚝뚝한 말투로 말했다.

"이 장비면 5, 6레벨 정도는 커버될 거야. 나도 함께 가면 아마 어떻게든 되겠지."

"네에…………?"

입을 살짝 벌린 채 시리카도 일어났다. 사내의 진의를 알 수가 없어 가만히 그 얼굴을 들여다보았다. 시선이 집중된 것을 시스템이 감지하자 사내의 얼굴 오른쪽 위에 녹색 커서를 띄워주었지만, SAO의 기본 사양 때문에 HP바 한 줄기가 무덤덤하게 표시될 뿐 이름도 레벨도 알 수 없었다.

나이를 가늠하기 어려운 사람이었다. 장비는 온통 새까만 색. 그 온몸에서 뿜어져나오는 압력과 침착한 분위기는 상당히 연상인 것 같았지만, 긴 앞머리에 감추어진 눈은 순진해 보여 어딘가 여성스러운 얼굴선이 소년처럼 느껴지기도 했다. 시리카는 조심스럽게 물어보았다.

"왜……, 이렇게까지 잘해주시는 건가요……?"

솔직히 경계심이 앞섰다.

이제까지 자기보다 훨씬 연상인 남성 플레이어에게 구애를 받은 적도 몇 번인가 있었으며, 한 번은 청혼까지 받았다. 열세 살인 시리카에게 그런 체험은 공포 이외의 그 무엇도 아니었다. 현실세계에서는 동급생에게 고백 받은 적도 없었는데.

필연적으로 시리카는 흑심이 있을 법한 남성 플레이어들을 미리 피하게 되었다. 애초에 아인크라드에선 《달콤한 말 뒤에는 꿍꿍이가 있다》는 것이 상식이었다.

사내는 대답이 궁색해진 듯 다시 머리를 긁적였다. 무슨 말인가를 하려고 입을 열기는 했지만 금세 다물고 만다. 그러더니 시선을 돌리고, 작은 목소리로 중얼거렸다.

"……만화도 아니고 말이지. ……웃지 않는다고 약속하면, 말할게."

"안 웃을게요."

"네가……, 여동생이랑 닮아서."

정말로 만화 같은 그 대답에 시리카는 자신도 모르게 웃음을 터뜨리고 말았다. 허겁지겁 한 손으로 입을 막았지만 치밀어 오르는 웃음을 막을 수는 없었다.

"아, 안 웃겠다며……."

사내는 삐쳤는지 상처 입은 표정으로 어깨를 늘어뜨리면서 시선을 돌렸다. 그 모습이 더 큰 웃음을 불러왔다.

―나쁜 사람이 아니구나…….

열심히 웃음을 삼키며 시리카는 사내의 선의를 믿어보기로 했다. 한번은 죽음조차 각오했던 몸이다. 피나를 되살리기 위해서라면 아까워할 것은 이제 아무것도 없었다.

꾸벅 고개를 숙이며 시리카가 말했다.

"잘 부탁드려요. 구해주셨는데, 거기다 이런 일까지 해주시다니……."

트레이드 윈도우를 쳐다보고, 자신의 트레이드 란에서 가지고 있는 콜 전액을 입력했다. 사내가 제시한 장비 아이템은 열 종류 이상에 달했으며, 모두 비매품 레어 아이템인 것 같았다.

"저기……, 이 정도 가지곤 모자라겠지만……."

"아니, 돈은 됐어. 어차피 남는 거였고, 내가 여기 온 목적하고도 어느 정도는 겹치니까……."

무언가 알 수 없는 말을 하면서, 사내는 돈을 받지 않고 OK 버튼을 누르고 말았다.

"고맙습니다, 정말로……. 아, 저는 시리카라고 해요."

이름을 대면서도 사내가 자신의 이름을 듣고 놀라지 않을까 은근히 기대했으나, 아무래도 시리카의 이름은 기억에 없는 모양이었다. 잠시 유감스러웠지만, 자신의 그러한 자만심이 이번 사태를 초래했다는 것을 곧바로 떠올리며 반성했다.

사내는 가볍게 고개를 끄덕이고 오른손을 내밀었다.

"난 키리토. 한동안 잘 부탁해."

악수를 나누었다.

키리토라는 플레이어는 벨트에 걸어둔 파우치에서 방황의 숲 지도 아이템을 꺼내 출구로 이어지는 에이리어를 확인하더니, 성큼성큼' 걸어가기 시작했다. 그 뒤를 따라가며, 시리카는 오른손에 쥔 피나의 깃털을 입가에 대고 마음속으로 중얼거렸다.

기다려, 피나. 내가 꼭 살려줄 테니까—.

제35플로어 주거구역은 하얀 벽에 붉은 지붕을 가진 건물이 늘어선 목가적인 농촌 풍경이었다. 그리 큰 마을은 아니지만 지금은 중층 플레이어들의 주요 전장이라 오가는 사람들이 상당히 많았다.

시리카의 홈타운은 제8플로어에 있는 프리벤 마을이었지만 당연히 집을 구입한 것은 아니었으므로, 어느 마을의 여관에서 숙박하건 그리 큰 차이는 없었다. 가장 중요한 포인트는 제공되는 저녁식사의 맛. 그 점에서 시리카는 이곳 여관의 NPC 주방장이 만드는 치즈케이크를 매우 좋아했기 때문에, 방황의 숲 공략을 시작한 2주일 전부터 계속 체류하고 있었다.

신기한 듯 주위를 둘러보는 키리토를 데리고 대로에서 텔레포트 게이트 광장으로 들어서니 금세 낯익은 플레이어들이 말을 걸어왔다. 시리카가 파티에서 탈퇴했다는 소문을 재빨리 주워듣고는 파티에 끌어들이려는 것이었다.

"저, 저어……, 말씀은 고맙지만……."

상대가 기분 나빠하지 않도록 열심히 고개를 숙이며 제의를 거절하고, 시리카는 곁에 선 키리토에게 시선을 보내며 말을 이었다.

"……당분간은 이분과 파티를 하게 돼서요……."

뭐어~? 그럴 수가~. 다들 볼멘소리로 말하면서 시리카를 에워싼 수많은 플레이어들은 키리토를 수상쩍다는 표정으로 쳐다보았다.

시리카는 이미 키리토의 실력을 언뜻 보았지만, 무료하게 서 있는 검은 옷차림의 검사는 외견만 봐선 도저히 그리 강할 것 같지가 않았다.

딱히 고급스러운 방어구를 걸친 것도 아니었으며—갑옷 따위는 전혀 없고, 셔츠 위에는 낡아빠진 검은색 가죽 롱코트를 걸쳤을 뿐—등에 진 것은 심플한 한손검 한 자루가 전부. 그런 주제에 방패도 뭣도 없었다.

"야, 너—."

가장 열심히 권유하던 커다란 양손검전사가 키리토의 앞으로 나섰다. 내려다보듯 입을 열었다.

"처음 보는 얼굴인데, 새치기하면 못쓰지. 우리는 한참 전부터 시리카를 점찍어 뒀다고."

"글쎄, 나도 어쩌다 보니 이렇게 된 거라……."

난감한 표정으로 키리토는 머리를 긁었다.

뭐라고 몇 마디 더 쏘아붙여도 괜찮을 텐데, 하고 조금 불만스럽게 생각하면서도 시리카는 양손검전사에게 말했다.

"저어, 제가 부탁했던 거예요. 죄송합니다!"

마지막으로 다시 한 번 깊숙이 고개를 숙이고, 키리토의 코트 깃을 잡아당기며 걸어 나갔다.

"다음에 메시지 보낼게~."

미련을 버리지 못한 채 손을 흔드는 사내들에게서 한시라도 빨리 벗어나고 싶었던 시리카는 종종걸음으로 나아갔다. 텔레포트 게이트 광장을 가로질러 북쪽으로 뻗은 메인 스트리트로 발을 들였다.

겨우 플레이어들의 모습이 보이지 않게 되자, 시리카는 안도의 한숨을 내쉬며 키리토의 얼굴을 올려다보았다.

"……죄, 죄송해요. 폐를 끼쳐서."

"아니야."

키리토는 전혀 신경도 쓰지 않는다는 듯 살짝 웃음을 짓고 있었다.

"시리카 양은 인기가 좋은걸."

"그냥 시리카라고 부르세요. ……딱히 제가 인기가 있기 때문은 아니고요, 그냥 마스코트 대신으로 파티에 끌어들이려는 거예요, 분명. 그런데도……저는 제가 잘난 줄 알고……혼자 숲에 들어갔다가……그런 일을……."

피나를 생각하니 자연스럽게 눈물이 솟아났다.

"괜찮아."

어디까지나 침착한 목소리로 키리토가 말했다.

"반드시 되살려낼 수 있으니 걱정하지 마."

시리카는 눈물을 닦고 키리토에게 웃어 보였다. 이상하게도 이 사람이 하는 말이라면 믿을 수 있을 것 같다고 생각하며.

드디어 길 오른쪽에 한층 커다란 2층 건물이 보였다. 시리카의 단골 여관 《웨더콕 태번(Weathercock Tavern)》이었다. 그곳에 도착하고 나서야 시리카는 자신이 아무 말도 없이 키리토를 데려왔다는 것을 깨달았다.

"아, 키리토 오빠는 홈이 어디예요?"

"응, 평소에는 50플로어인데……. 귀찮으니까 나도 여기서 묵지 뭐."

"아, 네!"

어쩐지 신이 나서 시리카는 두 손을 짝 마주쳤다.

"여기는 치즈케이크가 아주 맛있어요."

그렇게 말하며 키리토의 코트 깃을 잡아당겨 여관으로 들어가려 했을 때, 그 옆의 도구상에서 네댓 명의 플레이어가 우르르 나타났다. 최근 2주간 가담했던 파티의 멤버들이었다. 앞서 걸어가던 사내들은 시리카를 보지 못하고 광장으로 가버렸으나, 맨 뒤에 있던 한 여성 플레이어가 흘끔 돌아보는 바람에 시리카는 반사적으로 상대의 눈을 쳐다보고 말았다.

"……!"

지금 가장 보고 싶지 않은 얼굴이었다. 방황의 숲에서 파티와 싸우고 헤어졌던 원인이 된 창전사였다. 고개를 숙이고 말없이 여관으로 들어가려 했으나.

"어머나, 시리카 아냐?"

저쪽에서 먼저 말을 거는 바람에 어쩔 수 없이 발을 멈추었다.

"······네."

"호오~, 숲에서 용케 탈출했네? 다행이야."

새빨간 머리카락을 요란하게 꼬아놓은, 이름은 분명 로자리아라고 했던 그 여성 플레이어는 입술 한쪽 끝을 일그러뜨리듯 웃으며 말했다.

"하지만 이제 돌아와 봤자 늦었어. 아이템은 조금 전에 다 분배했거든."

"필요 없다고 했잖아요! ─전 급한 일이 있어서 이만."

대화를 끊으려고 했지만, 상대는 아직 시리카를 놓아줄 생각이 없는 모양이었다. 눈치도 빠르게 시리카의 어깨가 비어 있다는 것을 알아차리고는 기분 나쁘게 웃었다.

"어머나? 그 도마뱀은 어떻게 됐어?"

시리카는 입술을 깨물었다. 패밀리어는 아이템 인벤토리에 수납하거나 어딘가에 맡길 수가 없다. 다시 말해 모습이 보이지 않는 이유는 한 가지밖에 없는 것이다. 로자리아 또한 당연히 그 이유를 알고 있을 텐데도 엷은 웃음을 지으며 시치미를 뚝 떼고 말을 이어나갔다.

"어머나, 혹시이······?"

"죽었어요……. 하지만!"

창전사를 부릅 노려보며.

"피나는 반드시 되살릴 거예요!"

자못 통쾌하다는 듯 웃던 로자리아의 눈이 약간 크게 떠졌다. 살짝 휘파람까지 불었다.

"호오, 그럼 《추억의 언덕》으로 갈 생각인가 보지? 하지만 네 레벨로 공략할 수 있을까?"

"할 수 있어."

시리카가 대답하기도 전에 키리토가 나섰다. 시리카를 감싸듯 코트 뒤로 감추면서.

"그렇게 난이도가 높은 던전도 아니니까."

로자리아는 노골적으로 키리토를 훑어보며 붉은 입술에 다시 한 번 조소를 띠었다.

"댁도 애한테 홀린 족속이야? 보아하니 그리 강할 것 같지도 않은데."

너무 분한 나머지 시리카는 온몸이 부들부들 떨렸다. 고개를 숙인 채 필사적으로 눈물을 참았다.

"가자."

키리토가 어깨에 손을 얹었다. 그의 재촉에 시리카는 여관으로 발을 돌렸다.

"뭐, 열심히 해보든가."

로자리아의 웃음 섞인 목소리가 등에 날아들었지만 더 이상 돌아보지 않았다.

《웨더콕 태번》1층은 넓은 레스토랑이었다. 안쪽 자리에 시리카를 앉히고 키리토는 NPC가 서 있는 프런트로 걸어갔다. 체크인을 마치고 카운터 위의 메뉴를 재빠르게 클릭한 후 돌아온다.

맞은편에 앉은 키리토에게 자기 때문에 불쾌한 일을 겪은 것을 사과하려고 시리카는 입을 열었다. 하지만 키리토는 손을 들어 이를 가로막더니 슬쩍 웃었다.

"우선 밥부터 먹자."

마침 그때 웨이터가 김이 모락모락 나는 머그컵을 두 잔 가져왔다. 눈앞에 놓인 컵에는 신비한 향이 맴도는 붉은 액체가 들어 있었다.

"파티 결성을 축하하며."

키리토의 말에 쨍강 컵을 부딪치고, 시리카는 뜨거운 액체를 한 모금 머금었다.

"……맛있다……."

그 냄새와 새콤달콤한 맛은 옛날에 아버지가 잠깐 맛보여 주었던 핫 와인과 비슷했다. 그러나 시리카는 2주일간 체재하며 이 레스토랑의 메뉴에 올라온 음료수를 모두 다 마셔보았지만, 이 맛은 기억이 나질 않았다.

"저어, 이건 뭔가요……?"

키리토는 씨익 웃더니 말했다.

"NPC 레스토랑엔 병 음료수를 반입할 수가 있거든. 내가 가지고 있던 《루비 이콜》이란 아이템이야. 컵으로 한 잔 마시면 민첩성 파라미터가 1 늘어나."

"그, 그렇게 귀중한 걸……!"

"술을 아이템 란에 묵혀둔다고 맛이 좋아지는 것도 아니잖아. 난 아는 사람이 적어서 딸 기회도 별로 없었고……."

익살스럽게 어깨를 으쓱해 보인다. 시리카는 웃으면서 다시 한 모금 삼켰다. 어딘가 그리운 그 맛은 슬픈 일이 많았던 하루로 인해 굳게 오그라들었던 마음을 천천히 녹여주는 것 같았다.

마침내 컵을 다 비운 후에도 그 온기를 아쉬워하듯 시리카는 한동안 컵을 가슴에 안고 있었다. 시선을 테이블 위로 떨구고 조용히 말했다.

"……왜……, 그렇게 나쁜 말을 하는 걸까요……."

키리토는 진지한 얼굴이 되더니 컵을 놓고 입을 열었다.

"넌……, MMORPG는 SAO가 처음이니?"

"처음이에요."

"그렇구나. ―그 어떤 온라인 게임이 됐건 캐릭터의 탈을 쓰면 인격이 변하는 플레이어가 많아. 선인이 되는 사람, 악인이 되는 사람……. 그걸 옛날에는 롤플레잉(role playing)이라고 했지만, 나는 SAO에선 다르다고 생각해."

한순간 키리토의 눈이 예리해졌다.

"지금은 이렇게 힘든 상황인데도 말이지……. 그야 플레이어 전원이 일치단결해 클리어를 목표로 할 수는 없겠지. 하지만 말이야, 남의 불행을 기뻐하는 놈, 아이템을 빼앗는 놈, ─죽여버리기까지 하는 놈이 너무 많아."

키리토는 시리카의 눈을 똑바로 바라보았다. 분노 속에 어딘가 깊은 슬픔이 엿보이는 눈빛이었다.

"난 여기서 악행을 저지르는 플레이어는 현실세계에서도 진짜로 썩어빠진 놈들이라고 생각해."

내뱉듯 그렇게 말한다. 하지만 이내 시리카가 움츠러든 것을 알아차리고 가볍게 웃으며 사과했다.

"미안해. ……나도 남 말을 할 처지는 아닌데. 남을 도와주는 일도 거의 없었거든. 동료를 ─죽게 만든 적도……."

"키리토 오빠……."

시리카는 눈앞의 검은 검사가 무언가 깊은 고민을 품고 있다는 것을 어렴풋하게 깨달았다. 위로의 말을 건네고 싶었으나, 하고 싶은 말을 형태로 이룰 수 없는 빈약한 어휘가 원망스러웠다. 그 대신 테이블 위에서 꽉 쥐고 있던 키리토의 오른손을 무의식중에 양손으로 꼭 감싸고 있었다.

"키리토 오빠는 좋은 사람이에요. 절 구해줬는걸요."

키리토는 순간 놀라 손을 빼려 했으나 곧 팔에서 힘을 뺐다. 입가에 온화한 미소가 배어나왔다.

"……내가 위로를 받고 말았네. 고마워, 시리카."

그 순간 시리카는 가슴에서 욱신 하는 격렬한 통증을 느꼈다. 까닭도 없이 심장고동이 빨라졌다. 얼굴이 뜨거워졌다.

허겁지겁 키리토의 손을 놓고 두 손으로 가슴을 꽉 눌렀다.

하지만 욱신거리는 느낌은 좀처럼 가시질 않았다.

"왜, 왜 그러니……?"

테이블 너머에서 몸을 내미는 키리토에게 고개를 휘휘 가로젓고 간신히 미소를 지어 보였다.

"아, 아무것도 아니에요! 아, 배고파!"

스튜와 흑빵, 디저트로 치즈케이크를 먹고 나니 시각은 이미 밤 8시가 넘었다. 내일 있을 제47플로어 공략에 대비해 일찌감치 자기로 하고, 두 사람은 여관 2층으로 올라갔다. 넓은 복도 양쪽 끝에 객실 문이 잔뜩 있었다.

키리토가 잡은 방은 우연히도 시리카의 옆방이었다. 얼굴을 마주 보고 웃으며 저녁인사를 나누었다.

방에 들어가자 시리카는 옷을 갈아입기 전에 키리토에게 받은 새 단검에 익숙해지기 위해 연속기 연습을 해보기로 했다. 이제까지 썼던 애검보다 조금 무거운 무기에 의식을 집중하려 했으나, 가슴속에 욱신욱신하는 것이 계속 남아 있어 좀처럼 잘 되질 않았다.

그래도 어찌어찌 실패하지 않고 5연격을 날릴 수 있게 되자 시리카는 윈도우를 열어 장비를 해제하고, 속옷 바람으로 침대에 들어갔다. 벽을 두드려 팝업메뉴를 불러내 조명을 껐다.

온몸에 묵직한 피로감이 느껴져 금세 잠들 수 있을 줄 알았는데, 어째서인지 평소보다도 잠이 잘 오질 않았다.

피나와 친구가 된 후로는 매일 밤 폭신폭신한 몸을 끌어안고 잤던 탓인지 혼자 쓰는 넓은 침대는 영 허전했다. 한참 침대 위에서 엎치락뒤치락하다가 자는 것을 포기하고, 시리카는 몸을 일으켰다. 왼쪽—키리토의 방으로 이어지는 벽을 가만히 바라보았다.

좀 더 이야기하고 싶다.

문득 그런 생각을 하는 자신에게 시리카는 조금 당황했다. 상대는 알게 된 지 한나절도 지나지 않은, 그것도 남성 플레이어이다. 이제까지는 다른 남자들이 다가오는 것을 한사코 피했는데, 왜 저런 정체도 모를 검사가 이렇게나 마음에 걸리는 것일까.

자신의 마음을 스스로 설명할 수가 없었다. 흘끔 시야 오른쪽 아래의 시각표시를 확인해보니 이미 밤 10시가 다 되었다. 창 아래에서 오가는 플레이어들의 발소리도 끊어지고, 어렴풋하게 멀리서 개 짖는 소리만이 들려왔다.

아무리 그래도 비상식적이니 얼른 자자.

머릿속으로는 그렇게 생각했지만, 어째서인지 시리카는 발소리를 죽이며 침대에서 내려왔다. 잠깐 노크만 해보는 거라고 자신을 타이르며 오른손을 휘둘러 장비 메뉴를 열었다. 가진 것 가운데 가장 귀여운 튜닉을 꺼내 걸쳤다.

부드러운 촛불의 조명이 드리워진 복도로 나와 몇 걸음을 걸어, 문 앞에서 수십 초간 주저한 후 시리카는 오른손을 들어 조심스럽게 두 차례 두드렸다.

원래 모든 문은 음성차폐 처리가 되어 있기 때문에 말소리가 새어나가지 않는다. 하지만 노크 후 30초 동안은 그렇지 않기 때문에 금세 키리토의 목소리가 들리고 문이 열렸다.

무장을 해제한 가벼운 셔츠 차림으로 나타난 키리토는, 시리카를 보자마자 살짝 눈을 크게 뜨며 말했다.

"어? 무슨 일 있니?"

"저기요—."

그제야 그럴 듯한 핑계를 생각해 오지 않았다는 것을 깨닫고 시리카는 당황했다. 이야기를 하고 싶어서, 라는 건 너무 애들 같았다.

"저기요, 그게, 그러니까—아, 47플로어에 대해 듣고 싶어서요!"

다행히 키리토는 의심하지도 않고 고개를 끄덕였다.

"그래, 좋아. 밑으로 내려갈까?"

"아뇨, 저어—괜찮다면, 오빠 방에서……"

반사적으로 그렇게 대답한 후 황급히 덧붙였다.

"그, 그러니까, 귀중한 정보를, 남이 들으면 안 되잖아요!"

"어……아니……그거야, 그렇지만……."

키리토는 난감한 표정으로 머리를 긁었으나, 마침내.

"뭐, 괜찮겠지."

그렇게 중얼거리더니 문을 활짝 열고 한 걸음 물러났다.

키리토의 방은 당연하지만 자신의 방과 완전히 똑같은 구조였다. 오른쪽에는 침대. 그 안쪽에는 티 테이블과 의자가 하나. 세간이라곤 그것뿐이었다. 왼쪽 벽에 달라붙은 랜턴이 오렌지색 빛을 뿜어냈다.

시리카에게 의자를 권하더니, 그는 침대에 앉아 윈도우를 열었다. 재빠르게 조작해 작은 상자를 실체화했다.

테이블 위에 얹힌 상자를 열자 안에는 조그마한 수정구가 들어 있었다. 랜턴 빛을 받아 반짝거렸다.

"예쁘다……. 이게 뭐예요?"

"《미라쥬 스피어》라는 아이템이야."

키리토가 수정구를 손가락으로 클릭하자 메뉴 윈도우가 나타났다. 재빠르게 조작하고 OK 버튼을 눌렀다.

그러자 수정구가 푸르게 발광하며 그 위에 커다란 원형 홀로그래픽이 출현했다. 보아하니 아인크라드의 플로어 하나를 통째로 표시하고 있는 것 같았다. 마을이며 숲의 나무 한 그루까지 치밀한 입체영상으로 묘사하고 있었다. 시스템 메뉴에서 표시할 수 있는 간소한 맵과는 천지차이였다.

"우와아……!"

시리카는 넋을 놓고 푸른 반투명 지도를 들여다보았다. 가만히 응시하면 길을 오가는 사람들의 모습까지 보일 것 같았다.

"여기가 주거구역이야. 그리고 여기가 추억의 언덕. 이 길을 지나가야 하는데……, 이 부근에는 좀 성가신 몬스터가 있고……."

키리토는 손으로 가리키며 막힘없는 어조로 제47플로어의 지리를 설명했다. 그 침착한 목소리를 듣기만 해도 기분이 따뜻해졌다.

"이 다리를 건너면 언덕이 보이⋯⋯."

갑자기 키리토의 목소리가 뚝 끊겼다.

"⋯⋯⋯⋯?"

"쉿⋯⋯."

고개를 들어보니 키리토는 굳은 표정으로 입술에 손가락을 대고 있었다. 날카로운 시선으로 문을 노려본다.

키리토의 몸이 휙 움직였다. 번개 같은 속도로 침대에서 뛰어내리더니 문을 왈칵 열었다.

"누구냐⋯⋯!"

시리카의 귀에 쿵쾅쿵쾅 뛰어가는 소리가 들려왔다. 허겁지겁 뛰어가 키리토의 몸 밑에서 고개를 내미니, 마침 복도 끝의 계단을 뛰어 내려가는 누군가의 그림자가 보였다.

"뭐, 뭐예요?!"

"⋯⋯우리 이야기를 엿들은 것 같아."

"네⋯⋯? 하지만 문 너머로는 목소리가 안 들리지 않나요?"

"엿듣기 스킬이 높으면 그렇지도 않아. 그런 스킬을 올리는 놈은⋯⋯, 별로 없지만⋯⋯."

키리토는 문을 닫고 다시 방으로 돌아왔다. 침대에 앉아 생각에 잠긴 표정을 지었다. 그 곁에 앉아서 시리카는 두 팔을 자신의 몸에 감았다. 형언할 수 없는 불안감에 휩싸였다.

"하지만 왜 엿들었을까요……?"

"—아마, 금방 알게 될 거야. 잠깐 메시지 좀 보낼 테니까 기다려줘."

살짝 미소를 짓더니 키리토는 수정지도를 치우고 윈도우를 열었다. 홀로그램 키보드를 띄워 손가락을 움직이기 시작한다.

시리카는 그 뒤에서 침대 위에 몸을 둥그렇게 말고 있었다. 머나먼 현실 세계의 기억이 되살아났다. 시리카의 아버지는 프리 르포라이터였다. 언제나 구식 PC 앞에 앉아 심각한 얼굴로 키보드를 두드렸다. 시리카는 그런 아버지의 뒷모습을 보는 것을 좋아했다.

불안은 이제 느껴지지 않았다. 비스듬히 뒤에서 키리토의 옆얼굴을 바라보고 있으려니 오랫동안 잊어버렸던 온기에 에워싸인 것 같아, 시리카는 어느샌가 눈을 감고 있었다.

3

귓가에 울리는 차임 소리에 시리카는 천천히 눈을 떴다. 자신에게만 들리는 기상 알람이다. 설정 시각은 오전 7시.

이불을 걷고 몸을 일으켰다. 언제나 아침에는 일어나기가 힘들었지만 오늘은 평소보다 기분 좋게 눈을 뜰 수 있었다. 깊이 푹 잠든 덕에 머릿속이 깔끔하게 씻겨나간 것처럼 상쾌했다.

크게 기지개를 한 번 켜고 침대에서 내려가려던 순간, 시리카의 몸이 쩍 얼어붙었다.

창문에서 새어드는 아침햇살 속에, 바닥에 주저앉아 침대에 등을 기댄 채 잠든 사람이 있었다. 침입자인 줄 알고 비명을 지르기 위해 숨을 들이마신 후에야 겨우, 어제 자신이 어디서 잠이 들었는지를 생각해냈다.

―나, 키리토 오빠 방에서, 그대로……

그 사실을 인식한 순간 얼굴이 몬스터의 화염 브레스를 맞은 것처럼 뜨거워졌다. 감정이 약간 과장스럽게 표현되는 SAO인 만큼 정말로 얼굴에서 김이 모락모락 피어오르고 있는지도 모른다. 아무래도 키리토는 시리카를 침대에 그대로 눕힌 채 자신은 바닥에서 잠든 모양이었다. 창피하고 미안해서 시리카는 두 손으로 얼굴을 감싸고 끙끙 신음했다.

수십 초를 허비해 겨우 머릿속을 진정시킨 후, 시리카는 조용히 침대에서 내려와 바닥에 섰다. 발소리를 죽이고 키리토의 앞으로 돌아가 얼굴을 들여다보았다.

　검은 옷의 검사가 자는 모습은 뜻밖에도 티없이 순수해서 시리카는 자신도 모르게 미소를 지었다. 깨어 있을 때는 무서운 안광 때문에 꽤나 연상으로 보였는데, 이렇게 보니 의외로 자신과 그리 다를 바가 없어 보였다.

　자는 얼굴을 바라보고 있는 것은 재미있었지만, 언제까지고 그럴 수도 없었기 때문에 시리카는 살짝 검사의 어깨를 찌르며 말을 걸었다.

　"키리토 오빠, 아침이에요~."

　그 순간 키리토는 눈을 번쩍 뜨고 몇 번 눈을 깜빡이며 시리카의 얼굴을 잠시 바라보았다. 그리고 금세 당황한 표정을 짓더니,

　"아……. 미, 미안해!"

　갑자기 고개를 숙였다.

　"깨울까 했지만 너무 곤히 자는 데다가……, 네 방으로 옮기려 해도 문을 열 수가 없어서, 그래서……."

　플레이어가 빌린 여관의 방은 시스템상 절대 불가침 영역인지라, 프렌드가 아닌 한 어떤 수단을 써도 침입할 수 없다. 시리카도 황급히 손을 저으며 말했다.

　"아, 아니에요, 저야말로 죄송해요! 침대를 점령해서……."

　"아니야, 여기선 어떻게 자도 근육통에는 안 걸리는걸."

자리에서 일어난 키리토는 말과는 달리 목을 뚜둑뚜둑 꺾으며 두 팔을 치켜들고 기지개를 켰다. 그리고 문득 생각났다는 듯 시리카를 내려다보며 입을 열었다.

"……아무튼, 잘 잤어?"

"아, 안녕히 주무셨어요?"

두 사람은 얼굴을 마주보고 웃었다.

1층으로 내려가 제47플로어 《추억의 언덕》 도전에 대비해 아침을 든든히 먹은 후 바깥 거리로 나서니, 이미 밝은 햇빛이 마을을 에워싸고 있었다. 이제부터 모험에 나서려는 아침형 플레이어들과, 반대로 심야의 사냥에서 돌아온 야간형 플레이어들이 대조적인 표정으로 오가고 있었다.

여관 옆의 도구상에서 포션류를 보충한 후 두 사람은 게이트 광장으로 향했다. 다행히 어제처럼 파티에 끌어들이려는 사람들과는 맞닥뜨리지 않은 채, 텔레포트 게이트에 도착할 수 있었다. 푸르게 빛나는 텔레포트 공간으로 뛰어들려다가 시리카는 문득 발을 멈추었다.

"아……. 나, 47플로어 마을 이름 모르는데……."

맵을 불러내 확인하려 했더니, 키리토가 오른손을 내밀었다.

"괜찮아. 내가 지정할 테니까."

황송해하면서도 그 손을 잡았다.

"텔레포트! 플로리아!"

키리토의 목소리와 동시에 눈부신 빛이 퍼지며 두 사람을 에워쌌다.

한순간의 전송느낌에 이어 광원 이펙트가 엷어진 순간, 시리카의 시야에 수많은 색채의 난무가 펼쳐졌다.

"우와아……!"

자신도 모르게 탄성을 질렀다.

제47플로어 주거구역 게이트 광장은 무수한 꽃으로 넘쳐났다. 가느다란 통로가 원형광장을 십자로 가로질렀으며, 그 이외의 장소는 벽돌 화단으로 되어 이름도 모를 풀꽃들이 흐드러지게 피어 있었다.

"굉장하다……."

"이 플로어는 통칭 《플라워 가든》이라고 해서, 마을만이 아니라 플로어 거의 전체가 꽃이야. 시간이 있으면 북쪽 끝에 있는 《거대 꽃의 숲》에도 가볼 텐데……."

"그건 나중에 또 기대할게요."

키리토에게 웃어보이며 시리카는 화단 앞에 쪼그려 앉았다. 수레국화와 비슷한 푸르스름한 꽃에 얼굴을 가까이 가져가 살짝 냄새를 맡아보았다.

꽃은 세밀한 잎맥이 난 다섯 장의 꽃잎에서 하얀 꽃술, 녹색의 줄기에 이르기까지 놀라울 정도로 정밀하게 만들어져 있었다.

물론 이 화단에 핀 모든 꽃을 포함한 전 아인크라드의 식물이며 건축물이, 항상 이만큼의 치밀한 오브젝트로 존재하는 것은 아니다. 그랬다간 아무리 SAO 메인 프레임이 고성능이라 해도 금세 시스템 리소스를 잡아먹고 말 것이다.

그것을 회피하면서 플레이어에게 현실세계 수준의 리얼한 환경을 제공하기 위해, SAO에서는 《디테일 포커싱 시스템》이라는 시스템이 채용되어 있다. 플레이어가 어떤 오브젝트에 관심을 보이고 시선을 집중한 순간 그 대상물에만 리얼한 디테일을 주는 것이다.

그 시스템에 대해 들은 후로, 시리카는 이런저런 것들에 관심을 보이는 행위가 시스템에 괜한 부하를 줄 거라는 강박관념에 시달려 영 불안했으나, 지금만큼은 기분을 억제하지 못하고 화단 사이를 오가며 꽃들을 감상했다.

실컷 향기를 즐기다 겨우 발을 멈추고, 시리카는 새삼 주위를 둘러보았다.

꽃길을 오가는 사람들은 가만히 보니 대부분이 남녀 2인조였다. 다들 손을 꼭 잡거나 팔짱을 낀 채 즐겁게 담소를 나누며 걸어 다닌다. 보아하니 이곳은 그런 장소가 된 모양이었다. 시리카는 곁에서 하릴없이 서 있던 키리토를 가만히 올려다보았다.

—우리도, 그렇게 보일까……?

그런 생각을 하고 만 순간, 얼굴이 새빨갛게 달아오른 것을 얼버무리기 위해 씩씩하게 말했다.

"어, 얼른 필드로 가요!"

"어? 으, 응."

키리토는 잠시 눈을 깜빡였으나, 이내 고개를 끄덕이고 시리카의 옆에서 걷기 시작했다.

게이트 광장을 나가도 마을의 메인 스트리트는 여전히 꽃으로 뒤덮여 있었다. 그 안을 나란히 걸으며 시리카는 어제 키리토와 처음 만났을 때를 떠올리고 있었다. 그 후로 아직 하루도 지나지 않았다는 것이 믿겨지지가 않았다. 그만큼 이 검사의 존재감이 자신의 가슴속에서 커져 가고 있었던 것이다.

키리토는 과연 어떨까 싶어 흘끔 쳐다봤지만, 그는 여전히 미스테리한 부분이 있어 속마음을 헤아리기가 힘들었다. 시리카는 한동안 주저한 후 마음을 굳게 먹고 입을 열었다.

"저어……, 키리토 오빠. 여동생에 대해 물어봐도 돼요……?"

"그, 그건 왜 갑자기?"

"저랑 닮았다고 했잖아요. 그래서, 궁금해서……."

아인크라드에선 현실세계의 이야기를 하는 것이 최대의 터부였다. 이유는 여러 가지가 있지만, 가장 큰 이유는 '이 세계는 가상세계이며 가짜'라는 인식이 마음속 깊이 자리를 잡으면, SAO의 《죽음》을 현실로 받아들일 수가 없게 되기 때문이다.

그래도 시리카는 자기와 닮았다는 키리토의 여동생에 대해 물어보고 싶었다. 설령 여동생이라 해도, 키리토가 자기에게 바라는 것이 있는지 없는지를 알고 싶었다.

"……사이는, 별로 안 좋았어……."

마침내 키리토는 뜨문뜨문 이야기하기 시작했다.

"여동생이라곤 하지만 사실은 사촌동생이야. 사정이 있어서, 걔가 태어났을 때부터 같이 자랐거든. 걔는 모르겠지만. 하지만 그래서 그런지……, 나도 모르게 자꾸 거리를 두게 되더라고. 집에서 얼굴 마주치는 것조차 피하고."

옅은 탄식.

"……게다가 할아버지가 엄격한 분이셨거든. 나랑 여동생은 내가 여덟 살 때 강제로 근처 검도장에 다니게 됐는데, 난 아무리 해도 적응이 안 돼서 2년 만에 그만뒀어. 할아버지에게 아주 호되게 맞고……. 그랬더니 여동생이 엉엉 울면서 자기가 오빠 몫까지 열심히 할 테니까 때리지 말라고, 그러면서 날 감싸줬어. 난 그 후로 컴퓨터에 푹 빠졌지만, 여동생은 정말로 검도에만 전념해서, 할아버지가 돌아가시기 직전엔 전국대회에서 꽤 좋은 성적을 낼 정도였지. 할아버지도 만족했을 거야……. 그래서 난 계속 걔한테 미안했어. 사실은 그 녀석도 달리 하고 싶은 일이 있었던 것 아닐까, 날 원망하는 건 아닐까 싶어서. 그렇게 생각할수록 자꾸 피하게 되더라고……. 그러다가 여기까지 왔어."

키리토는 말을 멈추더니 살짝 시리카의 얼굴을 내려다보았다.

"그래서 널 구해주고 싶었던 건 내 자기만족 때문일지도, 여동생에게 속죄를 하려는 생각이었던 걸지도 몰라. 미안해."

시리카는 외동딸이었다. 그래서 키리토의 말을 완전히 이해할 수는 없었으나, 그래도 어째서인지 키리토의 여동생에 대해서는 이해할 수 있을 것 같았다.

"……오빠 여동생은, 오빠를 원망하지 않았을 거예요. 게다가 좋아하지도 않는데 열심히 할 수는 없는걸요. 분명 검도도, 정말로 좋아했을 거예요."

시리카가 열심히 단어를 고르며 말하자, 키리토가 싱긋 웃었다.

"네겐 위로만 받는구나. ……정말 그럴까……? 그렇다면 좋겠는데."

시리카는 가슴속에 따뜻한 것이 퍼져가는 것을 느꼈다. 키리토가 속내를 이야기해준 것이 기뻤다.

어느샌가 두 사람은 마을 남문에 도달했다. 가느다란 은색 강철재를 조립해 만든 거대한 아치에 덩굴식물이 휘감겨 무수한 하얀 꽃을 피우고 있었다. 메인 스트리트는 그 밑을 지나 녹색 언덕으로 에워싸인 가도가 되어, 아지랑이 너머로 사라지고 있었다.

"자아……, 드디어 모험이 시작되는데 말이지."

"네."

시리카는 키리토의 팔에서 떨어져 표정을 다잡고 고개를 끄덕였다.

"네 레벨과 그 장비가 있으면 이곳의 몬스터는 결코 쓰러뜨릴 수 없는 상대까진 아닐 거야. 하지만……."

그렇게 말하며 키리토는 벨트에 묶어 놓았던 작은 파우치를 뒤져, 안에서 하늘색 크리스탈을 꺼내 시리카의 손에 쥐어주었다. 텔레포트 크리스탈이었다.

"필드에선 무슨 일이 일어날지 몰라. 그러니 명심해. 만약 예상치 못한 사태가 일어나 내가 이탈하라고 하면, 반드시 그 결정을 써서 아무 마을이든 좋으니 도망쳐. 난 걱정하지 않아도 되니까."

"하, 하지만……."

"약속해줘. 난……, 한 번 파티를 전멸시킨 적이 있어. 두 번 다시 같은 잘못은 저지르고 싶지 않아."

키리토의 표정이 너무나도 진지해 시리카는 고개를 끄덕일 수밖에 없었다. 키리토는 재차 다짐을 받아놓고는, 안심한 듯 씨익 웃더니 말했다.

"그럼, 가자!"

"네!"

허리에 장비한 단검의 감촉을 확인하며, 시리카는 마음속으로 결심하고 있었다. 적어도 어제처럼 혼란에 빠지지는 않을 거라고, 자신이 할 수 있는 최선을 다해 싸우겠다고.

—하지만.

"꺄아, 아아아아아아아악?! 뭐야, 이거—?! 기, 기분 나빠——!!"

제47플로어 필드를 남쪽으로 향해 걸어간 지 몇 분 지나지 않아 첫 몬스터와 조우했으나.

"우, 우와아앙!! 저리 가아―――!"

키가 큰 덤불을 헤치며 나타난 그것은 시리카가 상상해본 적도 없는 모습을 하고 있었다. 한마디로 표현하자면《걸어 다니는 꽃》이었다. 짙은 녹색 줄기는 인간의 팔만큼이나 굵었으며, 뿌리께는 여러 개로 갈라져 단단히 지면을 밟고 있었다. 줄기인지 몸통인지의 끝에는 해바라기와 비슷한 노랗고 커다란 꽃이 얹혀 있었는데, 그 한가운데엔 이빨이 돋아난 입이 쩍 벌어져 내부의 독살스러운 붉은색을 언뜻언뜻 드러냈다.

줄기 한가운데쯤에는 마치 동물의 근육을 연상케 하는 두 개의 덩굴이 불쑥 뻗어 나와 있었는데, 아무래도 그 팔과 입이 공격 부위인 모양이었다. 커다란 입으로 싱글싱글 웃음을 흘리는 식인꽃은 팔인지 촉수인지를 휘두르며 시리카에게 달려들었다. 추악한 캐리커처 같은 그 몬스터의 모습은 하필이면 꽃을 좋아하는 시리카에게 엄청난 생리적 혐오감을 안겨주었다.

"저리 가라니깐―――!"

거의 눈을 감다시피 하고 단검을 붕붕 휘둘러대고 있으려니, 곁에 서 있던 키리토가 당황한 목소리로 말했다.

"괘, 괜찮아. 그 녀석, 무진장 약해. 꽃 바로 아래의 하얗게 된 곳을 노리면 쉽게……."

"그, 그치만 기분 나쁜걸요오오오오—!"

"저 녀석이 기분 나쁘면 앞으로는 큰일인데. 꽃이 수도 없이 달린 녀석이라든가, 식충식물 같은 녀석이라든가, 끈적끈적한 촉수가 다발로 달린 녀석까지……."

"끼약——!!"

키리토의 말에 소름이 끼쳐 비명을 지르며 무작정 휘둘러댄 소드 스킬은, 물론 멋지게 허공을 갈랐다. 그 후 찾아온 경직시간에 불쑥 미끄러져 들어온 두 개의 줄기가 시리카의 두 다리를 휘릭휘릭 감더니, 뜻밖의 괴력으로 훌쩍 들어 올렸다.

"우왁?!"

빙글, 시야가 반전하며 머리를 밑으로 한 채 거꾸로 매달린 시리카의 스커트가 가상의 중력을 충실히 따르며 주르륵 내려갔다.

"으아악?!"

허겁지겁 왼손으로 스커트 끝자락을 꽉 누르며 오른손으로 덩굴을 베려 했으나, 자세가 좋지 못해 잘 되지 않았다. 얼굴을 새빨갛게 물들이며 시리카는 필사적으로 외쳤다.

"키, 키리토 오빠, 도와주세요! 보지만 말고 도와줘요!!"

"그, 그건 좀 무리야."

왼손으로 눈가를 가린 키리토가 난감한 표정으로 대답하는 사이에도, 거대한 꽃은 뭐가 그리 재미난지 거꾸로 매달린 시리카를 좌우로 대롱대롱 흔들어댔다.

"이, 이게……, 그만하지 못해!"

시리카는 어쩔 수 없이 스커트에서 왼손을 놓고는 덩굴의 한쪽을 붙잡고 단검으로 절단했다. 몸이 확 떨어지면서 꽃의 목덜미가 사정거리에 들어왔을 때, 다시 소드 스킬을 사용했다. 이번엔 멋지게 명중해 거대한 꽃의 머리가 툭 떨어지는 것과 동시에 전체가 폭발하여 사라졌다. 폴리곤 파편의 비를 맞으며 가볍게 착지한 시리카는, 고개를 돌리자마자 키리토에게 물었다.

"……봤어요?"

검은 옷차림의 검사는 왼손 손가락 틈으로 시리카를 내려다보며 대답했다.

"……안 봤어."

그 후 다섯 차례 정도 전투를 치른 후에야 겨우 몬스터의 모습에 익숙해져 진행 속도가 빨라졌다. 한번은 말미잘처럼 생긴 몬스터의 점액질 촉수에 온몸을 붙들리는 바람에 기절할 뻔했지만.

키리토는 그다지 전투에 가담하지 않은 채, 시리카가 위험할 때 검으로 공격을 튕겨내는 어시스트 역할만 하고 있었다. 파티 플레이에서는 몬스터에게 준 대미지의 양에 비례해 경험치가 분배된다. 고레벨 몬스터를 차례차례 쓰러뜨리니 평소의 몇 배나 되는 스피드로 경험치가 쌓이고, 금세 레벨이 하나 올랐다.

붉은 벽돌길을 한없이 걸어가니 냇물에 걸린 조그마한 다리가 나타났으며, 그 너머에 조금 높지막한 언덕이 보였다. 길은 그 언덕을 감으며 정상까지 이어진 것 같았다.

"저게 《추억의 언덕》이야."

"보아하니 갈림길은 없는 것 같네요."

"응. 그냥 올라가기만 하면 되니까 길 잃을 걱정은 없을 거야. 하지만 몬스터가 엄청 많다던걸. 조심해서 가자."

"네!"

이제 곧, 이제 곧 피나를 살릴 수 있다. 그렇게 생각하니 자연스럽게 걸음이 빨라졌다.

형형색색의 꽃이 흐드러지게 핀 오르막길에 발을 들이자 키리토의 말대로 갑자기 몬스터의 출현이 잦아졌다. 식물 몬스터의 몸집도 훨씬 커졌지만, 시리카가 가진 검은 단검의 위력이 생각보다 높아 연속기를 한 차례만 퍼부어도 웬만한 적은 해치울 수 있었다.

그보다도 놀랐던 것은 키리토의 실력이었다.

드렁크 에이프 두 마리를 일격에 해치운 것을 봤을 때부터 상당히 고레벨 검사라고는 생각했지만, 그곳보다 열두 단계나 위로 올라왔는데도 전혀 여유를 잃지 않았다. 몬스터가 여러 마리 나타나면 한 마리를 제외하고 모조리 격파해 시리카를 도와주었다.

하지만 그러면 그럴수록, 그런 고레벨 플레이어가 제35플로어에서 뭘 하고 있었는가 하는 의문이 머리를 치켜들었다.

뭔가 목적이 있어 방황의 숲에 왔던 것처럼 말했는데, 그곳에 딱히 레어 아이템이나 레어 몬스터가 나타난다는 이야기는 들은 적이 없었다.

이 모험이 끝나면 물어봐야지—그렇게 생각하며 시리카가 단검을 휘두르는 동안에도, 곡선을 그리는 좁은 언덕길은 조금씩 급경사가 되어갔다. 격렬함을 더해가는 몬스터의 습격을 물리치며 무성하게 우거진 나무들 사이를 빠져나가니—그곳이 언덕의 꼭대기였다.

"우와아……!"

시리카는 자신도 모르게 몇 걸음 달려가며 환성을 질렀다.

공중화원. 그런 수식어가 어울릴 법한 곳이었다. 울창한 나무들에 에워싸여 뻥 뚫린 공간 한 면에 아름다운 꽃들이 앞을 다투어 피어 있었다.

"드디어 다 왔구나."

뒤에서 걸어온 키리토가 검을 등의 칼집에 꽂으며 말했다.

"여기에……, 그 꽃이 있나요……?"

"응. 한가운데에 바위가 있고 그 위에……."

키리토의 말이 끝나기도 전에 시리카는 뛰고 있었다. 분명 꽃밭 한가운데에 하얗게 빛나는 커다란 바위가 보였다. 숨을 헐떡이며, 가슴 높이쯤 되는 바위로 달려가 조심조심, 그 위를 들여다보았다.

"어……?"

하지만 그곳에는 아무것도 없었다. 움푹 들어간 바위 위에는 실토막처럼 작은 풀이 돋아났을 뿐, 꽃이라 할 만한 것은 전혀 보이지 않았다.

"없어……. 없어요, 키리토 오빠!"

시리카는 곁으로 달려온 키리토를 돌아보며 외쳤다. 억제할 수도 없는 눈물이 배어나왔다.

"그럴 리가……. ―아, 저기 좀 봐."

키리토의 시선을 따라 시리카는 다시 바위 위로 눈을 돌렸다. 그러자―.

"아……."

부드러운 풀 틈새에서 지금 막 새싹 하나가 솟아나오던 참이었다. 시선을 맞추자 포커스 시스템이 발동해 떡잎은 선명한 모습으로 바뀌었다. 두 장의 새하얀 잎이 조개처럼 벌어지면서, 그 한가운데에서 가늘고 뾰족한 줄기가 쑥쑥 뻗어나왔다.

옛날 과학시간에 봤던 저속촬영 필름처럼, 그 줄기는 눈 깜짝할 사이에 높게, 커다랗게 성장해 마침내 끄트머리에 커다란 꽃망울을 맺었다. 순백색으로 빛나는 눈물방울 모양의 융기는 착각이 아니라 정말로 안쪽에서 진주색 빛을 발하고 있었다.

숨을 죽이며 시리카와 키리토가 지켜보는 가운데 서서히 그 끄트머리가 벌어지더니―찌르릉, 하는 방울 소리를 내며 꽃망울이 벌어졌다. 빛의 입자가 하늘에서 춤을 추었다.

두 사람은 한동안 꼼짝도 하지 않은 채, 조그마한 기적과도 같이 피어나는 하얀 꽃을 바라보았다. 일곱 장의 가느다란 꽃잎이 별빛처럼 뻗어나오며, 그 한가운데에서 반짝반짝 빛이 새어나와 하늘로 녹아들어갔다.

도저히 여기에는 손을 댈 수가 없을 것 같아 시리카는 살짝 키리토를 올려다보았다. 키리토는 부드러운 미소를 지으며 고개를 끄덕였다.

시리카도 고개를 끄덕이곤, 꽃에 살짝 오른손을 뻗었다. 비단실처럼 가느다란 줄기에 닿자마자 그것은 얼음처럼 툭 부러지고 시리카의 손에는 빛나는 꽃만이 남았다. 숨을 죽인 채 살짝 그 표면을 손가락으로 건드려보았다. 네임 윈도우가 소리도 없이 열렸다. 《프네우마의 꽃》―.

"이제……, 피나를 되살릴 수 있는 거군요……."

"그래. 마음 아이템 위에다 그 꽃 안에 맺힌 물방울을 떨어뜨리면 돼. 하지만 여긴 강한 몬스터가 많으니까 마을에 돌아가서 하는 게 낫겠다. 조금만 더 참고 서둘러서 가자."

"네!"

시리카는 고개를 끄덕이곤 메인 윈도우를 열어 꽃을 그곳에 넣었다. 아이템 인벤토리에 제대로 들어간 것을 확인하곤 닫는다.

솔직히 말하자면 텔레포트 크리스탈을 써서 당장이라도 귀환하고 싶었으나, 시리카는 꾹 참고 걸음을 옮겼다. 값비싼 크리스탈은 정말로 위험할 때가 아니면 사용하지 않는 법이다.

다행히 돌아가는 길에는 몬스터와 거의 맞닥뜨리지 않았다. 발걸음을 재촉해 나아가며 기슭에 도달했다.

이젠 가도를 한 시간만 걸어가면, 다시 피나를 만날 수 있다―.

터질 듯한 가슴을 부여안고, 냇가에 걸린 다리를 건너려 했을 때.

갑자기 뒤에서 키리토가 어깨를 붙들었다. 두근거리며 돌아보니, 키리토는 무서운 표정으로 다리 너머, 길 양쪽에 우거진 나무들을 노려보고 있었다. 그 입이 벌어지더니, 한층 낮고 긴장된 목소리가 튀어나왔다.

"―거기서 매복한 놈들, 당장 나와."

"네…………?!"

시리카는 황급히 그쪽을 살펴보았다. 하지만 사람은 전혀 보이지 않았다. 긴박한 몇 초가 지나간 후, 갑자기 바스락 소리와 함께 나뭇잎이 움직였다. 플레이어를 나타내는 커서가 표시되었다. 색깔은 녹색. 범죄자는 아니었다.

짧은 다리 너머에 나타난 것은―놀랍게도 시리카가 아는 얼굴이었다.

불꽃처럼 새빨간 머리카락, 똑같은 붉은 입술. 에나멜처럼 반짝이는 검은 레더 아머를 장비하고 한 손에는 가느다란 십자창을 든 창전사.

"로……로자리아 씨……?! 당신이 왜 이런 곳에……."

놀라 눈을 크게 뜬 시리카의 물음에는 대답하지 않고, 로자리아는 입술 한쪽 끝을 치켜 올리며 웃었다.

"내 하이딩을 간파하다니. 제법 색적 스킬이 높은 모양이네, 검사 나리. 내가 좀 얕잡아봤나?"

그리고 나서야 시리카를 쳐다보았다.

"보아하니 재수 좋게 《프네우마의 꽃》을 얻은 모양인걸. 축하해, 시리카."

로자리아의 진의를 파악하지 못한 채 시리카는 몇 걸음을 물러났다. 뭐라 형언할 수 없는 기분 나쁜 기색이 느껴졌다.

1초 후, 그 직감을 배신하지 않는 로자리아의 말이 이어졌다.

"그럼 당장 그 꽃을 내놔."

시리카는 할 말을 잃었다.

"……?! 무……무슨 말을 하는 거예요……?"

그때, 이제까지 아무 말이 없던 키리토가 앞으로 나서며 입을 열었다.

"그렇게는 안 되지, 로자리아 씨. 아니—, 오렌지 길드 《타이탄즈 핸드》의 리더님이라고 해야 할까."

로자리아의 눈썹이 꿈틀 올라가더니, 입술에서 웃음이 사라졌다.

SAO에서 절도나 상해, 혹은 살인처럼 시스템으로 규정된 범죄를 저지른 플레이어는 원래 녹색이던 커서가 오렌지색으로 바뀐다. 그래서 범죄자를 오렌지 플레이어, 그 집단을 오렌지 길드라 통칭한다. —그런 지식은 시리카도 알고 있었으나, 실제로 본 경험은 한 번도 없었다.

하지만 눈앞의 로자리아에게 떠 있는 HP 커서는 아무리 봐도 녹색이었다. 시리카는 멍하니 곁에 선 키리토를 올려다보며 메마른 목소리로 물었다.

"저기……, 하지만……, 보세요……. 로자리아 씨는, 그린……."

"오렌지 길드라고 해도 전부 범죄자 컬러는 아닐 때도 많아. 그린 멤버가 도시에서 사냥감을 물색하고 파티에 숨어들어서는, 매복 포인트로 유도하기도 하거든. 어젯밤에 우리의 말을 엿들었던 것도 저자의 동료였어."

"그, 그럴 수가……."

시리카는 아연실색하며 로자리아를 쳐다보았다.

"그……그럼, 최근 2주 동안 같이 파티를 했던 것도……."

로자리아는 다시 독살스러운 미소를 지으며 말했다.

"그래~. 그 파티의 전력을 평가하고, 동시에 모험에서 돈을 잔뜩 벌게 만들어서 살이 찔 때까지 기다린 거지. 사실은 오늘 그놈들을 해치울 생각이었는데."

시리카의 얼굴을 바라보며 낼름 혀로 입술을 핥았다.

"제일 기대했던 사냥감인 네가 빠져나가길래 무슨 일일까 싶었더니, 뭔가 레어 아이템을 가지러 간다잖아? 《프네우마의 꽃》은 지금이 한창 시세가 좋을 때거든. 역시 정보수집은 중요해~."

그리고 말을 잠시 끊더니, 키리토에게 시선을 보내며 어깨를 으쓱했다.

"하지만 거기 검사 나리, 그것까지 알면서도 어슬렁어슬렁 그 애랑 같이 놀고 있었어? 바보 아냐? 아니면 정말 몸에 넘어간 거야?"

로자리아의 모욕에 시리카는 시야가 새빨개질 정도로 분노했다. 단검을 뽑으려고 팔을 움직였다. 하지만 키리토에게 어깨를 붙들렸다.

"아니, 어느 쪽도 아니야."

철저하게 냉정한 키리토의 목소리.

"나도 당신을 찾고 있었거든, 로자리아 씨."

"─그게 무슨 소리지?"

"당신, 열흘 전에 38플로어에서 《실버 플래그》라는 길드를 습격했지? 멤버 네 명이 살해당하고 리더만이 탈출했던."

"아~, 그 거지들?"

로자리아는 눈썹 하나 까딱하지 않고 고개를 끄덕였다.

"그 리더는 말이다……. 매일 아침부터 밤까지, 울면서 최전선 게이트 광장에서 원수를 갚아줄 사람을 찾고 있었다."

키리토의 목소리에 오싹한 냉기가 배어났다. 단단하게 갈아낸 얼음의 칼날과도 같은, 건드리는 것을 모조리 베어버릴 울림이었다.

"하지만 그는 의뢰를 받아준 내게 당신들을 죽여달라고 하지 않았어. 흑철궁의 감옥에 넣어달라고, 그렇게 말했지. ─당신은 그 친구의 마음을 이해하겠어?"

"모르겠는걸."

귀찮다는 듯 로자리아가 대답했다.

"뭔데, 왜 그리 심각한 척해? 바보 아냐? 여기서 사람을 죽여봤자 진짜로 죽는다는 증거도 없는걸. 게다가 현실로 돌아갔을 때 죄가 되는 것도 아니고. 애초에 돌아갈 수 있을지 없을지도 모르는데 정의니 법률이니, 웃기지도 않아. 난 그런 놈이 제일 싫어. 이 세계에 이상한 논리 끌고 들어오는 놈이."

로자리아의 눈이 흉폭한 빛을 띠었다.

"그래서, 당신은 그 뒈지다 만 놈이 하는 말을 심각하게 받아들여서 우릴 찾고 있었다 이거지? 진짜 할 일도 없어. 뭐, 네가 뿌린 떡밥에 낚인 건 인정해줄게. 하지만……, 겨우 둘이서 어떻게 할 수 있을 것 같아……?"

입술이 가학적인 미소를 지었다. 그리고 그녀가 치켜든 오른손이 재빠르게 두 차례 허공을 휘저었다.

그러자 다리 건너로 뻗어나가는 가도 양옆의 나무들이 요란하게 흔들리더니, 차례차례 사람들을 뱉어냈다. 시리카의 시야에 연속으로 커서가 수도 없이 나타났다. 거의 대부분이 끔찍한 오렌지색이었다. 그 숫자는—열 명. 매복한 것도 모른 채 곧바로 다리를 건너갔더라면 완전히 포위당했을 것이다. 오렌지색 가운데 단 하나 섞인 그린 커서의 소유자—, 그의 바늘처럼 뾰족한 헤어스타일은 틀림없이 어젯밤 여관 복도에서 언뜻 봤던 것이었다.

새로이 나타난 열 명의 도적들은 모두 요란한 차림을 한 남성 플레이어였다. 온몸에 은제 액세서리며 서브 장비를 주렁주렁 걸쳤다. 그들은 실실 웃으면서 시리카의 몸에 끈적거리는 시선을 던지고 있었다.

극심한 혐오감을 느끼며 시리카는 키리토의 코트 뒤로 몸을 숨겼다. 작은 목소리로 속삭였다.

"키, 키리토 오빠……, 인원수가 너무 많아요. 탈출해야 해요……!"

"괜찮아. 내가 도망치라고 할 때까지는 결정만 준비하고 거기서 보고 있어."

온화한 목소리로 대답하며 키리토는, 시리카의 머리를 한차례 쓰다듬고 그대로 성큼성큼 다리를 향해 걸어 나갔다. 시리카는 아연실색해 서 있었다. 아무리 뭐라 해도 무모했다. 그렇게 생각하고 다시 큰 소리로 그를 불렀다.

"키리토 오빠……!"

그 목소리가 필드에 울려 퍼진 순간―.

"키리토……?"

도적들 중 하나가 중얼거렸다. 웃음을 지운 채 이마를 찡그리고, 기억을 더듬듯 시선을 이리저리 굴렸다.

"그 옷차림……, 방패도 없는 한손검……. ―《검은 검사》……?"

갑자기 창백해진 얼굴로 사내는 몇 걸음 물러났다.

"크, 큰일 났어요, 로자리오 씨! 저 자식……, 비터 출신에고, 공략파라고요……!"

사내의 말을 들은 나머지 멤버들의 얼굴이 일제히 굳어졌다. 경악한 것은 시리카도 마찬가지였다. 어처구니가 없어져 앞에서 걸어가는 키리토의 커다랗다고는 할 수 없는 등을 바라보았다.

이제까지 싸우는 모습을 보고 상당한 고레벨 플레이어일 것이란 예상은 했다. 하지만 설마 최전선에서 아무도 들어선 적이 없는 미궁에 뛰어들어 보스 몬스터까지도 잇달아 해치워대는 《공략파》, 진정한 톱클래스 검사의 일원일 줄은 꿈에도 몰랐다. 그들의 힘은 SAO의 공략에만 집중되어 중층 플로어에 내려오는 일조차 거의 없다고 들었는데—.

로자리아도 거의 몇 초간 입을 딱 벌리고 있다가, 제정신을 차리고 째지는 목소리로 외쳤다.

"고, 공략파가 왜 이런 데서 어슬렁거리고 있겠어?! 분명 이름만 사칭해서 겁먹게 만들려는 거야! 저 옷차림도 코스튬 플레이라고! 게다가—만약 정말로 《검은 검사》라고 해도 이 인원이 덤비면 하나쯤은 껌이지!!"

그 목소리에 기세가 살아난 듯, 오렌지 플레이어들의 선두에 섰던 거구의 도끼전사도 외쳤다.

"마, 맞아! 공략파면 돈이랑 아이템도 많을 거 아냐?! 이런 사냥감이 어딨겠어!"

도적들은 입을 모아 동의하며 일제히 검을 뽑아들었다. 무수한 금속이 번뜩이며 흉악한 빛을 뿜어냈다.

"키리토 오빠……, 무리예요, 도망쳐요!!"

시리카는 크리스탈을 꼭 쥔 채 필사적으로 외쳤다. 로자리아의 말대로 아무리 키리토가 강하다 해도 저렇게 많은 적을 상대한다면 승산이 없을 것이다. 하지만 키리토는 움직이지 않았다. 무기를 뽑으려고도 하지 않았다.

그런 키리토의 모습을 체념이라고 판단했는지, 로자리오와 나머지 한 명의 그린 플레이어를 제외한 아홉 명의 사내들은 무기를 뽑아들더니, 미친 듯이 웃으며 앞을 다투어 뛰어나왔다. 짧은 다리를 쿵쾅쿵쾅 건너더니―.

"이야아아아압!!"

"죽어라아아아!!"

고개를 숙이고 멈춰 선 키리토를 반원형으로 에워싸고는, 검이며 창을 일제히 키리토의 몸에 때려 박아댔다. 아홉 발의 참격을 동시에 받아 키리토의 몸이 휘청휘청 흔들렸다.

"안 돼――!!"

시리카는 두 손으로 얼굴을 가리며 절규했다.

"안 돼! 그만해요! 키리토 오빠가, 주……죽는다고요!!"

하지만 사내들은 귀를 기울이지 않았다.

폭력에 취한 듯, 어떤 자는 깔깔 웃어대며, 어떤 자는 욕설을 퍼부으며 손을 멈추지 않고 키리토를 향해 무기를 휘둘러 댔다. 다리 가운데쯤에 서 있던 로자리오도 얼굴에 채 억누르지 못한 흥분을 띄우고, 오른손 손가락을 핥으며 뚫어지게 참극을 바라보고 있었다.

시리카는 눈물을 닦고 단검자루를 쥐었다. 자신이 뛰어들어봤자 아무런 도움도 되지 못한다는 것은 알고 있었지만, 더 이상 보고만 있을 수는 없었다. 키리토에게 다가가기 위해 한 걸음을 내딛는 순간—, 그때 시리카는 어떤 사실을 깨닫고 움직임을 멈추었다.

키리토의 HP바가 줄어들지 않았다.

아니, 정확히 말하면 끊임없이 공격을 받는데도 겨우 몇 도트씩 감소할 뿐이었으며, 그나마 몇 초가 지나면 급격히 오른쪽 끝까지 회복되는 것이었다.

마침내 사내들도 눈앞의 검은 검사가 전혀 쓰러질 기색이 보이지 않는다는 것을 깨닫고 당황한 표정을 지었다.

"너희들, 뭐 하는 거야!! 당장 죽여!!"

조바심이 묻어나는 로자리오의 명령에, 다시 한 번 몇 초간의 참격이 비처럼 쏟아졌다. 하지만 상황은 변함이 없었다.

"야……, 이게 대체 어떻게 된 거야……?"

한 사람이 괴상한 것을 봤을 때처럼 표정을 일그러뜨리며 팔을 멈추고 몇 걸음 물러났다. 그 동요가 전파되며 나머지 여덟 명도 공격을 멈추고 거리를 벌렸다.

적막이 주위를 에워쌌다. 그 한가운데에서 키리토가 천천히 고개를 들었다. 조용한 목소리가 흘러나왔다.

"—10초에 400 정도? 그게 너희 아홉 명이 내게 준 대미지의 총량이야. 내 레벨은 78, HP는 14,500……. 거기에 배틀 힐링(Battle Healing) 스킬로 자동회복이 10초에 600포

인트. 몇 시간을 공격해도 나를 쓰러뜨릴 수는 없어."

사내들은 경악한 듯 입을 벌린 채 멍하니 서 있었다. 마침내 서브 리더로 보이는 양손검전사가 갈라지는 목소리로 말했다.

"그……그래도 되는 거야……? 완전 말도 안 되잖아……."

"그래."

내뱉듯 키리토가 대답했다.

"고작해야 숫자가 늘어난 것 가지고 그 정도로 말도 안 되는 차이가 나지. 그게 레벨제 MMORPG의 부조리함이라고!"

키리토의, 억제할 수 없는 무언가를 머금은 목소리에 위압당한 듯 사내들은 뒤로 물러났다. 그 얼굴에 달라붙은 경악이 공포로 바뀌어 갔다.

"쳇."

갑자기 로자리아가 혀를 차더니, 허리에서 텔레포트 크리스탈을 꺼내들었다. 하늘로 치켜들고 입을 열었다.

"텔레포트—."

하지만 그 말이 끝나기도 전에 부웅 하고 공기가 떨리는 소리가 나더니, 로자리아의 바로 앞에 키리토가 서 있었다.

"헉……."

그 자리에서 얼어붙은 로자리아의 손에서 크리스탈을 빼앗고 그대로 멱살을 움켜잡더니, 키리토는 그녀를 질질 끌고 사내들 쪽으로 왔다.

"이……이거 놔!! 날 어쩌려는 거야, 이 자식아!!"

멍하니 선 사내들의 한가운데에 로자리아의 몸을 집어던지더니, 키리토는 말없이 허리춤의 파우치를 뒤졌다. 그가 꺼낸 것은 푸른 크리스탈이었다. 하지만 텔레포트 크리스탈보다도 색깔이 훨씬 짙었다.

"이건 내게 의뢰한 친구가 전 재산을 털어 구입한 코리더 크리스탈이지. 흑철궁의 감옥 에이리어를 출구로 지정해놨다. 너희들 모두 감옥으로 텔레포트해줘야겠어. 나머진 《군》친구들이 알아서 하겠지."

땅에 주저앉은 채 입술을 깨물던 로자리아는 몇 초간 침묵을 지키더니, 강짜를 부리듯 붉은 입술에 짐짓 미소를 지어보이며 말했다.

"—만약 싫다고 하면?"

"전부 죽이겠다."

간결한 키리토의 대답에 그 미소가 얼어붙었다.

"—고 말하고 싶지만……, 어쩔 수 없이 그 경우엔 이걸 사용해야지."

키리토가 코트 안쪽에서 꺼낸 것은 조그마한 단검이었다. 그 칼날을 자세히 보니 어렴풋한 녹색 점액이 묻어 있는 것 같았다.

"마비독이다. 레벨 5의 독이니까 10분은 못 움직일걸. 너희를 코리더에 집어넣는 데는 그 정도 시간이면 충분해. ……자기 발로 갈지, 집어던져질지 원하는 대로 선택하라고."

이젠 강짜를 부리는 사람은 아무도 없었다. 다들 말없이 고개를 숙이는 것을 보고, 키리토는 단검을 품에 넣더니 짙은 푸른색의 크리스탈을 높이 치켜들고 외쳤다.

"코리더 오픈!"

순식간에 크리스탈이 부서지면서 그 앞의 공간에 푸른색 빛의 소용돌이가 출현했다.

"빌어먹을……."

키 큰 도끼전사가 어깨를 축 늘어뜨린 채 제일 먼저 그 안으로 뛰어들었다. 나머지 오렌지 플레이어들도, 어떤 자는 욕설을 내뱉으며, 어떤 자는 말없이 빛 속으로 사라져 갔다. 도청 담당 그린 플레이어까지 그 뒤를 따르자, 남은 것은 로자리아 한 사람뿐이었다.

붉은 머리 여도적은 동료들이 모두 코리더로 사라진 후에도 움직이려 하지 않았다. 땅바닥에 책상다리를 하고 앉은 채 도전적인 시선으로 키리토를 올려다보았다.

"……하고 싶으면 해보시지? 그린인 나한테 상처를 입혔다간 이번엔 네가 오렌지로……."

그 말이 끝나기도 전에 키리토가 다시 로자리아의 멱살을 움켜쥐었다.

"미리 말해두지만 난 솔로거든? 하루 이틀 오렌지가 되는 것 정도는 아무렇지도 않아."

무뚝뚝하게 내뱉더니, 도적을 높이 치켜든 채 코리더를 향해 걸어갔다. 로자리아가 더더욱 팔다리를 버둥거리며 저항했다.

"잠깐만, 제발, 그만! 용서해줘! 응?! ……마, 맞아, 너, 나랑 손잡지 않을래? 네 실력이라면 어떤 길드건……."

그 말은 끝까지 이어지지 못했다. 키리토는 힘으로 로자리아를 머리부터 코리더에 집어넣었다. 그 모습이 사라진 직후, 코리더도 한순간 눈부신 빛을 발하며 사라졌다.

정적이 찾아왔다.

새들이 지저귀는 소리와 냇물 흐르는 소리만이 들리는 봄날의 초원은, 몇 분 전의 소란이 거짓말인 것처럼 조용했다. 하지만 시리카는 움직일 수 없었다. 키리토의 정체에 대한 놀라움, 범죄자들이 사라진 데 대한 안도감, 여러 가지 감정이 한꺼번에 몰려들어 입을 열 수조차 없었다.

키리토는 고개를 갸웃하더니, 멍하니 선 시리카를 한동안 말없이 바라보고 있다가 마침내 속삭이듯 말했다.

"……미안해, 시리카. 널 미끼로 삼은 셈이구나. 나에 대해 밝힐까도 했지만……, 네가 무서워할 것 같아서 그러지 못했어."

시리카는 필사적으로 고개를 저으려 했으나 그러지 못했다. 마음속에 수많은 생각이 빙글빙글 소용돌이치고 있었다.

"마을까지 바래다줄게."

키리토는 그렇게 말하며 걸어가려 했다. 그 등을 향해, 어떻게든 목소리를 쥐어짜냈다.

"다—다리가, 움직이질 않아요."

돌아본 키리토는 슬쩍 웃으며 오른손을 내밀었다. 그 손을 꽉 쥔 후에야, 시리카도 조금 웃을 수 있었다.

제35플로어의 웨더콕 태번에 도착할 때까지 두 사람은 거의 말이 없었다. 하고 싶은 말은 잔뜩 있었는데도 시리카의 목은 조약돌이 틀어박힌 것처럼 목소리를 내지 못했다.

2층으로 올라가 키리토의 방에 들어가니 창문에서는 이미 붉은 석양이 새어들고 있었다. 그 빛 속에서 검은 실루엣이 되어 서 있던 키리토에게 시리카는 겨우 떨리는 목소리로 말했다.

"키리토 오빠……, 가실 건가요……?"

한동안의 침묵. 실루엣이 천천히 고개를 끄덕였다.

"응……. 전선에서 닷새나 떠났으니까. 당장 공략에 돌아가야지……."

"……그렇, 겠네요……."

사실은 데려가 달라고 하고 싶었다.

하지만 그럴 수 없었다.

키리토의 레벨은 78. 자신의 레벨은 45. 그 차이는 33—. 잔혹할 정도로 명확한, 두 사람을 가로지르는 거리였다. 키리토의 전장에 따라간다 해도 시리카는 순식간에 몬스터에게 죽고 말 것이다. 같은 게임에 로그인했으면서도 현실세계 이상으로 높고 두터운 벽이 두 사람의 세계를 가로막고 있었다.

"…………저……저는요……"

시리카는 입술을 꾹 깨물고, 넘쳐나려는 마음을 필사적으로 억눌렀다. 그것은 두 줄기의 눈물이 되어 뺨으로 넘쳐났다.

갑자기, 키리토의 두 손이 어깨에 얹히는 것을 느꼈다. 바로 곁에서 낮고 온화한 속삭임이 들려왔다.

"레벨은 그냥 숫자야. 이 세계의 힘이란 건 단순한 환상에 불과해. 그런 것보다도 훨씬 소중한 것이 있어. 그러니까 다음엔 현실세계에서 만나자. 그러면 다시 친구가 될 수 있을 테니까."

사실은 눈앞의 새까만 가슴에 몸을 기대고 싶었다. 하지만 터져버릴 것 같은 마음속에 키리토의 말이 따뜻함이 되어 배어들어오는 것을 느끼며, 이 이상은 바랄 수가 없다―그렇게 생각해 시리카는 살짝 눈을 감고, 중얼거렸다.

"네. 꼭―꼭이에요."

몸을 떼고, 키리토의 얼굴을 올려다보니 시리카는 그제야 겨우 진심으로 웃음을 지을 수가 있었다. 키리토도 살짝 웃으며 말했다.

"자. 피나를 다시 불러보자."

"네!"

고개를 끄덕이며, 시리카는 오른손을 휙 휘둘러 메인 윈도우를 불러냈다. 아이템 인벤토리를 스크롤해 《피나의 마음》

을 실체화시켰다.

원도우 표면에 떠오른 하늘색 깃털을 티 테이블에 놓고, 다음으로는《프네우마의 꽃》도 불러냈다.

진주색으로 빛나는 꽃을 손에 들고 원도우를 닫자, 시리카는 키리토를 올려다보았다.

"꽃 한가운데에 맺힌 물방울을 깃털에 떨어뜨리면 돼. 그러면 피나는 살아날 거야."

"알았어요……."

커다란 하늘색 깃털을 바라보며, 시리카는 마음속으로 속삭였다.

피나……. 많이, 많이 이야기해줄게. 오늘 있었던 굉장한 모험 이야기를……. 피나를 구해준, 나의 일일 오빠의 이야기를.

두 눈에 눈물을 띄우며, 시리카는 오른손에 든 꽃을 살짝 깃털에 기울였다.

(끝)

002-002

마음의 온도

§ 아인크라드 제48플로어
2024년 6월

커다란 수차(水車)가 천천히 회전하는 편안한 소리가 공방 안을 가득 채우고 있다.

그리 넓지는 않은 기술자 클래스 플레이어용 홈이지만, 이 수차 탓에 쓸데없이 값이 비쌌다. 제48플로어 주거구역 《린더스》가 열렸을 때 이 집을 본 나는 한눈에 "여기밖에 없어!"라고 생각했으며, 다음으로 가격을 보고 경악했다.

그 후로 나는 죽을힘을 다해 돈을 벌고, 여기저기 빚까지 져서 목표 금액 300만 콜을 겨우 두 달 만에 조달했다. 만약 이곳이 현실이었다면 가녀린 소녀임에도 불구하고, 온몸에 근육이 붙고 오른손에는 단단한 굳은살이 박힐 만큼 해머를 휘둘러댔다.

그런 보람이 있었는지, 몇몇 라이벌들을 간신히 앞질러 집 문서를 손에 넣고 이 수차 딸린 집은 마침내 《리즈벳 무기상》이 되었다. 석 달 전, 봄치고는 싸늘한 어느 날의 이야기였다.

1

수차의 덜커덩덜커덩 하는 진동 소리를 BGM 삼아 모닝커피를 바쁘게—이곳이 아인크라드여서 정말로 다행이다—마신 후, 나는 대장장이 유니폼으로 갈아입고 벽에 걸린 커다란 전신거울로 슬쩍 체크해보았다.

대장장이라곤 해도 작업복 같은 것은 아니고, 굳이 말하자면 웨이트리스에 가깝다. 검붉은 퍼프 슬리브 윗도리에 같은 색깔의 플레어스커트. 그 위에 순백색 에이프런. 가슴께에는 붉은 리본.

이 복장을 코디네이트해준 것은 내가 아니라 친구이자 단골인 동갑내기 여자아이였다. 그 애가 말하길, "리즈벳은 동안이라 뻣뻣한 옷은 안 어울린단 말이야."

뭐 이런 소릴 해서, 처음엔 무슨 참견인가! 싶었지만 실제로 이 유니폼으로 바꾼 후 가게의 매상이 두 배로 뛰어—딱히 본의는 아니지만, 그 후로는 계속 이러고 있다.

그녀의 어드바이스는 옷뿐만 아니라 헤어스타일에까지도 미쳐, 지금은 베이비 핑크색의 복슬복슬한 쇼트 헤어라는 무시무시한 커스터마이즈가 되어 있다. 하지만 주위의 반응을 보면 이것도 썩 안 어울리지는 않는 모양이다.

나—대장장이 리즈벳은 SAO에 로그인했을 때 열다섯이었다. 현실세계에서도 나이보다 어려 보인다는 말을 들었지만, 이 세계에서는 그 경향이 한층 강해지고 말았다. 거울에 비친 내 모습은 핑크색 머리카락에 커다랗고 짙은 파란색 눈동자, 조그만 코와 입술이 고풍스러운 에이프런 드레스와 맞물려 어쩐지 인형 같은 분위기를 풍기고 있었다.

저쪽에서는 패션에 흥미가 없는 성실한 중학생이었던 만큼 갭을 느끼지 않을 수가 없었다. 최근에는 어찌어찌 이 외모에도 익숙해졌지만, 성격만큼은 고쳐지질 않아 이따금 호통을 치는 바람에 손님들이 황당한 표정을 지을 때가 있다.

장비하지 않은 것이 있나 확인하고, 나는 가게 앞에 나가 'CLOSED' 팻말을 뒤집어 놓았다. 개점을 기다리던 몇몇 플레이어들에게 내가 보여줄 수 있는 최고의 미소를 던지며 씩씩하게 인사한다.

"좋은 아침이죠? 어서 오세요!"

이 일을 자연스럽게 할 수 있게 된 것도 사실은 꽤 최근이다.

가게 경영은 옛날부터 가졌던 꿈이었지만, 설령 그것이 게임 속이라 해도 꿈과 현실엔 큰 차이가 있었다. 접객이며 서비스가 얼마나 어려운지는 여관을 거점 삼아 노점 판매를 할 무렵부터 몸소 깨달았다.

미소가 어려우면 하다못해 품질로 승부하자고 초기부터 무작정 무기 제작 스킬을 올려댄 것이 결국엔 정답이었는지,

다행히 이곳에 가게를 낸 후로도 많은 고정 손님이 우리 무기를 애용해주고 있다.

한 차례 인사를 마치고, 접객은 NPC 점원에게 맡긴 후 나는 매장과 붙은 공방에 틀어박혔다. 오늘 안으로 만들어야만 하는 오더메이드 주문이 열 건 정도 쌓여 있는 것이다.

벽에 붙은 레버를 당기자 수차의 동력으로 풀무가 화로에 공기를 불어넣고, 회전연마기가 소리를 내기 시작했다. 아이템 인벤토리에서 값비싼 금속 주괴를 꺼내, 새빨갛게 달아오르기 시작한 화로에 집어넣어 충분히 달군 후 집게로 모루 위에 옮겼다. 한쪽 무릎을 꿇고 애용하는 해머를 집은 후, 팝업메뉴를 불러내 제작 아이템을 지정했다. 이젠 주괴를 지정된 횟수만큼 내려치기만 하면 무기 아이템이 제작된다. 여기에는 딱히 테크닉 같은 것이 필요하진 않으며 완성된 무기의 품질도 랜덤이지만, 두드릴 때의 기합이 결과를 좌우한다고 믿고 있는 나는 온 신경을 집중하며 천천히 해머를 치켜들었다. 주괴에 첫 일격을 가하려던 바로 그 순간─.

"안녕, 리즈!"

"으악!"

갑자기 공방 문이 벌컥 열리는 바람에 내 손은 제대로 빗나갔다. 주괴가 아니라 모루 끄트머리를 치는 바람에 한심스러운 효과음과 함께 불꽃이 튀었다.

고개를 드니 갑작스러운 침입자는 머리를 긁으며 혀를 낼름 내밀고 웃고 있었다.

"미안~. 앞으로는 조심할게."

"그 말을 몇 번째 들었더라─. ……뭐, 치고 난 다음이 아니라 다행이지만."

나는 한숨과 함께 자리에서 일어나 다시 주괴를 화로에 집어넣었다 두 팔을 허리에 대고 돌아서서, 나보다 살짝 키가 큰 소녀의 얼굴을 올려다보았다.

"……안녕, 아스나."

내 친구이자 단골인 세검전사 아스나는, 공방 안을 가로질러 다가와선 원목 스툴에 털썩 앉았다. 어깨에 늘어뜨린 밤색 롱헤어를 손끝으로 살짝 쓸어 넘긴다. 그런 몸짓들이 모두 영화처럼 빛이 나서, 오랫동안 알고 지낸 사이임에도 불구하고 나도 모르게 넋을 잃고 바라보고 만다.

나도 모루 앞의 의자에 앉아 해머를 벽에 세워놓았다.

"……그래서, 오늘은 뭐야? 아침 일찍 왔네."

"아, 이거 부탁해."

아스나는 허리에서 레이피어를 칼집째로 풀더니, 휙 집어던졌다. 한 손으로 받아들고 살짝 검신을 뽑아보았다. 오랫동안 쓴 탓에 빛이 좀 죽긴 했지만, 날이 들지 않을 정도는 아니었다.

"아직 별로 안 상한 것 같은데? 연마하기엔 좀 이르지 않아?"

"그렇긴 하지만. 반짝반짝 빛이 나게 해줬음 해서."

"흐음?"

나는 새삼 아스나를 쳐다보았다. 하얀 바탕에 붉은 십자 모양을 수놓은 기사복에 미니스커트 차림은 여느 때와 다를 바가 없지만, 부츠는 새로 산 것처럼 반짝거렸으며 귀에는 조그마한 은색 귀고리까지 달고 있다.

"어쩐지 수상한데~. 그리고 보니 오늘은 평일이잖아. 길드의 공략 할당량은 어쨌어? 63층에서 꽤 애먹고 있다고 그러지 않았어?"

내가 말하자 아스나는 부끄러워하는 미소를 지었다.

"응─, 오늘은 휴가 받았어. 나중에 누구랑 만날 약속이 있어서……."

"흐흥~!"

나는 의자와 함께 덜컥덜컥 아스나에게 다가갔다.

"자세히 말해봐. 누구랑 만나는지."

"비, 비밀이야!"

아스나는 뺨을 살짝 붉히며 시선을 돌렸다. 나는 팔짱을 끼곤 깊이 고개를 끄덕이며 말했다.

"아항~. 너 요즘 묘하게 밝아졌다 싶었더니, 드디어 남자가 생겼구나."

"그, 그런 거 아니야!!"

아스나의 뺨이 한층 더 붉어졌다. 헛기침을 하고 나를 곁눈질하면서 물었다.

"……내가, 예전하고 그렇게 달라……?"

"그야 물론~. 처음 봤을 때는 자나 깨나 미궁 공략! 이었잖아. 애가 너무 딱딱하다 싶었는데, 봄부터 조금씩 달라지더라고. 도대체가 평일에 공략을 땡땡이치다니, 예전 같으면 상상도 못할 일이지."

"그, 그렇구나. ……역시 영향을 받았던 걸까……."

"그래그래, 누구야? 내가 아는 사람?"

"모르지…… 않을까 하는데……, 아마도."

"다음에 데려와 봐."

"정말 그런 거 아니라니깐! 아직 전혀, 그게……, 일방통행이고……."

"흠—!"

나는 이번에야말로 진심으로 놀랐다. 아스나는 최강 길드 KoB의 서브 리더이며 아인크라드에서 다섯 손가락 안에 꼽힌다는 미인이다. 그런 아스나에게 구애를 하는 남자는 하늘의 별만큼 무수하다지만, 설마 그 반대 패턴이 존재할 줄은 꿈에도 생각하지 못했다.

"뭐랄까, 있지, 참 별난 애야."

아스나는 멍한 눈으로 허공을 바라보며 말했다. 입가에는 어렴풋한 미소를 짓고 있다. 순정만화였다면 배경에 수많은 꽃이 흩날릴 것 같았다.

"종잡을 수가 없달까, 마이페이스랄까……. 그런 것치고는 무진장 강하고 말이지."

"어라, 너보다도 강해?"

"응, 완전. 듀얼을 해도 나 같은 건 1분도 못 버틸 거야."

"호오~. 그럴 수 있는 사람이라면 거의 손에 꼽을 정도일 텐데."

내가 머릿속으로 공략파 명부를 뒤지기 시작하자, 아스나 가 허겁지겁 두 손을 내저었다.

"아앗, 상상하지 마아~!"

"뭐, 조만간 보여줄 거라고 기대하고 있을게. 하지만 그런 거라면 우리 가게 선전도 잘 부탁해!"

"리즈는 정말 착실하다니깐. 소개는 해주겠지만서도. — 아, 아차차! 빨리 연마 좀 부탁해!"

"그래그래. 당장 갈아줄 테니까 조금만 기다려."

나는 아스나의 레이피어를 든 채 일어나선, 방 한구석에 설 치된 회전 연마기 앞으로 이동했다.

붉은 칼집에서 가느다란 검을 뽑아들었다. 무기 카테고리 《레이피어》, 고유명 《램번트 라이트(Lambent Light)》. 내 가 이제까지 만들어낸 검 가운데 최상급의 명품 중 하나다. 지금 가지고 있는 최고의 재료와 최고의 해머, 최고의 모루 를 써도 랜덤 파라미터 때문에 완성될 무기의 품질에는 차이 가 있다. 이만한 검을 만들어낼 수 있는 것은 석 달에 한 번 이나 될까 말까.

두 손으로 받쳐 든 검신을 회전하는 연마기에 천천히 가져 다 댔다. 무기의 연마에도 특별한 테크닉은 필요하지 않으며 일정 시간 연마석에 가져다 대면 끝날 뿐이지만, 역시 소홀 히 할 마음은 없었다.

자루에서 끄트머리 쪽을 향해 꼼꼼하게 검신을 미끄러뜨렸다. 시원한 금속음과 함께 오렌지색 불꽃이 튀고, 그와 동시에 은색 광채가 되살아났다. 마침내 연마가 끝나자, 레이피어는 아침햇살을 받아 투명한 은색을 되찾았다.

검을 칼집에 집어넣고 아스나에게 되던져주었다. 그녀가 동시에 튕겨 보낸 100콜 은화를 손끝으로 잡는다.

"땡큐!"

"다음번에 갑옷 수리도 부탁할게. —그럼 나 좀 급하니까, 이만!"

아스나는 일어나더니 허리의 검대에 레이피어를 매달았다.

"궁금해라~. 나도 따라가볼까."

"에에, 아, 안 돼!"

"하하하, 농담이야. 하지만 담번에 꼭 데려와."

"조, 조만간."

파닥파닥 손을 흔들고 아스나는 도망치듯 공방에서 튀어나갔다. 나는 한 차례 크게 숨을 내쉬고 다시 의자에 걸터앉았다.

"……좋겠네."

문득 입을 열자 튀어나온 대사에 나도 모르게 쓴웃음.

이 세계에 온 지 1년 반, 평소 그다지 꾸물거리지 않는 성질인 나는 사업 번창에만 열정을 쏟아 여기까지 왔다. 하지만 대장장이 스킬은 거의 컴플리트하고 가게도 세운 요즘, 목표를 잃을 위기에 빠져서인지 사람이 그리워지기 시작한 것 같았다.

아인크라드엔 워낙 여자가 적기 때문에 이제까지 다가오는 남자는 나름 많았지만, 어쩐지 응해줄 마음이 들지 않았다. 역시 내가 먼저 좋아할 수 있는 사람이었으면 싶었다. 그런 의미에서 따지면 솔직히 아스나가 부러웠다.

"나한테도 어디서 《멋진 만남》 퀘스트 같은 거 하나 덜컥 안 떨어지려나~."

중얼거린 후, 고개를 도리도리 저어 묘한 생각을 떨쳐내곤 자리에서 일어났다. 화로에서 새빨갛게 달아오른 주괴를 꺼내 다시 모루 위에 놓았다. 당분간은 이 녀석이 애인이지. 그런 생각을 하며 해머를 치켜들고 기합과 함께 내리쳤다. 에이얍.

공방에 울려 퍼지는 리드미컬한 해머 소리는 여느 때 같으면 금세 나의 머리를 텅 비워주었을 텐데, 오늘만큼은 가슴속의 응어리가 좀처럼 풀릴 줄을 몰랐다.

그 사내가 가게에 찾아온 것은 다음날 오후였다.

어젯밤 조금 무리해 오더메이드 주문을 해치운 나는, 수면 부족 상태여서 가게 앞 테라스의 커다란 흔들의자에 앉아 꾸벅꾸벅 졸고 있었다.

꿈을 꾸었다. 초등학교 시절 꿈이었다. 나는 성실하고 얌전한 아이였지만, 오후 첫 수업시간에는 자꾸만 조는 버릇이 있었다. 곧잘 꾸벅거리다가 선생님의 주의를 들었다.

나는 그 시절 대학을 갓 졸업한 젊은 남자 선생님을 동경했다. 졸다가 주의를 듣는 것은 창피했지만 그가 깨우는 방식은 어쩐지 좋았다. 살짝 어깨를 흔들면서 낮고 조용한 목소리로—.

"저어, 미안한데……"

"네, 넷, 잘못했어요!!"

"으악?!"

용수철처럼 벌떡 일어나며 크게 소리를 지른 내 앞에, 멍한 표정으로 굳어버린 남성 플레이어가 있었다.

"어라……?"

나는 멍하니 주위를 둘러보았다. 책상이 줄지어 서 있던 초등학교 교실—이 아니었다. 넉넉하게 심어진 가로수, 널찍한 돌블록길을 에워싼 수로, 잔디가 깔린 안뜰. 내 제2의 고향 린더스였다.

아무래도 간만에 있는 힘껏 잠꼬대를 하고 만 모양이었다. 헛기침으로 부끄러운 마음을 감추고는 손님인 듯한 사내에게 인사를 했다.

"어, 어서 오세요. 무기를 찾으시나요?"

"어, 네."

사내는 끄덕끄덕 고개를 끄덕였다.

언뜻 보기에 그리 레벨이 높은 플레이어 같지는 않았다. 나이는 나보다도 조금 위일까. 검은 머리에 똑같이 검고 간소한 셔츠와 바지, 부츠. 무장은 등에 짊어진 한손검 하나뿐이었다. 우리 가게 물건들은 요구 스탯이 높은 무기가 대부분이라 그의 레벨이 부족하진 않을까 솔직히 걱정되었으나, 표정으로는 드러내지 않고 가게 안으로 안내했다.

"한손검은 이쪽 진열장에 있어요."

기성 무기의 견본이 진열된 케이스를 가리키자, 그는 난감한 표정으로 웃으며 말했다.

"아, 그게, 오더메이드를 부탁하려고……."

내 걱정은 점점 더 깊어졌다. 특수소재를 사용한 오더 무기는 아무리 싸도 10만 콜이 넘는다. 요금을 제시했을 때 얼굴이 붉으락푸르락해진다면 나도 민망해지니, 어떻게든 그 사태는 피하려 했다.

"지금 금속 값이 좀 올라서 꽤 비싸질 것 같은데요……."

그렇게 말하긴 했으나, 검은 옷의 남자는 아무렇지도 않다는 표정으로 무시무시한 대답을 했다.

"예산은 걱정하지 않아도 되니까, 지금 만들 수 있는 최고의 검을 만들어주세요."

"……."

나는 잠시 멍하니 사내의 얼굴을 들여다보았으나, 마침내 어떻게든 입을 열었다.

"……아니, 그렇다곤 해도……, 구체적으로 어느 정도 목표치 같은 게 있어야……."

나도 모르게 말투가 조금 거칠어지긴 했으나, 그는 괘념치 않고 고개를 끄덕였다.

"그것도 그렇겠네. 그러면⋯⋯"

가느다란 검대와 함께 등에 맨 한손검을 벗더니, 내게 내밀어 주었다.

"이 검과 같거나 그 이상의 성능이라면 어떨까요."

보아하니 그리 대단한 물건인 것 같지는 않았다. 검은 가죽이 감긴 칼자루, 같은 색깔의 칼집. 하지만 오른손으로 들어 본 순간―.

무겁다!!

하마터면 떨어뜨릴 뻔했다. 요구 근력치가 엄청나게 높았다. 나도 대장장이 겸 메이스전사인지라 근력 스탯에는 상당히 자신이 있었지만, 이 검은 도저히 휘두를 수 없을 것 같았다.

주저주저하며 검신을 뽑아보니 거의 칠흑에 가까운 색의 두툼한 칼날이 번뜩 빛났다. 한눈에 봐도 상당한 명검이란 것을 알 수 있었다. 손끝으로 클릭해 팝업메뉴를 띄웠다. 카테고리 《롱 소드 / 원 핸드》, 고유명 《일루시데이터(Elucidator)》. 제작자 이름은 없다. 그렇다면 이것은 동종업자가 만든 것이 아니다.

아인크라드에 존재하는 모든 무기는 크게 두 종류로 나눌 수 있다.

하나는 우리 대장장이들이 만드는 《플레이어 메이드》. 나머지 하나가 모험에서 입수할 수 있는 《몬스터 드롭》이다. 당연한 일이지만 대장장이들은 드롭 무기를 그다지 좋아하지 않는다. 그러다 보니 '무명'이니 '노 브랜드'처럼 야유가 담긴 별명도 헤아릴 수 없다.

하지만 이 검은 드롭 무기 가운데에서도 상당한 레어 아이템인 모양이었다. 원래 평균적인 플레이어 메이드와 평균적인 몬스터 드롭을 비교해보면 전자의 손을 들어줘야 하지만, 가끔 이런 《마검(魔劍)》이 출현하는 경우도 있다—고 한다.

아무튼 내 대항의식은 크게 자극을 받았다. 마스터 블랙스미스의 자존심을 걸고서라도 드롭 무기에 질 수는 없었다.

무거운 검을 그에게 돌려주고, 나는 가게 정면 안쪽 벽에 걸린 롱 소드 한 자루를 가져왔다. 보름 전에 단련시킨, 지금 내가 만들 수 있는 최고 걸작이었다. 칼집에서 뽑아낸 도신은 불그스레한 빛을 띠어 엷은 화염을 두르고 있는 것처럼 보였다.

"이게 지금 우리 가게에 있는 제일 좋은 검이에요. 아마 손님 검에 비해도 꿀리지 않을걸요."

그는 말없이 내가 내민 붉은 검을 집어 들더니, 한 손으로 횡횡 휘둘러보고는 고개를 가웃했다.

"좀 가벼운 것 같은데요?"

"……스피드 계열 금속을 사용했으니까……."

"으음……."

그는 아무래도 석연찮다는 표정으로 다시 몇 번 검을 휘둘러보더니, 다시 내게 시선을 돌리며 말했다.

"잠깐 시험해봐도 될까요?"

"시험하다니, 뭘요……?"

"내구력."

사내는 왼손에 들고 있던 자기 검을 뽑더니 가게 카운터 위에 툭 내려놓았다. 그 앞에 서서는 오른손에 쥔 내 붉은 검을 천천히 치켜든다.

그의 의도를 파악한 나는 허겁지겁 말렸다.

"자, 잠깐만요! 그랬다간 손님 검이 부러진다고요!!"

"부러질 만한 검이라면 어차피 쓸 수 없는걸요. 그때는 그때죠."

"그런…….".

말도 안 되는 소릴, 이라는 말을 집어삼켰다. 검을 똑바로 머리 위에 치켜든 그의 눈에 예리한 빛이 깃들었다. 금세 검신에 푸르스름한 광원 이펙트가 맺히기 시작했다.

"차앗!"

기합과 함께 무시무시한 속도로 내리친 검. 눈 깜짝할 틈도 없이 검과 검이 충돌하고, 충격음이 가게 안에 쩌렁쩌렁 울려 퍼졌다. 작렬한 섬광이 너무나도 눈부셔서 내가 눈을 가늘게 뜨고 뒤로 물러난 그 순간.

검신이 깔끔하게 절반으로 부러지더니 박살나버렸다.

—내 최고 걸작의 검신이.

"으갸아아아아악!!"

나는 비명을 지르며 그의 오른손에 달려들었다. 남은 반 토막을 빼앗아선 필사적으로 이리저리 살펴보았다.

……수리, 불가능.

그렇게 판단하고 어깨를 축 늘어뜨린 직후, 반쪽이 된 검이 폴리곤 파편을 흩뿌리며 사라졌다. 몇 초간의 침묵을 거친 뒤 천천히 고개를 들었다.

"어……어……."

나는 입술을 부들부들 떨며 오른손으로 사내의 멱살을 움켜쥐었다.

"어쩔 거예요, 이거—!! 부러졌잖아요—!!"

사내도 얼떨떨한 표정으로 말했다.

"미, 미안해요! 설마 휘두른 쪽이 부러질 줄은 모르고……."

……발끈.

"그건 다시 말해, 제 검이 생각보다 약했다는 소리인가요?!"

"어—음—. 뭐, 그렇죠."

"아!! 이젠 아예 배 째네?!"

나는 그의 옷을 놓고는, 두 팔을 허리에 턱 얹으며 가슴을 활짝 폈다.

"미, 미리 말해두겠는데 말이죠! 재료만 있으면 그따위 검은 뚝뚝 부러뜨릴 만한 무기를 얼마든지 만들어낼 수 있다고요!"

"—호오?"

홧김에 내뱉은 나의 말을 들은 그가 씨익 웃었다.

"그거 꼭 좀 부탁하고 싶은데요. 이놈이 뚝뚝 부러질 만한 걸로."

카운터에서 까만 칼을 집어 들더니 칼집에 꽂았다. 나는 드디어 머리끝까지 피가 솟구쳐—.

"그렇게 나왔다 이거죠!? 좋아! 그럼 당신도 거들어요! 금속재료 구하는 데서부터!"

아차 싶었지만 이미 떠나간 배. 이젠 물러날 수 없었다. 그는 눈썹 하나 꿈쩍하지 않고는, 무례하게도 나를 빤히 훑어보았다.

"……그건 상관없지만, 나 혼자 가는 게 낫지 않을까요? 괜히 방해되면 난감한데."

"우워—!!"

뭐 이렇게 사람 속을 박박 긁어놓는 놈이 다 있담. 나는 두 팔을 버둥버둥 휘두르며 어린아이처럼 항변했다.

"사, 사람을 우습게 보지 말아요! 이래 봬도 마스터 메이스 전사란 말예요!"

"호오~."

사내는 휘파람을 한 번 불었다. 이젠 대놓고 재미있어 한다.

"그렇다면 기대해보죠. —아무튼 아까 그 검은 내가 변상할게요."

"필요 없어요! 그 대신 당신 검보다 강한 걸 완성하면 있는 대로 바가지 씌울 줄 알아요!!"

"좋아요, 얼마든지. —난 키리토. 칼이 완성될 때까지 한동안 잘 부탁해요."

나는 팔짱을 끼고 고개를 홱 돌리며 말했다.

"잘 부탁해, 키리토."

"우와, 다짜고짜 반말이야? 뭐, 나야 괜찮지만. 잘 부탁해, **리즈벳**."

"카악—!!"

—파티를 짜기에는 최악의 첫인상이었다.

2

《그 금속》의 소문이 대장장이들 사이에서 떠돈 것은 열흘 정도 전이었다.

물론 SAO 최대의 그랜드 퀘스트는 최상층 플로어에 도달하는 것이지만, 그 외에도 크고 작은 퀘스트가 무수히 마련되어 있다. NPC에게 심부름을 부탁받거나, NPC를 호위하거나, 물건을 찾는 등 내용은 다종다양. 그러나 대개 보수와 함께 그럭저럭 쓸 만한 아이템이 포함되어 있는 데다, 한 번 누군가가 클리어하면 다음에 발생할 때까지 시간이 걸리거나 개중에는 단 한 번밖에 할 수 없는 퀘스트도 있기 때문에 플레이어들은 어느 퀘스트건 주목하게 마련이었다.

그런 퀘스트 중 하나가 제55플로어의 한구석에 위치한 작은 마을에서 발견된 것이었다. 마을 촌장인 허연 수염 NPC가 말하길—.

서쪽 산에는 백룡이 살고 있다. 용은 매일 수정을 먹고 뱃속에서 정제해 귀중한 금속을 품고 있다고 한다.

누가 봐도 대장장이 계열 소재 아이템 입수 퀘스트였다. 즉시 대규모의 공략 파티가 편성되었고, 백룡은 눈 깜짝할 사이에 토벌되었다.

—하지만, 아무것도 없었다. 드롭된 것은 소액의 콜과 시시

한 장비 아이템 뿐, 포션이나 힐 크리스탈조차도 나오지 않았다고 한다.

그렇다면 금속은 랜덤 드롭인 것일까 하는 생각에, 수많은 파티가 장로에게 말을 걸어 퀘스트를 받은 후 용을 쓰러뜨려 봤지만 전혀 나오질 않았다. 일주일 사이에 엄청난 숫자의 드래곤이 살해당했으나 금속을 얻었다는 파티는 없었다. 분명 퀘스트에 빼먹은 조건이 있을 것이라고, 현재는 수많은 검증이 이루어지는 중이라고 한다.

내가 그 이야기를 하니, 공방 의자에 다리를 꼬고 앉은 채 내가 울며 겨자 먹기로 끓여준 차를 마시던 키리토는 가볍게 고개를 끄덕였다.

"응, 그 이야기는 나도 들었어. 하기야 소재 아이템으로는 유망하지. 하지만 전혀 나오지 않았다며? 이제 와서 우리가 가봤자 쉽게 얻을 수 있을까?"

"여러 소문들 가운데, 《파티에 마스터 블랙스미스가 있어야 할지도 모른다》는 게 있었어. 대장장이면서 전투 스킬도 올린 사람은 별로 없으니까."

"그렇군. 시험해볼 가치가 있을지도 모르겠네. ─그럼 당장 갈까?"

"……?"

나는 그저 어이가 없어서 키리토를 쳐다볼 뿐이었다.

"그렇게 태평한 성격으로 용케 아직까지 살아남았구나. 고블린 사냥이라도 가는 줄 알아? 어느 정도 파티를 짜야지, 안 그러면······."

"하지만 그랬다간 만약 원하는 물건이 나왔다 해도 마지막에는 주사위 굴리기로 갈 거 아냐? 그 드래곤은 어느 플로어에 있다고 했지?"

"······55플로어."

"음—, 뭐, 나 혼자서도 어떻게든 되겠네. 리즈벳은 숨어서 보고만 있어."

"······엄청 실력이 있거나 엄청 바보겠구나, 넌. 뭐, 네가 눈물콧물 짜며 텔레포트 탈출하는 걸 구경하는 것도 재미있을 것 같으니 난 상관없지만."

키리토는 후후 웃을 뿐 아무 대답도 하지 않고, 차를 후루룩 마시더니 컵을 작업대 위에 올려놓았다.

"난 언제 출발해도 상관없어. 리즈벳은?"

"아, 정말. 어차피 막말할 거면 그냥 리즈라고 해. ······드래곤 산 자체는 그리 크지 않다니까 당일치기로 갔다 올 수 있겠지. 나도 준비는 금방 끝나."

윈도우를 열고 에이프런 드레스 위에 간단한 방어구를 장비했다. 애용하는 메이스가 인벤토리에 들어 있는 것도 확인하고, 겸사겸사 크리스탈과 포션의 재고가 충분한지도 확인했다.

윈도우를 닫고 됐다고 말하자 키리토도 일어났다. 공방에서 가게 앞으로 나가보니 다행히 손님은 한 사람도 없었다.

이 틈을 놓치지 않고 문 앞의 팻말을 뒤집었다.

테라스에서 올려다본 플로어 바깥쪽에서는 아직 밝은 햇빛이 밀려들어오고 있었다. 해가 질 때까지는 제법 시간이 남았다. 금속을 입수하는 데 성공하건 실패하건—아마 틀림없이 후자일 거라고 생각하지만—너무 늦어지기 전에 돌아올 수 있을 것 같다.

그렇긴 하지만.

—어쩌다 일이 이렇게 됐담……

가게를 나와 게이트 광장을 향해 걸음을 옮기며, 나는 내심 고개를 갸웃거리고 있었다.

곁에서 느긋하게 걷고 있는 키리토에게는 결코 좋은 인상을 품을 수가 없었다. —아마도. 하는 말은 한마디 한마디가 사람 속을 긁어놓고, 건방지고 자신만만하며, 무엇보다도 내 걸작을 뚝 부러뜨리고 말았다.

하지만 지금, 나는 그런 남자와, 그것도 초면인데도 이렇게 나란히 걷고 있다. 그리고 무려 이제부터 다른 플로어까지 외출해 파티를 짜고 사냥을 하려는 것이다. 이건 마치—, 마치 데이……

그 생각을 억지로 지워버렸다. 이런 일은 이제까지 한 번도 없었다. 나름대로 사이가 좋은 남성 플레이어는 몇 명인가 있지만, 단둘이 외출하는 것은 이래저래 이유를 대고 회피했다. 특정한 남성과 과감한 관계가 되는 것이 두려웠던 것이다. 기왕 그럴 거라면 내가 좋아하게 된 사람과 그러고 싶다는 것이 내 오랜 바람이었을 텐데도.

그런데 정신이 들고 보니 이 이상한 놈과 나오고 말았다. 이건 대체 어떻게 된 노릇일까.

내가 품은 갈등을 알아차린 낌새도 없이, 키리토는 게이트 광장의 입구에서 먹을 것을 파는 노점을 발견하고 휑하니 달려갔다. 돌아설 때 보니 입에 커다란 핫도그를 물고 있었다.

"리흐도 멍흘래(리즈도 먹을래)?"

……내심 힘이 쭉 빠졌다. 고민한 내가 바보 같아져서 있는 대로 소리를 질러 대답했다.

"먹을래!"

한 입 깨문 핫도그—정확히 말하자면 그것과 비슷한 수수 께끼의 음식—의 진한 뒷맛이 사라지기도 전에 우리는 제55 플로어 북쪽에 있는 소문의 마을에 도착할 수 있었다.

필드의 몬스터는 딱히 문제가 되지 않았다.

현재의 최전선이 제63플로어인 것을 생각해보면, 여기서 출현하는 몬스터는 제법 강적에 속한다. 하지만 나의 레벨은 60대 후반이었으며, 큰 소리를 떵떵 쳤던 만큼 키리토도 나름대로 강했는지 거의 대미지를 입지도 않고 몇 번의 조우를 헤쳐 나갈 수 있었다.

유일한 오판은, 이 플로어의 테마가 빙설(氷雪) 지대였다는 점이었는데—.

"푸에취!!"

작은 마을에 들어서서 마음을 놓은 순간 나는 요란하게 재채기를 해댔다. 다른 플로어는 초여름이라 방심했는데, 이곳의 지면엔 눈이 쌓이고 집집마다 처마에는 커다란 고드름이 매달려 있었다.

뼛속까지 스며드는 추위에 부들부들 떨고 있으려니, 곁에서 있던 키리토가 어이없다는 표정으로 물어보았다.

"……옷 더 없어?"

"……없어."

그러자 자기도 그리 두꺼운 차림이 아닌 검은 옷 사내는 윈도우를 조작해 큼지막한 검은색 가죽 망토를 오브젝트화해 내 머리에 푹 씌워주었다.

"……넌 괜찮아?"

"너야 정신력 문제라고."

정말 말끝마다 사람 화나게 만드네. 하지만 안감이 모피인 망토는 정말로 따뜻해서, 나는 그 매력에 저항하지 못하고 이를 둘둘 감았다. 서서히 냉기가 사라져 안도의 한숨을 내쉬었다.

"그러면……, 장로의 집은 어딜까?"

키리토의 목소리에 조그마한 마을을 한 차례 둘러보니, 중앙광장 너머에 다른 것보다 커다란 지붕을 가진 집이 보였다.

"저거 아닐까?"

"그치?"

마주보고 고개를 끄덕인 후, 걸어 나갔다.

―몇 분 후.

예상대로 우리는 촌장인 허연 수염 NPC를 발견하고 이야 기를 듣는 데 성공했지만, 그 이야기라는 것이 촌장의 어린 시절부터 시작해 청년기, 장년기의 고생담을 늘어놓다가 뜬 금없이, 그리고 보니 서쪽 산에는 드래곤이, 하는 경과를 거 치는 무시무시한 것이었다. 이야기가 전부 끝났을 무렵에는 마을이 완전히 저녁놀에 휩싸여 있었다.

완전히 지쳐 장로의 집을 떠났다. 집들을 뒤덮은 눈의 장막 을 저녁놀이 오렌지색으로 물들이는 광경은 매우 아름다웠 으나―.

"……설마 퀘스트를 받는 데 이렇게나 시간이 걸릴 줄이 야……."

"누가 아니래……. 어쩔까? 내일 다시 올까?"

키리토와 얼굴을 마주보았다.

"으음―. 하지만 드래곤은 야행성이라는 말을 했잖아? 산 이란 건 저거 아냐?"

손가락으로 가리키는 쪽을 보니, 그리 멀지 않은 장소에 우 뚝 솟은 새하얀 봉우리가 보였다. 우뚝이라고 해봤자 아인크 라드의 구조적 제약 때문에 그 높이는 절대로 100미터를 넘 지 않는다. 등정에 그리 힘이 들 것 같진 않았다.

"그러게. 그럼 가자. 네가 징징 짜는 모습을 얼른 보고 싶 으니까."

"너야말로 내 화려한 칼놀림에 놀라지나 말라고."

마주봤던 얼굴을 둘이 동시에 흥 하고 돌렸다. 하지만 어쩐지, 키리토와 말다툼을 하는 것이 조금 설레기 시작한 것 같기도—

나는 고개를 힘껏 가로저어 이상한 생각을 리셋해 버리곤, 서벅서벅 눈을 밟으며 걷기 시작했다.

멀리서 험준해 보였던 용이 사는 산도, 한번 들어가 보니 생각보다 그리 어렵지 않게 오를 수 있었다.

잘 생각해보면 이제까지 수많은 혼성 파티가 수도 없이 등정에 성공했던 곳이다. 난이도가 높을 리가 없다.

출현 몬스터 중 가장 강력한 것은, 시간대 탓도 있었는지 《프로스트 본》 같은 얼음형 스켈톤이었지만 뼈 계열 몬스터는 내 메이스를 당해낼 수 없다. 와지끈 콰지끈 하는 상쾌한 소리를 울리며 박살내버렸다.

눈길을 오른 지 수십 분. 깎아지른 빙벽을 돌아가니 그곳은 이미 산 정상이었다.

상층 플로어의 밑바닥이 바로 코앞에 보였다. 여기저기에 눈을 뚫고 거대한 크리스탈 기둥이 솟아나 있었다. 보라색 조명이 난반사되어 무지갯빛으로 빛나는 그 광경은 정말 환상적이었다.

"와아……!"

무의식중에 환성을 지르며 뛰어나가려던 내 목덜미를 키리토가 꽉 움켜쥐었다.

"갹! ……뭐 하는 거야!"

"야, 텔레포트 크리스탈 준비해놔."

그 표정이 너무 진지해서 나도 모르게 고개를 끄덕이고 말았다. 크리스탈을 오브젝트화해 에이프런 주머니에 집어넣었다.

"그리고, 여기서부턴 위험하니 나 혼자 가겠어. 리즈는 드래곤이 나타나면 저기 있는 수정 뒤에 숨어야 해. 절대로 나오지 말고."

"……왜애? 나도 그럭저럭 레벨 높으니까 도와줄게."

"안 돼!"

키리토의 까만 눈이 내 눈을 똑바로 쏘아보았다. 그 순간, 이 사람은 날 진지하게 걱정하고 있다는 것을 알고 숨을 멈춘 채 제자리에 서 있을 수밖에 없었다. 아무 대답도 못하고 다시 고개를 끄덕였다.

키리토는 싱긋 웃은 뒤, 내 머리에 손을 툭 얹고서 말했다.

"그럼 가자."

나는 이젠 고개를 끄덕일 수밖에 없었다.

어쩐지 갑자기 공기의 색깔까지 바뀐 것 같았다.

키리토와 단둘이 여기까지 온 것은 약간의 기분전환이랄까, 어쩌다 보니 이렇게 됐달까—생사가 걸린 싸움이라는 생각은 전혀 하지 못했다.

나는 원래 레벨업에 필요한 경험치의 절반 이상을 무기제작으로 얻었기 때문에, 진짜로 험한 전장에는 나가본 적이 없다.

하지만 키리토는 그렇지 않은 모양이다. 언제나 아슬아슬한 곳에서 싸우는 인간의 눈이었다.

혼란스러운 마음을 끌어안은 채 한동안 걸어가니, 금세 산꼭대기 한가운데에 도달했다.

주위를 슥 둘러보니 드래곤의 모습은 아직 없는 모양이었다. 하지만 그 대신 수정기둥에 에워싸인 그 공간에—.

"우와아~."

거대한 구멍이 뻥 뚫려 있었다. 직경은 10미터도 넘을 것 같았다. 벽면은 얼음에 뒤덮여 반들반들하게 빛났으며, 수직으로 얼마나 깊은지는 알 수도 없었다. 안쪽은 어둠에 싸여 있어 전혀 보이질 않았다.

"이거 엄청 깊은걸……."

키리토가 발끝으로 작은 수정 조각을 걷어찼다. 구멍에 떨어진 수정 조각은 반짝 빛나더니 금세 보이지 않았으며, 그 후론 아무 소리도 들리지 않았다.

"……떨어지지 마."

"안 떨어져!"

입술을 삐죽이며 되쏴준 그 직후였다. 마지막 잔조(殘照)에 쪽빛으로 물들었던 공기를 가르며, 맹금류를 연상케 하는 높은 울음소리가 얼음산 꼭대기에 울려 퍼졌다.

"저기 숨어!!"

키리토가 다짜고짜 그렇게 말하며 근처의 커다란 수정기둥을 가리켰다. 나는 황급히 그 말에 따르며, 키리토의 등 뒤에 대고 재빠르게 말해주었다.

"저기, 드래곤의 공격 패턴은 좌우 발톱과 얼음 브레스와 돌풍공격이래! ……조, 조심해!"

마지막 부분을 재빠르게 덧붙이자, 키리토는 등을 돌린 채 아니꼽게 엄지손가락을 척 세운 왼손을 들어보였다. 거의 동시에 그 전방의 공간이 흔들리면서 거대한 오브젝트가 반투명상태로 출현하기 시작했다.

디테일이 조악한 폴리곤 덩어리가 잇달아 울퉁불퉁하게 출현했다. 그리고 차츰 달라붙어서는 표면이 깎여나가듯 정보량을 늘려가더니, 마침내 거대한 몸이 거의 완성되었다. 아니, 그렇게 보인 순간 온몸을 흔들며 다시 포효를 질렀다. 무수한 파편이 사방으로 튀고, 반짝반짝하는 광채를 발하며 증발하기 시작한다.

모습을 드러낸 것은 얼음처럼 빛나는 비늘을 가진 백룡이었다. 거대한 날개를 천천히 퍼덕이며 허공에 호버링하고 있다. 무시무시하다—기보다는 아름답다는 표현이 어울릴 만한 모습이었다. 커다랗고 루비처럼 붉은 눈이 높은 곳에서 우리를 내려다보고 있었다.

키리토가 침착한 동작으로 등에 손을 대고는 칠흑의 한손검을 드높은 소리와 함께 뽑았다. 그러자 그것이 신호라도 되는 양 드래곤이 입을 쩍 벌리고—금속성의 사운드 이펙트와 함께 새하얗게 빛나는 기체의 분류(奔流)를 토해냈다.

"브레스야! 피해!"

나도 모르게 외쳤으나 키리토는 움직이지 않았다. 우뚝 선 자세 그대로 오른손의 검을 세로로 곧게 세워 내질렀다.

저렇게 가느다란 무기로 브레스 공격을 막아낼 수 있을까—생각한 순간, 키리토의 손을 중심으로 검이 풍차처럼 회전하기 시작했다. 엷은 녹색 이펙트에 휩싸인 것을 보니 저것도 소드 스킬의 일종인 걸까. 금세 검신이 보이지 않을 정도로 회전이 빨라지자 마치 빛의 라운드 실드(round shield)처럼 보였다.

그곳을 향해 얼음 브레스가 정면으로 날아들었다. 눈부신 순백색 섬광. 나도 모르게 고개를 돌려버렸다. 하지만 키리토의 검이 만들어낸 실드에 부딪친 냉기의 분류는 사방팔방으로 확산되며 증발하기 시작했다.

나는 황급히 키리토의 몸에 시선을 맞춰 HP바를 확인했다. 브레스를 완전히는 막지 못했는지 오른쪽 끝부터 조금씩 감소하는 모습을 보였지만, 어이없게도 몇 초가 지나자 금세 회복되고 말았다. 초 고레벨 전투 스킬인 《배틀 힐링》인 모양이다. 하지만 저 스킬을 올리려면 전투에서 잇달아 큰 대미지를 입어야 하기 때문에 컴플리트하기는 현실적으로 불가능하다고 알려져 있었다.

대체—쟤는 뭐 하는 애지……?

나는 새삼스럽게 저 검은 옷차림의 검사가 누구인지를 생각해보기 시작했다. 저 정도로 강하다면 틀림없이 공략파일 것이다. 하지만 KoB를 비롯한 주요 톱 길드의 명부에는 그런 이름이 없었는데.

그때, 브레스 공격이 끊어지는 순간을 기다렸다는 듯 키리
토가 움직였다. 폭발한 듯 눈안개를 일으키며 허공의 드래곤
에게 뛰어들었다.

원래 비행하는 적에게는 폴 암(pole arm) 계열이나 투척
계열 같은 리치가 긴 무기로 공격해, 지면에 끌어내린 후 근
거리 전투로 들어가는 것이 정석이다. 하지만 놀랍게도 키리
토는 드래곤의 머리 위에 닿을 만한 높이까지 점프하더니 공
중에서 한손검 연속기를 발동시켰다.

키키잉 하는 날카로운 소리를 내며, 눈으로 쫓아가지 못할
만한 속도로 공격이 백룡의 몸에 빨려들어갔다. 드래곤도 좌
우 발톱으로 반격했지만 공격의 횟수가 전혀 달랐다.

긴 체공을 마치고 키리토가 착지했을 때는 드래곤의 HP가
30퍼센트 이상 감소한 뒤였다.

—압도적이다. 있을 수 없는 전투를 본 충격에 등골이 오싹
오싹해졌다.

드래곤은 땅 위의 키리토를 향해 다시 아이스 브레스를 뿜
었지만, 이번엔 대시로 회피하며 다시 점프했다. 중저음을
울리며 단발 강공격을 잇달아 퍼붓는다. 그때마다 드래곤의
HP는 뚝뚝 깎여나갔다.

백룡의 HP바는 눈 깜짝할 사이에 옐로우를 지나 레드 존
까지 돌입했다. 앞으로 한두 차례 공격하면 결판이 날 것이
다. 이번만큼은 솔직하게 키리토의 힘을 칭찬해주자고 나는

몸을 일으켰다. 수정기둥 뒤에서 한 걸음 나왔다.

바로 그 순간, 등 뒤에 눈이라도 달렸는지 키리토가 외쳤다.

"바보야!! 아직 나오지 마!!"

"뭐야, 이젠 다 끝났잖아. 얼른 해치우기나……."

내가 말을 마치기도 전에―.

한층 높이 치솟은 드래곤이 두 날개를 크게 펼쳤다. 그것이 전방에서 마주하는 것과 동시에, 용의 아래쪽에 쌓여 있던 눈이 화악 솟아올랐다.

"―?!"

무의식중에 우뚝 멈춰서버린 나의 몇 미터 전방에서, 지면에 검을 꽂은 키리토가 무언가를 말하려고 입을 벌렸다. 하지만 그 모습은 금세 눈보라에 휩싸였고, 다음 순간 나는 공기의 벽에 부딪쳐 어이없이 허공으로 날아가고 말았다.

아차……, 돌풍 공격!

공중에서 빙글빙글 돌면서 내가 조금 전에 말했던 드래곤의 공격 패턴을 뒤늦게 떠올렸다. 하지만 다행히 공격력 자체는 별로 없는지 대미지는 거의 받질 않았다. 두 팔을 벌려 착지자세를 잡았다.

하지만―눈보라가 걷힌 그 너머에, 지면은 없었다.

산꼭대기에 뻥 뚫렸던 거대한 구멍. 나는 그 바로 위로 날아가버리고 말았던 것이다.

머릿속이 정지했다. 몸이 굳어 버렸다.

"안 돼……."

　무심결에 그 한마디를 중얼거리면서 오른팔을 허무하게 하늘로 뻗었다.

　—그때, 그 손을 검은 가죽 글러브를 낀 손이 꽉 움켜잡았다.

　나는 거의 초점을 잃어가던 두 눈을 크게 떴다.

　"——!!"

　까마득히 멀리서 드래곤과 대치하고 있던 키리토가, 무시무시한 속도로 대시해 거침없이 하늘로 몸을 날려 내 손을 붙든 것이었다. 그리고 그대로 가슴에 확 끌어당긴다. 잠시 떨어졌던 팔이 내 등에 감기더니 굳게 끌어안았다.

　"꽉 잡아!!"

　키리토의 외침이 귓가에서 터져나오고, 나는 정신없이 두 팔을 그의 몸에 감았다. 그 직후, 낙하가 시작되었다.

　둘은 꽉 끌어안은 채 거대한 수직 동굴의 한가운데를 똑바로 떨어졌다. 바람이 귓가에서 울부짖고 망토가 펄럭거렸다.

　만약 구멍이 플로어 표면에 닿을 정도로 깊다면, 이 높이에서 떨어졌다간 틀림없이 죽는다. 그런 생각이 머리를 스쳤지만 도저히 현실로 받아들일 수가 없었다. 그저 멍하니, 멀어져가는 하얀 빛의 원을 보고 있었다.

　갑자기 키리토가 검을 쥔 오른손을 움직였다. 등 뒤로 치켜들고, 이어서 전방을 향해 날린다. 콰앙! 하는 금속성과 함께 빛줄기가 흩어졌다.

무거운 찌르기 기술의 반동으로 우리는 튕겨지듯 구멍의 벽면을 향해 낙하의 각도를 바꾸었다. 푸른 얼음의 절벽이 화악 다가왔다. 나도 모르게 이를 악물었다. 부딪친다―!

충돌 직전, 다시 오른손을 치켜든 키리토가 검을 있는 힘껏 벽면에 꽂았다. 무기를 그라인더에 걸었을 때처럼 요란한 불꽃이 튀었다. 콰악 하는 충격과 함께 낙하의 속도가 둔해졌다. 하지만 멈출 정도는 아니었다.

금속을 잡아찢는 듯한 소리를 울려대며 키리토의 검이 얼음벽을 깎아나갔다. 나는 고개를 움직여 바닥 쪽을 노려보았다. 눈이 새하얗게 뒤덮인 동굴 바닥이 보였다. 쑥쑥 다가오고 있다. 충돌까지는 앞으로 몇 초도 남지 않았다. 나는 하다못해 비명만큼은 지르지 않으려고 필사적으로 입술을 깨물고 키리토의 몸에 달라붙었다.

키리토가 검에서 손을 뗐다. 두 팔로 나를 꽉 끌어안고, 몸을 반회전시켜 자신이 밑으로 내려갔다.

그리고―.

충격. 굉음.

폭발하듯 솟구친 눈이 사락사락 내려와 뺨에 닿고는 사라졌다.

그 냉기 덕에 가물가물하던 의식이 다시 돌아왔다. 눈을 활짝 떴다. 가까이 있던 키리토의 까만 눈동자와 시선이 교차되었다.

나를 꼭 끌어안은 채, 키리토가 한쪽 뺨을 경련시키며 살포시 웃었다.

"……살았구나."

나도 간신히 고개를 끄덕이며 목소리를 쥐어짜냈다.

"응……, 살았어."

수십 초—혹은 몇 분 동안 우리는 그대로 누워 있었다. 움직이고 싶지 않았다. 키리토의 몸에서 전해져오는 열기에 마음이 편해서 머리가 멍해졌다.

하지만 마침내 키리토는 팔을 풀고 불쑥 몸을 일으켰다. 바로 곁에 떨어져 있던 칼을 주워들고 칼집에 집어넣은 후, 허리의 파우치에서 하이포션으로 보이는 작은 병을 두 개 꺼내 하나를 내게 내밀었다.

"일단 마셔."

"응……."

고개를 끄덕이고 나도 상체를 일으켰다. 병을 받아들고 HP바를 확인해보니 내 쪽은 아직 3분의 1 가량 남아 있었지만, 직접 지면에 격돌했던 키리토는 레드 존까지 돌입한 상태였다.

뚜껑을 따고 새콤달콤한 액체를 단숨에 들이켠 나는 키리토 쪽을 다시 돌아보았다. 바닥에 주저앉은 채로, 아직도 내 말을 잘 듣지 않는 입술을 움직였다.

"저기……, 고……고마워. 구해줘서……."

그러자 키리토는 특유의 시니컬한 미소를 어렴풋이 보이며 말했다.

"고맙다는 인사는 아직 일러."

흘끔 상공으로 시선을 돌렸다.

"……드래곤이 쫓아오지 않는 건 다행이지만, 여기서 어떻게 나가야 할지……."

"뭐……? 텔레포트하면 될 거 아냐."

나는 에이프런의 주머니를 뒤졌다. 푸르게 빛나는 텔레포트 크리스탈을 꺼내 키리토에게 내밀었다. 하지만─.

"아마 안 될 거야. 여긴 원래 플레이어를 떨어뜨리기 위한 함정일 테니까. 그렇게 쉬운 방법으로 탈출할 수는 없을걸."

"그럴 수가……."

나는 키리토에게 시험해보겠다고 눈짓으로 말한 후 결정을 쥐며 커맨드를 외쳤다.

"텔레포트! 린더스!"

─내 목소리가 허무하게 빙벽에 메아리치며 사라져 갔다. 결정은 그저 말없이 반짝일 뿐.

키리토는 표정 하나 바꾸지 않고 가볍게 어깨를 으쓱해 보였다.

"결정을 쓸 수 있을 거란 확신이 있었다면 떨어지는 도중에 썼을 거야. 하지만 무효화공간 같은 기척이 느껴졌거든……."

"……."

추욱 처져 고개를 떨구니 키리토가 머리에 손을 툭 올려놓았다. 그대로 내 머리가 헝클어지도록 쓰다듬는다.

"뭐, 너무 침울해하지 마. 결정을 쓸 수 없는 건 반대로 말하자면 다른 탈출 방법이 반드시 있다는 뜻일 테니까."

"……그걸 어떻게 알아. 떨어진 사람이 100퍼센트 죽도록 만든 함정일지도 모르는걸? ……아니, 보통사람이었으면 죽었을 거야."

"하긴, 그것도 그러네."

키리토가 너무나도 선선히 고개를 끄덕이는 것을 보고 나는 휘청 넘어질 뻔했다.

"야……, 너! 사람 기운 좀 나게 해봐!"

나도 모르게 소리를 지르니 키리토가 씨익 웃으며 말했다.

"리즈는 화내는 게 더 잘 어울려. 그렇게 기운을 내야지."

"뭣……."

분하게도 얼굴을 붉힌 채 뻣뻣하게 굳어버린 내 머리에서 손을 떼고, 키리토는 자리에서 일어났다.

"그럼, 이것저것 시험해보도록 할까……. 아이디어 모집 중!"

"……."

이 상황에서도 마이페이스를 흐트러뜨리지 않는 키리토의 태도에 나는 쓴웃음을 지을 수밖에 없었다. 조금 기운을 되찾은 것도 같아, 두 손으로 뺨을 철썩 때리고 나도 일어났다.

주위를 둘러보니, 이곳은 거의 평평한 얼음바닥에 눈이 엷게 쌓인 곳이었다. 그야말로 구멍 밑바닥. 직경은 위쪽과 다를 바 없이 10미터 정도이려나. 까마득히 높은 곳에 있는 입구에서, 빙벽에 반사되며 새들어오는 어렴풋한 석양의 잔조가 뿌옇게 새어들고 있다. 곧 완전히 어둠에 휩싸이고 말 것이다.

보아하니 지면에도, 주위 벽에도 샛길 같은 것은 없는 모양이었다. 나는 벽에 두 팔을 대고 필사적으로 머리를 돌리며 가장 먼저 떠오른 아이디어를 말해보았다.

"음……, 누군가에게 도와달라고 하는 건 어때?"

"으음—여기, 던전 속성 아닐까?"

키리토는 대뜸 부정했다.

프렌드 등록을 한 플레이어, 예를 들면 아스나에게는 프렌드 메시지라는 일종의 메일로 연락하는 방법이 있지만, 미궁에서는 그 기능은 쓸 수 없다. 게다가 위치추적도 할 수 없다. 혹시나 싶어 메시지 윈도우를 열어봤지만, 키리토의 말대로 사용할 수 없었다.

"그럼……, 드래곤을 사냥하러 온 다른 플레이어들을 큰소리로 부르면?"

"산꼭대기까지 80미터는 될 테니……, 목소리는 안 들릴 거야……."

"그렇구나……아니, 잠깐, 너도 좀 생각하란 말이야!!"

계속해서 의견을 기각당해 내가 조금 부루퉁한 말투로 되쏴주자, 키리토는 말도 안 되는 소리를 입에 담았다.

"벽을 뛰어오른다."

"……너 바보야?"

"그런지 어떤지는, 시험해볼 수밖에……."

내가 아연실색하며 지켜보는 가운데, 벽 바로 앞까지 다가선 키리토는 갑자기 반대쪽 벽을 향해 무시무시한 속도로 대시했다. 바닥에 쌓인 눈이 요란하게 피어오르며, 돌풍이 내 머리를 때렸다.

벽에 격돌하기 직전, 키리토는 순간 몸을 웅크리더니 폭발하는 듯한 소리와 함께 뛰어올랐다. 까마득한 높이에서 벽에 발을 딛고, 그대로 대각선 위를 향해 뛰기 시작했다.

"세상에……."

입을 떡 벌린 채 멍하니 있던 내 까마득한 머리 위에서, 키리토가 할리우드 C급 영화의 닌자처럼 빙벽을 나선형으로 올라가고 있었다. 눈 깜짝할 사이에 그 모습이 작아지고—3분의 1쯤 올라갔을 무렵, 미끄러졌다.

"으아아아아아아아악!"

두 팔을 버둥거리며 키리토가 떨어졌다. 내 머리를 향해.

"으아아악?!"

비명을 지르며 뒤로 물러나니, 바로 조금 전까지 내가 서 있던 곳에 쩌억! 하는 소리와 함께 사람 모양 구멍이 뚫렸다.

1분 후. 두 번째 포션을 입에 문 키리토와 나란히 벽에 기대 주저앉아, 나는 크게 한숨을 쉬었다.

"—네가 바보라는 생각은 했지만 이 정도일 줄이야……."

"……도움닫기가 좀 더 길었으면 성공했을 거야."

"그럴 리가 있냐."

툭 내뱉었다.

다 마신 병을 파우치에 집어넣은 키리토는 내 딴죽을 무시하고, 한 차례 크게 기지개를 켜더니 말했다.

"뭐, 아무튼 이렇게 어두우면 오늘은 여기서 야영을 해야 겠지. 다행히 이 굴에는 몬스터가 나타나지 않는 모양이고."

실제로 석양빛은 이미 사라지고 구멍 밑바닥은 깊은 어둠에 휩싸이기 시작했다.

"그러게……."

"그렇게 하기로 했으면……."

키리토는 윈도우를 열더니 손가락을 미끄러뜨려 무언가를 잇달아 오브젝트화했다.

커다란 야영용 랜턴. 손냄비. 알 수 없는 작은 자루 몇 가지. 머그컵 두 개.

"……넌 언제나 이런 걸 가지고 다녀?"

"던전에서 밤샘을 하는 일이 일상다반사라서."

농담이 아닌지, 맨얼굴로 그렇게 대답하곤 랜턴을 클릭해 불을 붙였다. 화륵 소리와 함께 밝은 오렌지색 빛이 주위를 비추었다.

랜턴 위에 조그만 손냄비를 얹은 키리토는, 눈덩어리를 주워 집어넣고는 작은 자루의 내용물을 툭툭 털어 넣었다. 뚜껑을 닫고, 냄비를 더블클릭. 요리 대기시간 윈도우가 떠오른다.

금세 허브 같은 향기가 내 코를 간질이기 시작했다. 잘 생각해보니 낮에 먹은 핫도그 외엔 아무것도 입에 담지 못했다. 간사한 위장이 마침 생각났다는 듯 요란하게 공복을 호소해댔다.

포—옹 하는 효과음과 함께 타이머가 사라지자, 키리토는 냄비를 치우고 내용물을 머그컵 두 개에 나눠 담았다.

"요리 스킬 제로니까 맛은 기대하지 마."

"고마워……."

그가 내민 컵을 받아드니 은근한 온기가 두 손을 타고 퍼져왔다.

수프는 향초와 말린 고기를 사용한 간단한 것이었으나, 식재료 아이템의 랭크가 높았는지 충분하고도 남을 정도로 맛있었다. 차가워진 몸에 천천히 열기가 배어들었다.

"어쩐지……이상한 기분이야……. 현실이 아닌 것 같아……."

수프를 마시면서 중얼거렸다.

"이렇게……처음 와본 곳에서, 처음 만난 사람과 나란히 식사를 하다니……."

"아, 그렇구나……. 리즈는 기술자 클래스니까. 던전에 들어가면 우연히 만난 플레이어들과 즉석 파티를 맺고, 야영하는 일은 꽤 많거든."

"흐음, 그래? ……그거 좀 들려줘. 던전 이야기 같은 거."

"어? 으, 응. 그렇게 재미있는 건 아닌데……. 아, 그 전에."

키리토는 텅 빈 컵들을 회수하더니 냄비와 함께 윈도우에 집어넣었다. 이어서 다시 패널을 조작해 이번엔 천을 둘둘 말아놓은 커다란 덩어리를 둘 꺼냈다.

펼쳐진 것을 보니 그것은 야영용 베드롤인 모양이었다. 현실세계의 침낭과 비슷했지만 훨씬 크다.

"고급품이야. 완벽한 단열에, 선공 몬스터에게 하이딩 효과까지 있어."

씨익 웃으며 하나를 던져준다. 받아들고 눈 위에 펼치니 나라면 세 사람은 들어갈 만한 크기였다. 다시 어이가 없어진 나는 말했다.

"이런 걸 잘도 들고 다닌다. 그것도 두 개나……."

"아이템 소지 용량은 유용하게 써먹어야지."

키리토는 재빨리 무장을 해제하고 왼쪽의 베드롤 안에 들어갔다. 나도 뒤따라 망토와 메이스를 벗고 침낭 안으로 몸을 넣었다.

과연, 이건 자랑할 만하다. 안은 정말로 따뜻했다. 게다가 보기보다 훨씬 푹신푹신하고 부드럽다.

랜턴을 사이에 두고 1미터 정도 거리를 둔 채 우리는 자리에 누웠다. 어쩐지—괜히 멋쩍었다.

어색한 기분을 얼버무리기 위해 내가 말했다.

"저기, 아까 그 얘기 다시 해봐."

"어, 응……."

키리토는 두 팔로 머리를 베고 천천히 이야기를 시작했다.

미궁구역에서 MPK—고의로 몬스터를 모아 다른 플레이어들을 습격하게 만드는 악질 범죄자—의 함정에 걸렸던 이야기, 공격력은 낮은데 엄청나게 단단했던 보스 몬스터와 교대로 쪽잠을 자며 꼬박 이틀을 싸웠던 이야기, 레어 아이템을 분배하기 위해 100명이서 다이스 롤(주사위) 대회를 했던 이야기.

그의 이야기는 모두 스릴 있고, 통쾌하고, 어딘가 유머러스했다. 그리고 모든 이야기가 똑똑히 말해주고 있었다. 키리토는 끊임없이 최전선에 도전하는 공략파의 일원이라는 사실을.

하지만, 그렇다면―. 이 사람은 두 어깨에 수천 플레이어 전원의 운명을 지고 있는 것이다. 나 한 사람을 위해 목숨을 던져서는 안 되는 사람인 것이다.

나는 몸을 돌려 키리토의 얼굴을 보았다. 랜턴 빛을 반사하는 까만 눈동자가 흘끔 이쪽을 쳐다보았다.

"저기……, 키리토, 한 가지 물어봐도 돼……?"

"―뭔데, 새삼스럽게."

"왜 그때, 날 구해준 거야……? 구할 수 있으리란 보장도 없었잖아. 아니……, 너도 죽을 확률이 훨씬 높았어. 그런

데……왜……."

키리토의 입가가 아주 잠깐, 살짝 굳어졌지만 그것은 금세 풀어졌다. 그는 온화한 표정으로 대답했다.

"……누군가를 죽게 내버려두느니, 같이 죽는 게 훨씬 나아. 그게 리즈 같은 여자애라면 더더욱."

"……바보구나, 진짜로. 그런 소리 하는 놈은 너밖에 없을 거야."

입으로는 그렇게 말하면서도—나는 갑자기 눈물이 나올 것 같았다. 가슴 한켠이 주체할 수 없을 정도로 옥죄어들어, 그걸 필사적으로 참으려 했다.

이렇게 고지식하고, 올곧고, 따뜻한 말을 들어본 것은 이 세계에 온 후 처음이었다.

아니—, 원래 세계에서도 이런 말을 들은 적은 없었다.

갑자기 가슴속에 최근 몇 달 동안 계속 자리 잡고 있던 외로움이 커다란 파도가 되어 나를 뒤흔들었다. 키리토의 온기를, 좀 더 직접, 마음이 닿을 수 있는 거리에서 확인하고 싶어져서—.

무의식중에 입에서 짧은 말이 새어나오고 있었다.

"저기……, 손, 잡아줘."

키리토 쪽으로 몸을 돌리며 베드롤에서 오른손을 빼 옆으로 내밀었다.

키리토는 까만 눈을 살짝 크게 떴지만, 그래도 작은 목소리로 "응." 하고 대답한 후 주춤주춤 왼손을 내밀어주었다. 손가락이 닿자 두 사람 모두 살짝 손을 뺐지만, 다시 얽혀들었다.

힘껏 쥔 키리토의 손은 조금 전 마셨던 수프보다도 훨씬 따뜻했다. 손 아래쪽은 지면에 닿아 있는데도 그 냉기를 나는 전혀 의식하지 못했다.

사람의 온기라는 생각이 들었다.

이 세계에 온 후, 항상 내 마음 일부에 자리 잡고 있던 갈망의 정체를 드디어 알아낸 것 같았다.

이곳이 가상의 세계라는 것—내 진짜 몸은 어딘가 먼 곳에 놓인 채, 아무리 손을 뻗어도 닿지 않는다는 사실을 의식하는 것이 두려워서, 계속해서 목표를 만들어선 죽어라 작업에 몰두해왔다. 대장장이 기술을 갈고닦고, 가게를 확장하고, 이것이 내 현실이라고 자신에게 되뇌었다.

하지만 나는 마음 한구석에서 계속 생각하고 있었다. 전부 가짜라고, 단순한 데이터라고. 굶주렸던 것이다. 진정한 사람의 온기에.

물론 키리토의 몸도 데이터 구조체다. 지금 나를 감싼 온기마저도 전자신호가 내 뇌에 가짜 온도를 느끼게 만드는 것일 뿐이다.

하지만, 드디어 깨달았다. 그런 것은 아무런 문제가 되지 않는다. 마음을 느낄 수 있다는 것—현실세계에서도, 이 가상세계에서도 그것만이 유일한 진실인 것이다.

손을 꼭 잡은 채, 나는 미소를 짓고 눈을 감았다.

심장은 여느 때보다도 빨리 뛰고 있는데도, 유감스러울 정도로 빨리 잠이 찾아와 나의 의식을 기분 좋은 어둠으로 이끌어갔다.

3

어렴풋하게 코를 간질이는 향기에 천천히 눈을 떠보니 이미 하얀 빛이 온 세상을 가득 채우고 있었다. 빙벽에 여러 겹으로 반사된 아침햇살이 수직 동굴에 쌓인 눈을 빛나게 했다.

시선을 돌리자 랜턴 위에서 포트가 천천히 김을 뿜어내고 있었다. 향기로운 내음은 여기서 나오는 모양이었다. 랜턴 앞에는 내게 옆얼굴을 보인 채 앉은 검은 옷차림의 인물. 그 모습을 보기만 해도 내 가슴속에 조그마한 불꽃이 타오르는 것 같았다.

키리토는 내 쪽을 돌아보더니 살짝 웃으며 말했다.

"좋은 아침."

"⋯⋯좋은 아침."

나도 인사했다. 몸을 일으키려고 보니, 잠들기 전에 바깥으로 나와 있던 오른손이 베드롤 안에 들어와 있었다. 그 손바닥에 아직도 남아 있는 듯한 온기를 살짝 입술에 가져다 댄 후 벌떡 일어났다.

눈 위로 기어 나온 내게 키리토는 김이 모락모락 나는 컵을 내밀었다. 고맙다는 말과 함께 받아들고는 곁에 앉았다. 컵의 내용물은 꽃과 민트의 향기가 나는, 이제까지 먹어본 적이 없는 차였다. 한 모금 두 모금, 천천히 마셨다. 마음이 따뜻해지는 것 같았다.

나는 몸을 살짝 움직여 키리토에게 찰싹 달라붙었다. 얼굴을 돌려보니 순간적으로 눈이 마주쳤지만, 두 사람 모두 이내 시선을 돌렸다. 한동안 두 사람이 차를 마시는 소리만이 들렸다.

"있지……."

마침내 나는 컵에 시선을 떨어뜨린 채 중얼거렸다.

"응?"

"……이대로, 여기서 못 나가게 되면 어떻게 할 거야?"

"매일 여기서 자야지."

"빨리도 대답한다. 고민 좀 해봐."

웃으며 키리토의 팔을 팔꿈치로 쿡쿡 찔렀다.

"……하지만, 그것도 나쁘지 않겠어……."

그렇게 말하며 머리를 키리토의 어깨에 기대려던 그 순간—.

"앗……?!"

갑자기 키리토가 외치더니 몸을 불쑥 내밀었다. 지지할 곳을 잃은 나는 지면에 쿵 넘어지고 말았다.

"우씽, 뭐 하는 거야!"

몸을 일으키며 투덜거렸지만, 키리토는 돌아보지도 않고 일어났다. 그대로 원형 동굴 바닥의 한가운데를 향해 달려간다.

의아해하며 나도 몸을 일으켜 뒤따라갔다.

"왜 그러는데?"

"아니, 잠깐만……."

키리토는 무릎을 꿇고 두 손으로 눈을 파헤치기 시작했다. 좌악, 좌악 하는 소리와 함께 금세 깊은 구멍이 뚫렸다. 그리고—.

"앗?!"

갑자기 내 눈에 은색 광채가 확 들어왔다. 아침 햇살을 반사하는 무언가가 눈 깊은 곳에서 반짝이고 있었다.

키리토는 그 무언가를 파내더니, 두 손으로 꽉 붙잡고 들어올렸다. 호기심을 억누르지 못하고 나는 얼굴을 바짝 들이댄 채 바라보았다.

은백색으로 투명하게 빛나는 직사각형 물체였다. 키리토의 두 손바닥을 합친 것보다 살짝 큰 것이었다. 내겐 너무나도 익숙한 형태와 사이즈의 물건—주괴였다. 하지만 이런 색깔을 가진 것은 본 적이 없었다.

나는 오른손가락을 움직여 살짝 금속 표면을 두드렸다. 팝업 윈도우가 떠오른다. 아이템의 이름은 《크리스탈라이트 주괴》.

"이거—혹시……."

키리토의 얼굴을 올려다보니, 그도 석연찮은 표정을 지으면서도 고개를 끄덕였다.

"응……. 우리가 가지러 온 금속……인 것 같아……."

"하지만, 왜 이런 곳에 묻혀 있지?"

"으~음……."

키리토는 오른손가락으로 집어든 주괴를 이리저리 살펴보며 고개를 갸웃거리더니, 갑자기 "앗……." 하는 소리를 냈다.

"……드래곤은 수정을 먹고……, 뱃속에서 정제한다고 했지……. 하하, 그랬던 거구나."

무언가를 알아차린 듯 웃음을 흘리며 금속을 내게 휙 집어던졌다. 허겁지겁 두 손으로 받아들며 가슴에 끌어안았다.

"대체 뭔데 그래? 혼자만 납득하지 말고 좀 가르쳐줘!"

"이 굴은 트랩이 아니었어. 드래곤의 둥지였던 거야."

"뭐, 뭐어?"

"다시 말해 그 주괴는 드래곤의 배설물이라고. 똥."

"또……."

나는 얼굴을 굳히며 가슴 안의 주괴를 쳐다보았다.

"우엑!"

나도 모르게 키리토에게 다시 집어던졌다.

"어이쿠."

그걸 키리토가 재빨리 손끝으로 튕겨 보냈다. 어린애들 같은 던지기 장난은 마지막으로 키리토가 재빠른 손놀림으로 펼친 아이템 윈도우에 주괴를 쏙 집어넣으면서 끝났다.

"뭐, 어쨌거나 목표는 달성했네. 이제 남은 건……."

"탈출하는 건데……."

둘이 시선을 나누며 한숨.

"아무튼 생각나는 걸 하나하나 시험해보는 수밖에."

"그러게 말이야. 아아…, 드래곤처럼 날개가 있다면……."

이라고 말했을 때. 나는 어떤 사실을 깨닫고 입을 쩍 벌린 채 굳어졌다.

"……왜 그래, 리즈?"

고개를 갸웃하며 내 얼굴을 들여다보는 키리토에게 돌아서서.

"너, 여기가 드래곤의 둥지라고 그랬지?"

"응. 똥이 있으니까 그렇지 않을까……."

"그 얘긴 됐어! 아무튼 드래곤은 야행성이고, 지금이 아침이라면 둥지로 돌아오는 거 아닐까 해서……."

"……."

입을 다물어버린 키리토와 한동안 마주보다가, 이어서 둘이 나란히 머리 위, 굴의 입구를 올려다본 바로 그 순간—.

까마득한 위쪽의 둥글게 뚫린 하얀 빛 속에, 투명하게 배어 나오는 듯한 검은 그림자가 나타났다. 그것은 점점 커졌다. 두 개의 날개, 긴 꼬리, 갈고리 발톱을 갖춘 사지까지 금세 눈으로 분간할 수 있게 되었다.

"나……나……."

우리는 나란히 뒤로 물러섰다. 하지만 물론 어디로도 도망칠 곳은 없었다.

"나왔다———!!"

이중으로 비명을 지르며 저마다 무기를 꺼내들었다.

수직 동굴을 급강하해온 백룡은 우리의 모습을 보자마자 한층 높은 목소리로 울며 지표에 닿기 전에 정지했다. 가늘고 긴 동공을 가진 붉은 눈에는 둥지를 침범한 침입자들에 대한 명백한 적의가 깃들어 있었다. 하지만 좁은 굴 밑바닥 어디에도 숨을 곳은 없었다. 긴장감을 억누르며 메이스를 치켜들었다.

마찬가지로 한손검을 치켜든 키리토가 내 앞으로 나서며 재빠르게 말했다.

"잘 들어. 내 뒤에서 나오지 마. HP가 조금이라도 닳으면 즉시 포션 마시고."

"으, 응⋯⋯."

이번만큼은 고분고분 고개를 끄덕였다.

드래곤이 입을 크게 벌리고 다시 소리를 질렀다. 날개가 일으킨 풍압에 눈이 솟아올랐다. 긴 꼬리가 지면을 철썩철썩 두드리며, 그럴 때마다 눈 쌓인 지면에 깊은 고랑이 뚫렸다.

선제공격을 하려는 듯 오른손의 검을 치켜들고 돌진하려던 키리토. 하지만—어째서인지 갑자기 움직임을 멈추었다.

"⋯⋯앗, 혹시⋯⋯!"

낮은 목소리로 말했다.

"왜, 왜 그래?"

"아니⋯⋯."

내 물음에는 대답하지 않은 채 검을 칼집에 집어넣더니, 키리토는 느닷없이 돌아서서 내 몸을 왼손으로 콱 끌어안았다.

"에엥?!"

영문도 모른 채 혼란에 빠진 나. 키리토는 나를 어깨에 바싹 짊어졌다.

"자, 잠깐만, 뭐 하는—으악!!"

콰앙! 하는 충격과 함께 주위의 풍경이 흐릿해졌다. 키리토가 맹렬한 속도로 벽을 향해 뛰었던 것이다. 격돌 직전에 크게 뛰어오르더니, 어제 탈출을 시도했을 때 보여주었던 것처럼 나선 벽타기를 시작했다. 하지만 올라갈 마음은 없는 듯 궤도는 수평 그대로였다. 드래곤의 목이 빙글 돌아가며 우리를 계속 주목하고 있었지만, 그 추적을 웃도는 스피드로 키리토는 벽타기를 계속했다.

몇 초 후, 드디어 키리토가 굴 밑바닥에 착지했을 때 내 눈은 완전히 빙글빙글 돌고 있었다. 몇 번이고 눈을 깜빡인 후 활짝 뜬 눈앞에 드래곤의 뒷모습이 들어왔다. 우리를 놓친 채 고개를 두리번두리번 좌우로 돌리고 있다.

그렇다면 뒤에서 공격할 생각인 걸까? 그렇게 생각한 것도 잠시. 키리토는 뜻밖에 드래곤에게 살금살금 다가가—오른팔을 뻗어 흔들흔들하는 드래곤의 꼬리 끝을 꽉 움켜쥐었다.

그 순간, 드래곤이 날카로운 소리를 질렀다. 경악의 비명—으로 들린 것은 기분 탓일까. 도저히 키리토의 의도를 파악하지 못한 채 내가 비명을 지르려던 순간이었다.

갑자기 백룡이 두 날개를 활짝 펼치고는 무시무시한 스피드로 급상승을 시작했다.

"우푹!"

공기가 얼굴을 강타했다, 고 느낄 틈도 없이 우리의 몸은 활로 쏘아낸 듯한 속도로 하늘로 치솟았다. 용의 꼬리에 매달려 좌우로 흔들리며 수직 동굴을 솟아오르고 있었다. 원형의 동굴 밑바닥이 점점 멀어져 갔다.

"리즈! 꽉 잡고 있어!!"

키리토의 목소리에 정신없이 그의 목에 매달렸다. 주위의 빙벽을 비추는 햇빛은 점점 밝아지며 바람을 가르는 소리의 피치가 미묘하게 변화하고—하얀 광채가 폭발했다고 생각한 순간, 우리는 동굴 밖으로 튀어 나왔다.

한순간 감았던 눈을 떠보니 제55플로어의 전경이 눈 아래 가득 펼쳐져 있었다.

바로 밑에는 아름다운 원뿔형의 설산. 조금 떨어진 곳에는 작은 마을. 광대한 설원과 깊은 숲 너머에 주거구역의 집들이 뾰족한 지붕을 맞대고 늘어서 있었다. 이들 모두가 밝은 빛을 받아 반짝반짝 빛나는 광경에, 나는 두려움도 잊고 나도 모르게 환성을 질렀다.

"와아……!"

"예이——!!"

키리토도 큰 소리를 지르며 용의 꼬리에서 오른손을 놓았다. 나를 살짝 옆으로 안아든 채, 관성에 몸을 맡기고 하늘에서 빙글빙글 춤추었다.

비행은 겨우 몇 초 동안 이어졌겠지만, 내겐 그 수십 배로 느껴졌다. 나는 깔깔 웃고 있었던 것 같다. 넘쳐나는 빛과 바람이 마음을 씻어내주었다. 감정이 승화되어 갔다.

"키리토─나 있지이!!"

마음껏 외쳤다.

"뭐어?!"

"나, 너 좋아해!!"

"뭐라고?! 안 들려!!"

"아무것도 아니야─!!"

목을 꽉 끌어안고 나는 다시 웃어댔다. 마침내 기적과도 같은 시간이 끝나고 지면이 다가왔다. 마지막으로 한 바퀴 빙글 돌더니 키리토는 두 다리를 크게 벌려 착륙자세를 취했다.

푸확! 하고 눈이 솟구쳤다. 기나긴 활주. 하얀 결정을 제설차처럼 뿌리면서 감속하고, 마침내 우리는 산꼭대기 끄트머리에 정지했다.

"……후우."

키리토는 한숨을 쉬더니 나를 지면에 내려주었다. 아쉬웠지만 목에 감았던 두 팔을 풀었다.

둘이 나란히 동굴 쪽을 돌아보니, 우리를 놓쳤는지 드래곤이 상공을 천천히 선회하고 있었다.

키리토는 등 뒤의 검에 손을 대고 살짝 검신을 뽑아들었지만, 금방 찰칵 소리를 내며 꽂았다. 가벼운 웃음을 지으며 드래곤을 향해 작은 목소리로 말했다.

"……이제까지 만날 사냥당해 힘들었겠지. 아이템 얻는 법이 알려지면 널 죽이려고 오는 놈도 없어질 거야. 앞으로는 느긋하게 살아가라."

―시스템이 설정한 알고리듬대로만 움직이는 몬스터에게 무슨 바보 같은 소리를―어제까지의 나였다면 그렇게 생각했을 것이다. 하지만 어째서인지 지금은 키리토의 말이 순순히 마음에 스며드는 것 같았다. 나는 오른손을 뻗어선 살짝 키리토의 왼손을 쥐었다.

두 사람이 말없이 지켜보는 가운데, 백룡은 고개를 돌리더니 맑은 목소리로 한 차례 울고는 동굴 안으로 내려갔다. 정적이 찾아왔다.

마침내 키리토가 나를 흘끔 보고는 말했다.

"그럼, 돌아갈까?"

"그래야지."

"크리스탈로 날아갈래?"

"……아니, 걸어가자."

나는 미소 지으며 대답하곤 키리토의 손을 잡은 채 걸음을 내디뎠다. 그리고 어떤 사실을 깨닫고 키리토의 얼굴을 쳐다보았다.

"아……, 랜턴하고 베드롤 놓고 왔네."

"그러고 보니……. 뭐, 어때. 다른 사람이 잘 쓰겠지."

얼굴을 마주보며 웃고, 우리는 이번에야말로 귀가하기 위해 천천히 산길을 걷기 시작했다. 플로어 가장자리에서 엿보이는 하늘은 구름 하나 없이 쾌청했다.

"다녀왔습니다-!"

나는 그리운 나의 집 문을 벌컥 열어젖혔다.

"다녀오셨어요."

카운터에 서 있던 점원 소녀 NPC가 정중하게 인사했다. 나는 손을 흔들어주고 가게 안을 휙 둘러보았다. 겨우 하루 비워놓고 왔는데도 어쩐지 신선하게 보였다.

어제와 같은 노점에서 핫도그를 산 키리토가 입을 우물거리며 내 뒤를 따라 가게에 들어섰다.

"이제 곧 낮이니까 제대로 된 가게에서 먹자구."

내가 투덜거리니 키리토는 씨익 웃으며 오른손을 흔들어 윈도우를 불러냈다.

"그 전에, 얼른 만들어줘. 검."

파팟 아이템 란을 조작해 은백색 주괴를 실체화시켜 휙 집어던진다. 나는 이를 받아들고—아이템의 출처에 대해선 생각하지 않기로 하고—고개를 끄덕였다.

"그래, 얼른 해보자. 그럼 공방으로 와."

카운터 안쪽의 문을 열자 덜컹덜컹 하는 수차 소리가 한층 커졌다. 벽의 레버를 당기니 풀무가 움직이며 바람을 불어넣기 시작했다. 금세 화로가 새빨갛게 타올랐다.

주괴를 화로에 살짝 넣고 나는 키리토를 돌아보았다.

"한손용 직검이면 되지?"

"응. 잘 부탁해."

키리토는 손님용 스툴에 앉으며 고개를 끄덕였다.

"알았어. —미리 말해두지만, 완성도는 랜덤 요소에 좌우될 테니까 너무 과도한 기대는 하지 말아줘."

"실패하면 또 가지러 가면 되지, 뭐. 이번엔 로프 챙겨서."

"……아주 긴 걸로 말이지."

그 요란한 낙하를 떠올리고 웃음을 지었다. 화로에 눈을 돌리니 주괴는 이미 충분히 가열된 것 같았다. 집게로 꺼내 모루 위에.

애용하는 대장장이용 해머를 벽에서 집어들고 메뉴를 설정한 다음, 나는 다시 한 번 키리토의 얼굴을 보았다. 말없이 고개를 끄덕이는 그에게 미소로 응대하고, 해머를 크게 치켜들었다.

기합을 담아 붉게 빛나는 금속을 두드리니 카앙! 하는 맑은 소리와 함께 밝은 불꽃이 요란하게 튀었다.

소드 아트 온라인 도움말의 대장장이 스킬 항목에는 이 과정에 대해 【제작할 무기의 종류와 사용할 금속의 랭크에 따른 횟수만큼 주괴를 두드림에 의해】라는 말밖에 없다.

다시 말해 금속을 해머로 두드리는 행위 그 자체에는 플레이어의 기술이 개입될 여지가 없다는 식으로 해석할 수 있겠지만, 수많은 소문이며 미신이 난무하는 SAO인 만큼 두드리는 리듬의 정확성이나 기합이 결과를 좌우한다는 의견이

많은 지지를 받고 있었다.

나는 나 자신을 합리적인 인간이라 생각하지만, 이 설만큼은 오랜 기간의 경험을 통해 신봉하고 있다. 따라서 무기를 만들 때는 쓸데없는 생각을 품지 않고 해머를 휘두르는 오른손에 의식을 집중해 무(無)의 경지에서 두드려야 한다—는 신조가 있다.

하지만.

카앙, 카앙 하고 기분 좋은 소리를 내며 주괴를 두드리는 동안, 지금만큼은 내 머릿속에 수많은 상념이 소용돌이치며 떠나려 하질 않았다.

만약 운 좋게 검이 완성돼 의뢰를 완수한다면—당연히 키리토는 최전선의 공략으로 돌아가 좀처럼 만날 기회가 없어질 것이다. 검을 정비하러 와준다 해도 고작해야 열흘에 한 번이나 올까말까.

그런 건—그런 건, 싫다. 내 마음속에서 그런 외침이 들려왔다.

사람의 온기에 굶주리면서—아니, 그렇기 때문에, 나는 이제까지 특정한 남성 플레이어와 거리를 좁히는 것을 주저하고 있었다. 내 안에 자리 잡은 외로움의 씨앗이 연모(戀慕)로 바뀌고 마는 것이 두려웠기 때문에. 그것은 진정한 사랑이 아니라 가상세계가 만들어낸 착각이라고, 그렇게 생각했기 때문에.

하지만 어젯밤, 키리토의 손에서 온기를 느끼면서 나는 그

망설임이 나를 옭아맨 가상의 가시덩굴이었다는 것을 깨달았다. 나는 나—대장장이 리즈벳이며, 동시에 시노자키 리카이기도 하다. 키리토도 마찬가지다. 게임 캐릭터가 아닌, 피가 흐르는 진짜 인간이다. 그렇다면 그를 좋아한다는 이 마음도 진짜일 것이다.

만족스러운 검을 완성한다면 그에게 내 마음을 고백하자. 곁에 있어 달라고, 매일, 미궁에서 이 집으로 돌아와 달라고 그렇게 말하자.

주괴가 단련되며 점점 더 밝은 빛을 발하기 시작한 것과 동시에, 내 가슴속의 감정도 확고해지는 것 같았다. 내 오른손에서 그 마음이 넘쳐나 해머를 타고 지금 막 태어나려는 무기에 흘러들어가는 것이 느껴졌다.

—그리고, 마침내 그 순간이 찾아왔다.

몇 번인지도 모를—아마 200번에서 250번 사이—망치 소리가 울려 퍼진 직후, 주괴가 한층 눈부신 흰빛을 뿜어냈다.

직사각형 물체가 광채 속에서 조금씩 모습을 바꾸어나갔다. 앞뒤로 조금씩 늘어나기 시작하고, 이어서 코등이로 보이는 돌기가 부풀어올랐다.

"오……."

낮은 목소리로 감탄하며 키리토가 의자에서 일어나 다가왔다. 우리가 나란히 지켜보는 가운데, 몇 초에 걸쳐 오브젝트 생성이 끝나고 마침내 한 자루의 검이 그 모습을 드러냈다.

아름답다. 매우 아름다운 검이었다. 원 핸드 롱 소드치고는 약간 가늘다. 검신은 얇고, 레이피어 정도는 아니지만 가늘다. 주괴의 성질을 이어받은 것처럼 아주 어렴풋하게 뒤가 비쳐 보이는 것 같기도 했다. 칼날의 색은 눈부신 흰색. 칼자루는 약간 푸른 기운을 머금은 은색이었다.

《검이 플레이어를 상징하는 세계》라는 캐치프레이즈를 뒷받침하듯, SAO에 설정된 무기의 종류는 헤아릴 수 없을 정도로 많다. 각 카테고리에 포함된 무기의 고유명을 하나하나 열거하면 아마 수천은 될 것이라고 한다.

일반적인 RPG와는 달리, 그 고유명의 다양함은 무기의 랭크가 높으면 높을수록 늘어난다. 하위 무기는, 예를 들어 한 손 직검이라면 《브론즈 소드》니 《스틸 블레이드》 같은 멋없는 이름이며, 그런 검은 이 세계에 무수히 존재한다. 하지만 현재 출현한 최상급 클래스의 무기, 예를 들면 아스나의 《램번트 라이트》 같은 것은 아마도 세계에 단 한 자루뿐인, 말 그대로 유니크 무기일 것이다.

물론 비슷한 성능을 가진 레이피어는 플레이어 메이드, 몬스터 드롭을 가리지 않고 그 외에도 존재한다. 하지만 그것들은 모두 다른 이름, 다른 모습을 지녔다. 그 까닭에 고레벨 무기는 소유자를 매료시키며 영혼을 나눠준 파트너가 되어가는 것이다.

무기의 이름과 모습은 시스템에 의해 결정되기 때문에 제작자인 우리들도 완성될 때까지는 알 수 없다. 나는 모루 위에서 광채를 발하는 검을 두 손으로 집어들―려다가, 그 우

아한 외견에 어울리지 않는 무게에 경악했다. 키리토가 가진 검은 칼 《일루시데이터》에 뒤지지 않는 근력요구치였다. 허리에 힘을 주어 기합과 함께 가슴 앞까지 들어올렸다.

검신의 아래쪽을 지탱하던 오른손의 손가락을 뻗어 가볍게 원클릭. 그곳에 떠오른 팝업 윈도우를 들여다보았다.

"이름은 《다크 리펄서(Dark Repulser)》네. 내가 처음 들어보는 이름이니, 아직까지 정보꾼들 명감(名鑑)에는 오르지 않은 검일 거야. ─어디, 시험해봐."

"그래."

키리토는 고개를 끄덕이고는 오른손을 뻗어 검의 자루를 쥐었다. 무게 따위 느껴지지 않는다는 동작으로 휙 들어올린다. 메인 윈도우를 열고 장비 피규어를 조작해 하얀 검을 타깃. 이제 검은 시스템상으로도 키리토에게 장비된 것이 되어 수치상의 퍼텐셜을 확인할 수가 있을 것이다.

하지만 키리토는 즉시 메뉴를 닫더니, 몇 걸음 물러나선 검을 왼손으로 고쳐들고 휭휭 소리를 내며 몇 차례 휘둘렀다.

"─어때?"

더 참지 못하고 물어보았다. 키리토는 말없이 한동안 검신을 바라보고 있었으나─마침내 싱긋 웃었다.

"무거운걸. ……좋은 검이야."

"정말?! ……만세!!"

나는 자신도 모르게 오른손으로 승리 포즈를 취하고 있었다. 그 손을 내밀어 키리토의 오른 주먹과 딱 마주쳤다.

이렇게 기분 좋은 건 오랜만이었다.

옛날—제10플로어 언저리의 주거구역에서 노점 판매를 하던 무렵, 열심히 만들었던 무기를 손님들이 칭찬해주었을 때도 이런 기분이 들었다. 대장장이를 하길 잘했다고 진심으로 생각한 때였다. 하지만, 스킬을 컴플리트하고 고레벨 플레이어들만을 상대로 하는 장사로 바꿔나가는 사이에 언제부터인가 잊어버리고 말았던 기분이다.

"……마음의 문제, 구나……전부……."

내가 문득 중얼거린 말에, 키리토가 의아한 표정으로 고개를 갸웃거렸다.

"어, 아니, 아무것도 아니야. —그보다, 어디서 건배라도 하자. 나 배고파."

멋쩍음을 감추듯 큰 소리로 말하고, 키리토 뒤에서 그의 두 어깨를 밀었다. 그대로 공방에서 나가려다가—나는 문득 어떤 의문점을 눈치 챘다.

"……저기."

"응?"

어깨 너머로 돌아보는 키리토. 그 등에 매달린, 검은 한손검.

"그러고 보니—너, 처음에 이 검과 같은 정도의 물건을 만들어달라고 했지? 그 하얀 건 분명 좋은 검이지만, 네 드롭 아이템하고 별로 다르진 않을 거야. 왜 비슷한 검이 두 자루나 필요해?"

"응······."

키리토는 돌아서더니, 무언가 망설이는 듯한 표정으로 나를 가만히 바라보았다.

"으음―, 전부 설명할 수는 없어. 더는 묻지 않겠다고 약속한다면 가르쳐줄게."

"뭔데 뜸을 들여?"

"잠깐 떨어져봐."

나를 공방 벽까지 물러나게 하더니, 키리토는 왼손에 하얀 검을 든 채 오른손으로 등의 검은 검을 소리 높이 뽑아들었다.

"······?"

그의 의도를 파악할 수 없었다. 조금 전 장비 피규어를 조작했으니, 현재 시스템상 장비 상태로 되어 있는 것은 왼손의 검뿐이며 오른손에는 다른 무기를 들어봤자 아무런 도움도 되지 않을 것이다. 그뿐만이 아니라 비정규 장비 상태로 간주되어 소드 스킬도 발동할 수 없게 된다.

내 의아해하는 얼굴에 한순간 시선을 돌리더니, 키리토는 천천히 좌우의 검을 치켜들었다. 오른손의 검을 앞으로, 왼손의 검을 등 뒤로. 약간 하반신을 낮추고―그리고, 다음 순간.

붉은 이펙트 플래시가 작렬하며 공방을 물들였다.

키리토의 두 손에 들린 검이 교대로, 눈에도 보이지 않는 속도로 전방을 향해 날아갔다. 슈파파파팟! 하는 효과음이

공기를 가득 메우고, 아무것도 없는 공간에 휘둘러대기만 하는데도 공방 안의 오브젝트들이 파르르 떨렸다.

　명백히 시스템으로 규정된 소드 스킬이었다. 하지만—두 자루의 검을 다루는 스킬이란 건 들어본 적이 없어!

　숨을 죽이며 멍하니 서 있던 내 앞에서, 아마도 10연격쯤은 될 법한 연속기를 다 마친 키리토가 소리도 없이 몸을 일으켰다. 좌우의 검을 동시에 털더니—오른손의 검만 등에 꽂아 넣고 내 얼굴을 보며 말했다.

　"뭐, 이렇게 된 거야. —이 검의 칼집이 필요한데, 적당한 걸 골라주지 않을래?"

　"어…… . 으, 응."

　키리토 때문에 넋을 잃었던 것이 벌써 몇 번째인지. 이젠 슬슬 익숙해진 나는 아무튼 의문을 뒤로 미뤄두기로 했다. 벽에 손을 뻗어 홈 메뉴를 띄웠다.

　재고 화면을 스크롤해, 단골 세공사에게 한꺼번에 매입해 두었던 칼집 일람을 쭉 훑어보았다. 키리토가 등에 장비한 것처럼 검은 가죽으로 마무리된 것을 골라 오브젝트화. 조그맣게 우리 가게 로고가 들어간 그것을 키리토에게 건네주었다.

　찰칵 소리를 내며 하얀 검을 칼집에 꽂은 키리토는 윈도우를 열어 이를 수납했다. 등에 두 자루를 장비할 줄 알았더니 그러지는 않을 모양이었다.

　"……비밀인 거야? 아까 그거."

"응, 맞아. 비밀 지켜줘."

"알았어."

스킬 정보는 최대의 목숨줄. 묻지 말라고 하면 추궁할 수는 없다. 그보다도 비밀을 보여주었다는 것이 기뻐서, 나는 살짝 웃으며 고개를 끄덕였다.

"……그러면."

키리토는 허리에 손을 대더니 표정을 다잡았다.

"이제 의뢰는 끝났구나. 제작비를 지불해야지. 얼마야?"

"아―어……."

나는 순간 입술을 깨문 후―계속 가슴속에 담아두었던 대답을 입에 담았다.

"돈은, 필요 없어."

"……뭐어?"

"그 대신, 날 키리토의 전속 블랙스미스로 삼아줘."

키리토의 눈이 슬쩍 커졌다.

"……그게, 무슨……."

"공략이 끝나면, 여기 와서 장비수리를 맡겨줘……. 매일, 앞으로도 계속."

심장고동이 한없이 빨라져 갔다. 이건 가상의 신체감각일까, 아니면 내 진짜 심장도 지금과 마찬가지로 두근거리고 있는 것일까―머리 한구석으로 그런 생각을 했다. 뺨이 뜨거웠다. 분명 나는 지금 얼굴을 새빨갛게 물들이고 있겠지.

언제나 포커페이스를 유지하던 키리토도 내 말의 의미를

깨달았는지, 부끄러워하는 것처럼 얼굴을 붉히고 고개를 숙였다. 이제까지 연상으로 보였던 그였지만, 그 모습을 보고 있자니 나와 비슷한 또래이거나 어쩌면 연하일지도 모른다는 생각이 들었다.

나는 용기를 쥐어짜내 한 걸음 나서며, 키리토의 팔에 손을 가져갔다.

"키리토……, 나 있지……."

용의 둥지에서 탈출했을 때는 그렇게 큰 소리로 외쳤던 말인데도 막상 입에 담으려니 혀가 움직이질 않았다. 가만히 키리토의 까만 눈동자를 바라보며, 어떻게든 한 마디를 하려던─바로 그때였다.

공방 문이 벌컥 열렸다. 나는 반사적으로 키리토에게서 손을 떼고 뒤로 펄쩍 물러났다.

"리즈!! 걱정했어─!!"

한순간 늦게 뛰어 들어온 인물은 소리를 지르며 육탄돌격하듯 날 끌어안았다. 밤색 장발이 화악 허공에서 춤추었다.

"아, 아스나……."

아스나는 아연실색해 그 자리에서 얼어붙은 내 얼굴을 코앞에서 바라보며 맹렬히 주워섬겨댔다.

"메시지도 안 가고 맵 추적도 안 되고 단골손님들도 모른다고 하고! 대체 어젯밤에 어디 있었던 거야?! 나, 흑철궁까지 확인하러 갔단 말이야!"

"미, 미안해. 어쩌다 던전에서 발이 묶이는 바람에……."

"던전?! 리즈가, 혼자서?!"

"아니, 저 사람이랑……."

시선으로 아스나의 대각선 뒤쪽을 가리켰다. 휘릭 돌아본 아스나는 그곳에 멀거니 서 있던 검은 옷차림의 검사를 보더니 입을 딱 벌리고 얼어붙었다. 이어서 한 옥타브 높은 목소리로—.

"키, 키리토?!"

"에엥?!"

이번엔 내가 놀랄 차례였다. 아스나와 마찬가지로 얼어붙어 있던 키리토를 쳐다보았다.

그는 가볍게 헛기침을 하더니, 오른손을 살짝 들어 올리며 말했다.

"여, 아스나. 오랜만……은 아니구나. 이틀 만이네."

"으, 응. ……깜짝이야. 그렇구나, 벌써 왔구나. 미리 말해 줬으면 나도 같이 왔을 텐데."

아스나는 두 팔을 뒤에서 꼬더니 부끄러운 듯 웃으며 부츠 끝으로 바닥을 통통 두드리고 있었다. 뺨이 어렴풋하게 핑크색으로 물드는 것을 보고—.

나는 모든 것을 깨달았다.

키리토가 이 가게에 왔던 것은 우연이 아니었다. 나와 했던 약속을 지킨 아스나가 이곳을 추천해준 것이다……, 그녀가 좋아하던 사람에게.

—어쩜 좋아……, 어쩜 좋아.

머릿속에서 그 말만이 뱅글뱅글 맴돌았다. 발끝에서부터 천천히 온몸의 열이 빠져나가는 것만 같았다. 몸에 힘이 들어가지 않았다. 숨을 쉴 수가 없었다. 마음을 어디에 두어야 할지 알 수 없었다…….

멍하니 서 있던 날 돌아보더니, 아스나는 환한 목소리로 말했다.

"이 애, 리즈에게 실례되는 소리 안 했어? 틀림없이 이것저것 말도 안 되는 주문을 했을 거야. 그렇지?"

그리고 살짝 고개를 갸웃한다.

"어라……? 그럼, 어젯밤엔 키리토랑 같이 있었던 거야?"

"아……, 그게……"

나는 즉시 발을 내디뎠다. 아스나의 오른손을 붙잡고는 공방 문을 활짝 열었다. 언뜻 키리토 쪽을 돌아보다, 그의 얼굴을 보지 않도록 하며 재빠르게 말했다.

"잠시만 기다려주세요. 금방 돌아올게요."

그대로 아스나의 손을 잡아끌고 매장으로 갔다. 문을 닫고, 진열장 틈을 빠져나와 가게 밖으로.

"자, 잠깐만, 리즈, 왜 그러는 거야?"

당황한 목소리로 아스나가 물어봤지만 나는 말없이 큰길을 향해 빠른 걸음으로 걸어갔다. 더 이상 키리토 앞에 있을 수가 없었다. 도망치지 않는다면 갈 곳을 잃은 마음을 직접 토로할 것 같았다.

내 심상찮은 분위기를 알아차렸는지, 아스나는 그 이상 아무 말도 묻지 않고 입을 다문 채 따라왔다. 살짝 그녀의 손을 놓았다.

동쪽을 향한 뒷골목으로 들어가 한동안 걸어가니, 높은 석벽에 가려진 조그마한 오픈 카페가 있었다. 손님은 하나도 없다. 나는 끄트머리 테이블을 골라 하얀 의자에 앉았다.

맞은편에 앉은 아스나가 조심스러운 기색으로 내 얼굴을 들여다보았다.

"……왜 그래, 리즈……?"

나는 모든 기력을 쥐어짜내 싱긋 웃었다. 아스나와 가벼운 소문 이야기를 꽃피울 때의, 여느 때와 똑같은 내 미소.

"……그 사람이지?"

팔짱을 끼고 아스나의 얼굴을 비스듬히 바라보았다.

"으, 응?"

"아스나가 좋아하는 사람!"

"아……."

아스나는 어깨를 움츠리듯 고개를 숙였다. 뺨을 물들이며, 크게 한 번 끄덕였다.

"…………응."

욱신 하는 예리한 가슴의 통증을 억지로 무시하며, 다시 싱글싱글 웃음을 지었다.

"하기야, 이상한 사람이더라. 진짜로."

"……키리토가, 무슨 짓 했어……?"

걱정하는 아스나에게 있는 힘껏 고개를 끄덕여 대답했다.

"우리 가게에서 제일 비싼 검을 느닷없이 부러뜨렸지 뭐야."

"으악……. 미, 미안해……."

"아스나가 사과할 이유가 뭐가 있어."

자기 잘못처럼 두 손을 맞대고 사과하는 아스나를 보니 가슴속이 더더욱 욱신거렸다.

조금만 더……, 조금만 더 힘내, 리즈벳.

마음속으로 중얼거리며 겨우겨우 미소를 유지했다.

"뭐 그래서, 그 사람이 요구하는 수준의 검을 만들려면 아무래도 레어 금속재료가 필요할 것 같아서 위쪽 플로어에 가지러 갔어. 그러다가 시시한 함정에 걸리는 바람에 말이야, 탈출하느라 애를 먹어서 돌아오지 못했던 거야."

"그랬구나……. 불러줬더라면 좋았을 텐데. 아, 메시지도 안 가지, 참……."

"아스나도 부를 걸 그랬어. 미안해."

"아니야. 어제는 길드 공략이 있었으니까……. 그래서 검은 완성했어?"

"어, 응. 나 원, 이렇게 귀찮은 일은 앞으로 사양할래."

"돈 왕창 뜯어내야겠다."

동시에 아하하 웃었다.

나는 미소를 지은 채, 마지막 한 마디를 입에 담았다.

"뭐, 이상하지만 나쁜 사람은 아니더라. 응원할 테니까 잘해봐, 아스나."

한계였다. 말꼬리가 어렴풋이 떨렸다.

"으, 응, 고마워……."

아스나는 끄덕이고는, 고개를 살짝 갸웃하며 내 얼굴을 들여다보았다. 내 눈 속을 들여다보기 전에 벌떡 일어났다.

"아, 이런! 나 매입 약속이 있었는데. 잠깐 아래쪽 플로어에 좀 갔다 올게!"

"어? 가게는……, 키리토는 어쩌고?"

"아스나가 상대해줘! 부탁해!"

발길을 돌려 뛰어나갔다. 등 뒤의 아스나에게 파닥파닥 손을 흔든다. 돌아볼 수는 없었다.

게이트 광장 쪽을 향해 뛰어, 오픈 카페에서 보이지 않는 곳까지 도착해 첫 모퉁이의 남쪽으로 돌았다. 그대로 마을 한구석, 플레이어들이 없는 곳을 향해 무작정 달려갔다. 시야가 흐려지면 오른손으로 눈을 닦았다. 몇 번이고 몇 번이고 닦으며 달렸다.

정신이 들고 보니, 마을을 에워싼 성벽 바로 앞까지 도착했다. 완만하게 휘어진 채 우뚝 솟은 벽 앞에 커다란 나무가 같은 폭으로 심어져 있다. 그중 한 그루의 뒤로 돌아가, 줄기에 손을 대고 멈춰 섰다.

"으흑……흑……."

목 안쪽에서 억누를 수 없는 목소리가 새어나왔다. 필사적으로 참았던 눈물이 계속해서 넘쳐선 뺨을 타고 사라졌다.

이 세계에 와서 두 번째로 흘리는 눈물이었다. 로그인 첫날

에 혼란을 일으켜 울었던 후로는 결코 울지 않을 것이라 생
각했다. 감정표현 시스템에 억지로 휩쓸리는 눈물 따위 사양
하겠다고 생각했기 때문이다. 하지만 지금 내 뺨을 타고 흐
르는 눈물보다도 뜨겁고 아픈 눈물은 현실세계에서도 흘려
본 적이 없었다.

아스나와 이야기하는 동안 목까지 치밀어올랐던 말이 있었
다. "나도 그 사람을 좋아해."라고, 몇 번이나 말하려 했다.
하지만 그럴 수는 없었다.

공방에서 마주보고 이야기하던 키리토와 아스나를 본 순
간, 나는 자신을 위한 장소가 키리토의 곁에는 없다는 것을
깨달았다. 왜냐하면—그 설산에서 나는 키리토의 목숨을 위
험에 빠뜨리고 말았으니까. 그 사람의 곁에는 그 사람과 마
찬가지로 강한 마음을 가진 사람만이 설 수 있다. 예를 들
면……, 아스나 같은…….

마주선 두 사람 사이에는 꼼꼼하게 마무리된 칼과 칼집처
럼 강하게 이끌리는 자력이 있었다. 나는 그것을 똑똑히 느
꼈다. 그리고 무엇보다도, 아스나는 키리토를 몇 달이나 전
부터 좋아해 조금씩 거리를 좁히려고 매일 노력하고 있는
데—이제 와서 새치기를 할 수는 없었다.

그렇다……. 나는 키리토와 알고 지낸 지 이제 겨우 하루밖
에 지나지 않았다. 낯선 사람과 익숙하지 않은 모험을 하고
마음이 놀란 것뿐이다. 진짜가 아니다. 이 마음은 진짜가 아
니다. 사랑을 할 거라면 서두르지 않고, 천천히, 차분하게

생각해서—나는 줄곧, 줄곧 그렇게 생각하고 있었을 텐데도.

그런데도, 왜 이렇게 눈물이 나오는 걸까.

키리토의 목소리, 몸짓, 지난 24시간 동안 그가 보여준 모든 표정이 차례차례 눈꺼풀 속에 떠올랐다. 내 머리카락을 쓰다듬고, 팔을 잡고, 손을 꽉 쥐어주었던 그의 손. 그의 온기. 그 마음의 온도—. 내 안에 새겨졌던 그런 기억들을 떠올릴 때마다 격렬한 통증이 가슴속을 깊게 헤집었다.

잊어버리는 거야. 전부 꿈이야. 눈물로 다 씻어버리는 거야.

가로수 줄기를 꽉 움켜쥔 채, 나는 울었다. 고개를 숙이고, 목소리를 억누른 채 계속 울었다. 현실세계라면 언젠가는 말라버렸을 눈물이지만, 두 눈에서 넘쳐 나온 뜨거운 액체는 아무리 흘려도 멈출 줄을 몰랐다.

그리고—내 뒤에서 그 목소리가 들렸다.

"리즈벳."

그 목소리에 온몸이 흠칫 떨렸다. 부드럽고, 온화하며, 소년의 느낌이 남아 있는 그 목소리.

분명 환청일 것이다. 그가 여기 있을 리가 없다. 그렇게 생각하며, 눈물을 닦지도 않은 채 나는 고개를 들어 뒤를 돌아보았다.

키리토가 서 있었다. 검은 앞머리 안쪽의 눈에, 무언가 아픔을 견뎌내려는 빛을 띤 채 나를 보고 있었다. 나는 한동안 그 눈을 바라보다가, 마침내 떨리는 목소리로 속삭였다.

"……안 돼, 지금 오면. 조금만 더 있으면, 평소의 씩씩한 리즈벳으로 돌아갈 수 있었는데."

"……."

키리토는 말없이 한 걸음 앞으로 나와 오른손을 내게 뻗으려 했다. 나는 살짝 고개를 가로저어 이를 거부했다.

"……여기 있는지 어떻게 알았어?"

물어보자 키리토는 고개를 돌려 마을 중심 쪽을 가리켰다.

"저기에서……."

그 손가락 끝으로 멀리 보이는 저편에는, 게이트 광장 앞에 세워진 성당의 첨탑이 건축물의 틈을 뚫고 머리를 내밀고 있었다.

"마을 안을 내려다보고 찾았어."

"후, 후후……."

눈물은 아직까지도 조용히 흘러내리고 있었지만, 그래도 키리토의 대답을 듣고 나는 입가에 웃음을 지었다.

"언제 봐도 막무가내라니깐."

그런 점도…… 좋아해. 주체할 수 없을 정도로.

다시 오열의 충동이 치솟아 오르는 걸 느꼈다. 그걸 필사적으로 억누른다.

"미안해, 난……, 괜찮으니까, 얼른 아스나한테 가봐."

그 말만 간신히 하고 돌아서려 했을 때, 키리토가 말을 이었다.

"나—리즈에게 고맙다는 인사를 하고 싶어."

"뭐……?"

생각지도 못한 말에 당황하며 그의 얼굴을 바라보았다.

"……나, 옛날에 길드 멤버를 전멸시킨 적이 있었거든……. 그래서 이제 두 번 다시 남에게 다가서지 않기로 결심했었어."

키리토는 잠시 눈을 질끈 감더니, 입술을 깨물었다.

"……그래서 평소에는 남들하고 파티를 맺는 것도 피했어. 하지만 어제, 리즈가 퀘스트를 하자고 했을 때는 이유가 뭔지 모르겠지만 금방 OK를 했어. 하루 종일 계속 이상하게 생각했어. 왜 내가 이 사람과 함께 걷고 있는 걸까 하고……."

나는 가슴의 아픔도 잠시 잊고 키리토를 보았다.

그건―그건, 나도…….

"이제까지는 누가 파티를 제안해도 전부 거절했어. 아는 사람이……, 아니, 이름조차 모르는 사람이라도 남이 싸우는 걸 보면 발이 굳어버리는 거야. 그 자리에서 도망치고 싶어서 참을 수가 없어. 그래서 줄곧, 남이 오지 않는 최전선 가장 깊은 곳에만 틀어박혀 있었어. ―그 구멍에 떨어졌을 때, 혼자 살아남는 것보다는 죽는 게 낫다고 생각했던 건 거짓말이 아니야."

어렴풋하게 미소를 짓고 있었다. 그 안에는 헤아릴 수 없는 자책의 빛이 보인 것 같아 나는 숨을 들이켰다.

"하지만, 살아남았어. 의외였지만, 리즈와 함께 살아 있다는 것이 굉장히 기뻤어. 그래서 밤에……, 리즈가 내게 손을 내밀어줬을 때 깨달았어. 리즈의 손이 따뜻해서……, 이 사람은 살아 있구나 하고 생각했어. 나도, 다른 사람들도, 결코 언젠가 죽기 위해서 존재하는 게 아니라 살아가기 위해 살아 있는 거라고 생각했어. 그러니까……, 고마워, 리즈."

"……."

이번에는 진심에서 우러난 미소가 떠올랐다. 나는 이상한 감회에 사로잡히며 입을 열었다.

"나도……, 나도 있지, 계속 찾고 있었어. 이 세계에서, 진정한 무언가를. 내게 있어선 네 손의 온기가 그거였어."

갑자기 가슴속에 박혀 있던 얼음바늘이 천천히 녹는 것 같은 기분이 들었다. 어느샌가 눈물도 멎었다. 우리는 한동안 말없이 바라보고 있었다. 오늘 아침 허공을 날 때 찾아왔던 기적 같은 시간의 감촉이 또다시 나의 마음속을 한순간 쓰다듬고 지나가더니 사라졌다.

보답받았다. 그런 생각이 들었다.

지금 키리토가 한 말이, 깨져나갔던 내 사랑의 파편을 감싸주며 그대로 깊은 곳으로 가라앉는 것을 느꼈다.

나는 다시 한 번 눈을 깜빡여 조그만 물방울을 씻어낸 후 미소 지으며 입을 열었다.

"지금 그 말, 아스나에게도 들려줘. 걔도 힘들어 하니까. 키리토의 온기를 원하고 있으니까."

"리즈……."

164

"난 괜찮아."

그렇게 끄덕이고, 두 손으로 가슴을 살짝 눌렀다.

"아직 한동안은 열기가 남아 있을 거야. 그러니까……, 부탁이야. 키리토가 이 세상을 끝내줘. 그때까지는 노력할 수 있어. 하지만 현실세계에 돌아가면……."

장난스럽게 씨익 웃었다.

"제2라운드가 기다리고 있을 거라고."

"……."

키리토도 웃으며 고개를 크게 끄덕거렸다. 그리고 메인 윈도우를 열었다. 뭘 하려는 건가 싶었더니, 등에서 《일루시데이터》를 빼고는 아이템 인벤토리에 수납했다. 이어서 장비 피규어를 조작하니 같은 곳에 새 검이 실체화되었다. 《다크 리펄서》―어둠을 물리치는 자. 내 마음이 깃든 하얀 검.

"오늘부터는 이 검이 내 파트너야. 값은……, 저쪽 세계에서 지불할게."

"오, 두말하기 없기야. 참고로 비싸."

함께 웃으며 서로의 오른손 주먹을 따악 마주쳤다.

"자, 가게로 돌아가자. 아스나 목 빠지겠다. ……배도 고프고."

그리고 나는 키리토의 앞에 서서 걷기 시작했다. 마지막으로 한 번, 두 눈을 휙 닦아내자 눈꼬리에 남아 있던 마지막 눈물이 흩어지며 빛의 입자가 되어 사라졌다.

4

오늘은 아침부터 매우 추웠다.

나는 두 손을 비비며 공방에 들어섰다. 벽의 레버를 당기고, 이미 붉게 타오르기 시작하던 화로에 손을 대고 녹였다. 수차의 덜컹덜컹 하는 소리만은 변함이 없었지만 초겨울인 지금이 이렇게 춥다니, 만약 한겨울이 되면 집 뒤의 냇물이 얼어버리는 것은 아닐까 걱정스러웠다.

한동안 생각에 잠겨 있다가 문득 정신을 차리고 스케줄을 확인해보았다. 오늘이 납기인 주문이 여덟 건이나 밀려 있었다. 빨리 끝내지 않으면 해가 질 것이다.

첫 주문은 경량 타입 한손용 직검. 주괴 목록을 한동안 노려본 후, 예산과 성능에 맞는 것을 골라 화로에 집어넣었다.

요즘은 내 해머질 실력도 늘었고 여러 가지 새로운 금속도 입고되어, 평소에도 고레벨 무기를 단련하는 일이 잦아졌다. 잘 달궈진 주괴를 모루 위에 놓고 해머를 설정해 힘껏 내려쳤다.

하지만 한손용 직검에 한해서만 말하자면—올해 초여름에 만들었던 그 검을 웃도는 것은 한 번도 만들지 못했다. 그것이 속상하기도 하고 기쁘기도 했다.

내 마음의 조각이 스며든 그 검은 오늘도 머나먼 전선에서 씩씩하게 활약하고 있겠지. 이따금 눈앞의 연마석으로 보살펴주고 있지만, 보통 무기와는 달리 쓰면 쓸수록 검신의 투명도가 늘어가는 것 같았다. 어쩐지, 언젠가 수치적인 소모도와는 별개로 자신의 역할을 마치고 부서지는 것은 아닐까—그런 예감마저 들었다.

하지만 뭐, 그건 아마 한참 미래의 일이 되겠지. 지금의 최전선은 제75플로어. 그 검은 아직도 더 고생을 해야 할 것이다. 그 사람—키리토의 오른손에서.

정신을 차리고 보니 어느샌가 규정 횟수를 내리쳤는지 주괴가 붉은 빛을 뿜어내며 변형되기 시작했다. 마른침을 삼키며 마법의 순간을 지켜보고, 마침내 출현한 검을 손으로 집어 들고 확인해보았다.

"……나쁘진 않네."

중얼거리고, 나는 이를 작업대 위에 올려놓았다. 당장 다음 주괴를 꺼내 작업에 들어갔다. 이번엔 투핸디드 액스(two-handed axe), 사정거리 중시형…….

오후 늦은 시각이 되어서야 겨우 모든 주문을 소화해내고 나는 자리에서 일어났다. 고개를 이리저리 돌리며 크게 기지개를 한 차례. 살짝 한숨을 내쉬었을 때, 벽에 걸려 있던 조그마한 사진이 눈에 들어왔다.

어깨를 나란히 하고 V 사인을 보내는 나와 아스나. 아스나의 곁에는 반걸음 물러난 위치에 서서 쓴웃음을 짓고 있는 키리토. 이 건물 앞에서 찍은 것이다. 보름쯤 전—그 둘이 결혼 보고를 하러 왔을 때.

누가 봐도 잘 어울리는 두 사람인데도 골인에 결국 반년이나 걸린 셈이다. 나도 이래저래 안달복달 못해 여러 가지로 도움을 주었기 때문에, 마침내 결혼한다는 말을 들었을 때는 정말 기뻤다. 그리고—아주 살짝, 애달픈 기분도 들었다.

그날 밤 있었던 일은 요즘도 가끔 꿈에 나온다. 나의 그다지 기복도 없던 2년 중에서 작은 보석처럼 빛나던 환상의 밤, 그날의 추억. 잉걸불처럼, 다섯 달이나 지난 지금도 나의 가슴을 데우고 있었다.

"⋯⋯나도 참⋯⋯."

어이가 없구만. 마음속으로 중얼거렸다. 사진을 살짝 손끝으로 훑었다. 합리적인 현실주의자라고 자부하고 있었는데, 사실은 이렇게 기특한 성격인 줄은 나도 몰랐다.

"결국, 아직도 널 계—속 좋아하고 있다구."

사진의 한 점을 톡 두드리며 나는 몸을 돌렸다. 늦은 점심 식사는 직접 적당히 만들어볼까, 아니면 가끔씩은 밖에서 먹어볼까 생각하며 공방을 나서려던—그 순간이었다.

이제까지 들어본 적이 없는 효과음이 커다란 볼륨으로 머리 위에 울려 퍼졌다. 데엥, 데엥 하는, 종소리 같은—혹은 경보음 같은⋯⋯. 재빨리 천장을 올려다보았지만, 아무래도 그 소리는 그 너머, 상부 플로어 쪽에서 들려오는 것 같았다.

황급히 공방 문을 열고 매장으로 나서자, 더더욱 나를 경악케 하는 사건이 벌어지고 있었다. 이곳에 가게를 연 후로, 당연한 말이지만 하루도 쉬는 일 없이 카운터에 서 있던 NPC 점원이 갑자기 소리도 없이 소멸한 것이다.

"······?!"

눈을 휘둥그렇게 뜨고, 조금 전까지 그녀가 있던 공간을 응시했지만 돌아올 기색은 없었다. 심상찮은 사태였다.

재빨리 가게 밖으로 나간 나는 더더욱 놀라운 광경을 보게 되었다.

100미터 상공에 펼쳐진 상부 플로어의 바닥, 그 무기질적인 회색 뚜껑 밑에—거대한 붉은 문자가 빼곡하게 떠올랐다. 뚫어지게 쳐다보니, 【Warning】, 그리고 【System Announcement】라는 두 개의 영어 단어가 진홍색 체크무늬 형태로 늘어서 있는 것 같았다.

"시스템······어나운스먼트······."

본 적이 있는 광경이었다. 아직도 기억이 생생하다. 2년 전, 이 데스 게임이 시작된 그날, 1만 플레이어에게 룰의 변경점을 알려주었던 속이 텅 빈 아바타의 등 뒤에도 이것과 똑같은 광경이 나타났다.

거의 몇 초간 얼어붙어 있다가 겨우 주위를 둘러보니, 나와 마찬가지로 수많은 플레이어들이 멍하니 선 채 상부 플로어를 올려다보고 있었다. 그 광경에 어쩐지 위화감이 섞여 있는 것 같아 고개를 갸웃한 후, 금세 그 이유를 깨달았다.

평소 같으면 길을 오가거나 물건을 팔고 있어야 할 NPC들이 한 명도 보이지 않았다. 아마 우리 점원과 동시에 사라진 것 같지만……, 대체 왜—?

갑자기, 뎅그렁 뎅그렁 울려 퍼지던 소리가 뚝 그쳤다. 한순간의 정적이 찾아온 후, 이번엔 부드러운 여성의 목소리가 여전히 커다란 볼륨으로 들려왔다.

『지금부터. 플레이어. 여러분께. 긴급. 공지를. 알려드립니다.』

2년 전에 들었던 게임 마스터 카야바 아키히코의 목소리와는 완전히 다른, 인공적이며 전기적인 울림이 느껴지는 합성 음성이었다. 분명 게임 시스템이 발하는 공지였지만, 관리자의 기척이 거의 느껴지지 않는 SAO에서 이런 공지를 듣는 것은 처음이었다. 마른침을 삼키며 귀를 기울였다.

『현재. 게임은. 강제. 관리. 모드로. 가동되고. 있습니다. 모든. 몬스터. 및. 아이템. 스폰은. 정지됩니다. 모든. NPC는. 철거됩니다. 모든. 플레이어의. HP는. 최대치로. 고정됩니다.』

시스템 에러? 뭔가 치명적인 버그라도 생겼나……?

나는 즉시 그렇게 생각했다. 불안의 손길이 심장을 꽉 움켜쥐었다. 하지만, 다음 순간—

『아인크라드. 표준시. 11월. 7일. 14시. 55분. 게임은. 클리어되었습니다.』

—시스템 음성은 그렇게 말했다.

게임은, 클리어되었습니다.

그 말의 의미를 몇 초 동안 알 수 없었다. 주위의 플레이어들도 모두 얼어붙은 표정으로 멍하니 서 있었다. 하지만 그 후 이어진 말을 듣고 모두가 펄쩍 뛰어올랐다.

『플레이어. 여러분들은. 순차적으로. 게임에서. 로그아웃될. 것입니다. 그. 자리에서. 대기해. 주시기. 바랍니다. 반복합니다…….』

갑자기 "우와아아!" 하는 커다란 함성이 솟았다. 지면이─아니, 부유성 아인크라드 전체가 뒤흔들렸다. 모두들 얼싸안고, 땅바닥을 굴러다니고, 두 팔을 치켜들며 소리를 질러댔다.

나는 움직이지도 못하고, 아무 말도 하지 않고, 가게 앞에 그저 서 있었다. 간신히 두 손을 들어 입을 가렸다.

해냈구나. 그 녀석이─키리토가, 해낸 거야. 여느 때처럼, 막무가내로…….

그것은 확신이었다. 생각해보면 그렇지 않은가. 최전선은 아직 75층인데도 게임을 클리어해버리는 무리한, 무모한, 비상식적인 짓은 키리토가 아니면 할 수 없을 것이다.

귓가에, 어렴풋한 속삭임이 들려온 것 같았다.

─약속, 지켰어…….

"응……응……. 드디어, 해냈구나……."

마침내, 내 두 눈에서 뜨거운 눈물이 넘쳐 나왔다. 그것을 닦으려고도 하지 않고, 나는 있는 힘껏 오른손을 치켜들고 몇 번이고 몇 번이고 뛰어올랐다.

"야—!!"

두 손을 입에 대고, 까마득한 상부 플로어에 있을 그에게 들리도록 있는 힘껏 외쳤다.

"꼭 다시 만나는 거야, 키리토—!! ……사랑해!!"

(끝)

002-**003**

아침 안개의 소녀

§ 아인크라드 제22플로어
2024년 10월

1

아스나는 매일 아침 기상 알람을 7시 50분에 맞춰놓고 있다.

왜 그런 어중간한 시간이냐 하면, 키리토의 기상시각이 8시 정각이기 때문이다. 10분 일찍 눈을 떠, 침대에 누운 채로 곁에서 잠든 그의 얼굴을 보는 것이 좋았다.

오늘 아침도 아스나는 목관악기의 부드러운 음색으로 눈을 뜬 후, 살짝 몸을 기울여 두 손으로 뺨을 받친 채 키리토의 자는 모습을 바라보고 있었다.

처음 그를 좋아하게 된 것은 반년 전. 공략 파트너가 된 것은 2주일 전. 결혼해서 이곳 제22플로어의 숲속으로 이사를 온 것은 겨우 엿새밖에 되지 않았다. 누구보다도 사랑하는 사람이지만 이렇게 바라보고 있으면 어쩐지 나이를 알아보기가 어려웠다.

약간 비스듬하게 선 당당한 자세 때문에 평소에는 자신보다도 살짝 연상이 아닐까 생각했다. 하지만 깊이 잠들었을 때의 키리토는 한 점의 티도 느껴지지 않을 만큼 천진난만해 보여서, 어쩐지 훨씬 연하인 것 같기도 했다.

나이 정도야 물어보면 될 것을—싶기도 했다. 아무리 현실 세계의 이야기를 꺼내는 것이 금기라고는 해도 두 사람은 이미 부부이니까. 나이는 물론이고, 현실로 돌아갔을 때 다시 만나기 위해서는 본명이며 주소며 연락처까지 나눠야 할 것이다.

하지만 아스나는 좀처럼 그 말을 할 수가 없었다.

현실세계에 대한 말을 꺼내자마자 이곳에서의 《결혼 생활》이 가상의, 얄팍한 것이 되어버릴까 두려웠기 때문이다. 아스나에게 지금 무엇보다도 소중하며 유일한 현실은 이 숲속 집의 안락한 나날이었으며, 설령 이 세계에서 탈출하지 못한 채 현실의 육체가 죽음을 맞이하는 일이 있다 해도, 마지막 순간까지 이 생활이 이어질 수만 있다면 후회하지 않을 것이다.

그러니 꿈에서 깨는 것은 조금 더 나중에―. 그렇게 생각하며 아스나는 살짝 손을 뻗어서 잠든 키리토의 뺨을 만져보았다.

그건 그렇다 쳐도, 자는 모습이 참 어려 보인다 싶었다.

키리토의 강함에 대해서는 이제 와서 의심할 여지가 없었다. 베타테스트 때부터 쌓아왔던 엄청난 경험, 끊임없는 공략으로 획득한 스탯, 그리고 이들을 뒷받침해줄 판단력과 의지력. 혈맹기사단의 리더인 《신성검》 히스클리프에게는 패배했지만, 키리토는 아스나가 아는 한 최강의 플레이어였다. 제아무리 혹독한 전장에서도 곁에 그가 있는 한 불안을 느낀 적은 없었다.

하지만 곁에 누워 잠든 키리토를 보고 있노라면 어쩐지 그가 상처 입기 쉬운 순진한 남동생인 것만 같다는 기분이 가슴속에서 솟아나와 주체할 수가 없었다. 지켜줘야만 한다는 생각이 들었다.

살짝 한숨을 내쉬면서, 아스나는 몸을 일으켜 키리토의 몸에 팔을 감았다. 가느다란 목소리로 속삭였다.

"키리토……, 사랑해. 언제까지고, 함께 있자."

그러자마자 키리토가 살짝 몸을 움직이며 천천히 눈을 떴다. 두 사람의 시선이 코앞에서 교차했다.

"으악!!"

아스나는 벌떡 일어났다. 침대 위에 납싹 정좌한 채 얼굴을 새빨갛게 물들이며 말했다.

"자, 잘 잤어, 키리토? ……지금 그거……, 들었어……?"

"안녕, 아스나. 지금 그거라니……, 뭔데?"

몸을 일으키며 하품을 참는 얼굴로 되묻는 키리토에게, 아스나는 두 손을 휘휘 내저었다.

"아, 아니, 아무것도 아니야!"

달걀 프라이와 흑빵, 샐러드에 커피로 아침식사를 마치고 2초 만에 테이블을 정리한 후, 아스나는 두 손을 짝 마주치며 말했다.

"자! 오늘은 어디로 놀러갈까?"

"너 말이야."

키리토는 쓴웃음을 지었다.

"밑도 끝도 없이 무슨 소리야?"

"하지만 하루하루가 너무 즐거운 걸 어떡해."

아스나에겐 거짓 없는 진심이었다.

돌이키는 것도 고통스러운 기억이지만, SAO의 포로가 된 후로 키리토를 만날 때까지 1년 반 동안 아스나의 마음은 굳게 얼어붙은 것이었다.

자는 시간도 아껴가며 스킬과 레벨을 올리고, 공략 길드 혈맹기사단의 서브 리더로 발탁된 후로는 이따금 길드 멤버들마저 우는소리를 할 만큼 혹독한 페이스로 미궁을 공략해 댔다. 마음은 오로지 게임 클리어와 탈출에 있을 뿐, 이를 준비하는 활동 이외의 모든 시간을 무의미한 것이라고 단정 짓고 있었다.

그렇게 생각하니 아스나는 어째서 좀 더 일찍 키리토와 만날 수 없었을까 아쉬운 마음이 들었다. 그와 만난 후로 하루하루가 현실세계의 생활 이상으로 선명하게, 놀랍게 보이기 시작했다. 그와 함께라면 이곳에서 보내는 시간도 귀중한 경험처럼 여겨졌다.

그래서 아스나에겐 지금 겨우 손에 넣은 두 사람만의 시간, 그 1초 1초가 귀중한 보석처럼 여겨지는 것이다. 좀 더 많이, 둘이서 많은 곳을 가보고, 많은 이야기를 나누고 싶다.

아스나는 두 손을 허리에 대고 입술을 삐죽거리며 말했다.

"그럼 키리토는 놀러가기 싫어?"

그러자 키리토는 씨익 웃더니, 오른손을 휘둘러 맵을 불러냈다. 가시 모드로 바꿔 아스나에게 보여준다. 이 플로어의 숲과 호수가 표시되어 있었다.

"여기 말인데."

그가 가리킨 곳은 두 사람이 있는 집에서 약간 떨어진 숲 한 귀퉁이였다.

제22플로어는 저층 플로어인 탓에 면적이 상당히 넓다. 직경은 8킬로미터 이상. 그 중앙에는 거대한 호수가 있으며 남쪽 기슭에 주거구역인 《코랄 마을》, 북쪽 기슭에 미궁구역이 있다. 그 외의 지역은 모두 침엽수가 우거진 아름다운 숲이었다. 아스나와 키리토의 조그마한 집은 플로어 거의 남쪽 끝 가장자리 부근에 있었으며, 지금 키리토가 가리킨 곳은 집에서 북동쪽으로 2킬로미터 정도 떨어진 곳이었다.

"어제 마을에서 들은 소문인데 말이야……, 이 부근에, 숲이 깊어지는 곳에서……. 그게 나온대."

"응?"

의미심장한 웃음을 짓는 키리토에게 아스나는 눈을 동그랗게 뜨고 되물었다.

"뭐가?"

"─유령."

한동안 쩍 얼어붙었다가 주저주저하며 확인했다.

"……그거, 아스트랄 계열 몬스터란 소리야? 레이스(wraith)나 밴시(banshee) 같은 거?"

"아니아니, 진짜라니깐. 플레이어……인간 유령. 여자아이

178

래."

"윽……."

아스나는 자신도 모르게 굳은 표정을 지었다. 그런 이야기
엔 남들보다 훨씬 민감하게 반응할 자신이 있었다. 호러 계
열 플로어로 이름 높은 제65, 66플로어 부근의 고성 미궁은
이래저래 이유를 대고 공략에서 빠졌을 정도였다.

"하, 하지만 여긴 게임의 디지털 세계잖아. 그런 게—유령
이 나올 리가 있어?"

억지로 웃음을 지으며, 약간 발끈해 항변했다.

"글쎄, 과연 그럴까~?"

하지만 귀신이 아스나의 약점이란 것을 아는 키리토는 자
못 즐거운 듯 추격타를 가했다.

"예를 들면 말이지……. 원한을 품고 죽은 플레이어의 영
혼이, 전원이 켜진 너브 기어에 들러붙어서……, 밤마다 필
드를 방황한다거나……."

"그마——안!!"

"아하하, 미안. 지금 그건 좀 안 좋은 농담이었다. 뭐, 나도
정말로 유령이 나올 거란 생각은 안 하지만, 어차피 가볼 거
라면 뭔가 일어날 법한 곳이 좋지 않겠어?"

"우우……."

입술을 비죽거리면서 아스나는 창밖으로 눈을 돌렸다.

겨울이 다가오는 이 계절치고는 좋은 날씨였다. 따끈따끈
한 햇볕이 앞뜰의 잔디에 내리쪼였다. 유령이 나오기에는 가

장 적합하지 않은 시간 아닌가. 아인크라드에서는 구조상 이른 아침과 저녁을 제외하고는 태양을 직접 볼 수가 없지만, 한낮에는 충분한 광원이 필드를 밝게 비춘다.

아스나는 키리토 쪽을 향해 턱을 비쭉 내밀며 말했다.

"좋아, 가자구. 유령이 없다는 걸 증명하러."

"오케이, 결정. ─오늘 못 만나면 다음엔 밤에 가보자."

"절대 싫어!! ……그렇게 심술 맞은 소리만 하는 사람에겐 도시락 안 만들어줄 거야."

"허걱, 취소취소."

키리토를 마지막으로 한 번 노려본 후, 아스나는 생긋 웃었다.

"자, 얼른 준비하자. 난 생선 구울 테니까 키리토는 빵 잘라줘."

재빨리 피쉬버거 도시락을 만들어 도시락 바구니에 담아 두 사람이 집을 나선 것은 오전 9시였다.

앞뜰의 잔디로 걸음을 내디뎠을 때, 아스나는 키리토를 돌아보며 말했다.

"키리토, 목말 태워줘."

"모, 목마알?!"

괴상한 목소리로 대답하는 키리토.

"만날 똑같은 높이에서만 보면 재미없단 말야. 키리토의 근력 파라미터면 여유 있지?"

"그, 그야 그럴지도 모르지만……, 너, 나이가 몇 살이

냐······."

"나이가 무슨 상관이람! 뭐 어때, 누가 보는 것도 아닌데."

"아, 알았어······."

키리토는 어이없다는 듯 고개를 설레설레 저으면서도 주저 앉아 등을 아스나에게 돌렸다. 스커트를 치켜들고 그의 어깨를 타넘어 두 다리를 얹었다.

"됐어─. 하지만 뒤쪽 봤다간 가만 안 둘 거야."

"그거 뭔가 좀 부조리하지 않냐······?"

투덜거리면서 키리토가 가볍게 일어나자, 그에 따라 시점이 단숨에 상승했다.

"우와! 저것 봐, 여기서도 벌써 호수가 보여!"

"난 안 보여!!"

"그럼 나중에 나도 해줄게."

"······."

힘이 쭉 빠져나갔는지 고개를 숙인 키리토의 머리에 손을 얹고 아스나가 말했다.

"자, 출발! 진로는 북북동!"

터덜터덜 걷기 시작한 키리토의 어깨 위에서 환하게 웃으며, 아스나는 둘이서 생활하는 나날에 대한 소중함을 애절할 정도로 느끼고 있었다. 자신은 지금 17년 동안의 인생 속에서 가장 《살아 있다》는 실감을 품고 있다고, 의심할 여지도 없이 그렇게 생각했다.

오솔길을 걸어 나가자—실제로 걷고 있는 것은 키리토뿐이었지만—십여 분 후, 제22플로어 이곳저곳에 흩어진 호수 중 하나에 도착했다. 따뜻한 물안개에 이끌렸는지 아침부터 몇몇 낚시꾼 플레이어들이 호수에 실을 드리우고 있었다. 오솔길은 호수를 에워싼 언덕 위를 지나, 왼쪽으로 보이는 호반까지 약간 거리가 있었으나 조금씩 다가감에 따라 두 사람을 본 플레이어들이 이쪽에 손을 흔들어주었다. 다들 싱글거리는 표정이었으며, 개중에는 소리 내어 웃는 사람까지 있었다.

"……아무도 안 보긴 뭘 안 봐!"

"아하하, 사람이 있었네—. 자자, 키리토도 손 흔들어줘."

"죽어도 싫어."

투덜거리면서도 키리토는 아스나를 내려놓을 생각은 없는 모양이었다. 속으로는 그도 재미있어 하는 것이리라.

마침내 길은 언덕을 오른쪽으로 내려가며 깊은 숲속으로 이어졌다. 삼나무와 비슷한 거대 침엽수가 우뚝 솟은 틈새를 누비며 천천히 걸어갔다. 바람에 잎사귀가 스치는 소리, 냇물 흐르는 소리, 작은 새들이 지저귀는 소리가 늦가을의 숲 경치에 아름다운 반주를 연주하고 있었다.

아스나는 여느 때보다도 가깝게 보이는 나뭇가지에 시선을 향했다.

"정말 크다아—. 이 나무, 올라갈 수 있을까?"

"으음……."

아스나의 물음에 키리토는 잠시 생각에 잠겼다.

"시스템상 불가능하진 않겠지만……, 시험해볼래?"

"아니, 그건 다음번 놀이 테마로 삼을래. ―아, 올라간다고 하니 생각났는데."

아스나는 키리토의 어깨에 올라탄 채 몸을 뻗어, 나뭇가지 틈새로 멀리 보이는 플로어 가장자리를 살펴보았다.

"가장자리 쪽에는 여기저기 기둥 같은 게 상부 플로어까지 이어져 있잖아. 그거……, 올라가면 어떻게 될까?"

"아, 난 올라가본 적 있어."

"뭐어―?!"

몸을 기울여 키리토의 얼굴을 들여다본다.

"왜 나는 안 불렀어?!"

"아직 그렇게 친하지 않았을 때라서."

"뭐야, 키리토가 피했던 거잖아."

"……피, 피했던가?"

"그랬다구―. 내가 아무리 꼬드겨도 차 한잔 같이 안 했으면서."

"그, 그건……. 아니아니그런것보다도말이지."

대화가 이상한 방향으로 가기 시작한 것을 수정하려는 듯 키리토가 말을 이었다.

"결론부터 말하자면, 실패였어. 바위가 울퉁불퉁해서 올라가는 건 의외로 쉬웠는데, 80미터쯤 올라갔더니 갑자기 시스템 에러 메시지가 뜨면서 여긴 침입 불가능 영역입니다!

하고 소리를 지르더라고."

"아하하, 반칙하면 안 되겠구나, 역시."

"웃을 일이 아니야. 그래서 깜짝 놀라는 바람에 손이 미끄러져서 그대로 떨어졌다니깐……."

"에, 에엑?! 그랬다간 죽을 거 아냐!"

"응, 죽는 줄 알았어. 텔레포트 크리스탈을 3초 만 늦게 썼어도 전사자 리스트에 추가됐을걸."

"에이차암, 위험하게. 앞으로는 두 번 다시 그러지 마."

"네가 먼저 꺼낸 얘기였잖아!"

가벼운 이야기를 나누며 걸어가는 사이에 숲은 점점 깊어져 갔다. 기분 탓인지 새소리도 드문드문해지고, 가지 틈새로 비치는 햇빛도 약해진 것 같았다.

아스나는 새삼 주위를 둘러보며 키리토에게 물었다.

"저, 저기……, 소문으로 들었다는 거기가 어디쯤이야?"

"어디……."

키리토는 손을 휘둘러 맵으로 현재 위치를 확인해보았다.

"아, 거의 다 왔어. 이제 몇 분 만 있으면 도착해."

"흐응……. 저기, 구체적으로는 무슨 이야기였어?"

알고 싶지 않았지만 모르는 것도 어쩐지 불안해 아스나는 물어보고 말았다.

"음, 일주일쯤 전에 목공 기술자 플레이어가 이 부근에 통나무를 주우러 왔대. 이 숲에서 채취할 수 있는 목재가 꽤 질이 좋아서 열심히 줍다보니 날이 저물어서……, 당황해 돌아가려고 걷기 시작했을 때, 조금 떨어진 나무 뒤에―흘끔, 하고 하얀 게 보인 거야."

"……."

아스나의 입장에선 이미 한계에 가까웠지만, 키리토의 말은 가차 없이 이어졌다.

"몬스터인가 싶어 당황했는데, 그렇지 않았어. 인간, 조그마한 여자아이로 보였대. 길고 검은 머리카락에 하얀 옷. 천천히, 숲 저쪽을 걸어가고 있었지. 몬스터가 아니면 플레이어겠거니 싶어 시선을 맞춰봤더니."

"……."

"―커서가, 안 나오더래."

"히익……."

자신도 모르게 목멘 비명이 새어나왔다.

"그럴 리가 없다고 생각하면서, 안 그래도 될 것을 조금씩 다가가 봤어. 그리고 말까지 걸어봤지. 그랬더니 여자아이가 딱 멈춰 서선……, 이쪽을 천천히 돌아보고……."

"이, 이, 이제, 그, 그만……."

"그리고 그 남자도 알아차렸어. 달빛을 반사하는 여자아이의 하얀 몸 너머로 그 너머의 나무가―투명하게 비쳐 보인다는 사실을."

"―!!"

필사적으로 비명을 참으며 아스나는 키리토의 머리카락을 콱 움켜쥐었다.

"여자아이가 완전히 돌아보면 끝장이라는 생각에, 남자는 열심히 도망쳤다고 해. 간신히 멀리 마을의 불빛이 보여서, 이 정도면 괜찮겠다고 멈춰 서선……가만히 뒤를 돌아봤더니……"

"———허윽?!"

"아무도 없었다고 합니다. 해피엔딩이죠?"

"……키, 키, 키리토는 바보야——!!"

어깨에서 뛰어내린 아스나가 키리토의 등을 있는 힘껏 때리기 위해 주먹을 치켜든—바로 그때였다.

낮인데도 어둑한 숲속. 두 사람에게서 제법 떨어진 침엽수 기둥 부근에 하얀 것이 언뜻 보였다.

굉장히 불길한 예감을 느끼면서, 아스나는 그 무언가에 조심스럽게 시선을 맞춰보았다. 키리토만큼은 아니지만 아스나의 색적(索敵) 스킬도 상당히 높았다. 자동적으로 스킬에 의한 보정이 적용되며, 시선을 집중한 부분의 해상도가 상승했다.

하얀 무언가는 천천히 바람에 팔락거리는 것처럼 보였다. 식물은 아니다. 바위도 아니다. 천이다. 더 자세히 말하자면 심플한 라인을 그리는 원피스였다. 그 옷자락에서 엿보인 것은 두 개의 가느다란—다리.

소녀가 서 있었다. 키리토가 한 이야기에 나왔던 것과 조금도 다르지 않은 하얀 원피스를 걸친 어린 소녀가 조용히 서서, 두 사람을 가만히 보고 있었다.

의식이 잠시 아득해지는 것을 느끼며, 아스나는 간신히 입을 열었다. 거의 공기만을 내뱉다시피 하는 목소리를 쥐어짜 냈다.

"키……키리토, 저기."

키리토가 아스나의 시선 방향을 슥 따라가 보았다. 그 직후, 그의 몸도 굳어졌다.

"이, 이럴 수가……."

소녀는 움직이지 않았다. 두 사람에게서 수십 미터 떨어진 곳에 서서 가만히 이쪽을 보고 있을 뿐이었다. 만약 조금이라도 이쪽으로 다가온다면 난 기절하겠구나, 생각하며 아스나가 각오를 다진 그 순간.

흐늘—소녀의 몸이 흔들렸다. 동력이 끊어진 기계인형처럼, 생물적인 움직임이 느껴지지 않는 모습으로 땅에 쓰러졌다. 투욱 하는 희미한 소리가 귀에 들려왔다.

"저건……."

그 순간 키리토의 두 눈이 예리해졌다.

"유령이 아니야!!"

외치자마자 뛰어나갔다.

"자, 잠깐, 키리토!"

혼자 남은 아스나는 허겁지겁 그를 불렀으나, 키리토는 돌아보지도 않고 쓰러진 소녀에게 달려갔다.

"아이참!!"

어쩔 수 없이 아스나도 그 뒤를 따랐다. 아직도 심장이 두

근거렸으나 기절해 쓰러지는 유령이란 들어본 적도 없었다. 역시 저건 플레이어일 것이다.

몇 초 늦게 침엽수 밑에 도달하니, 소녀는 이미 키리토의 품에 안겨 있었다. 아직 의식은 돌아오지 않았다. 긴 속눈썹은 굳게 닫힌 채 두 팔은 힘없이 몸 옆에 늘어져 있었다. 혹시나 싶어 원피스를 걸친 몸을 뚫어져라 쳐다봤으나 투명하지는 않았다.

"어, 어때? 괜찮아 보여?"

"으—음……."

키리토는 소녀의 얼굴을 들여다보며 말했다.

"그렇게 물어봐도……. 이 세계에선 호흡이나 심장소리 같은 게 없으니까……."

SAO 내에선 인간의 생리적인 활동 대부분은 재현이 생략되어 있다. 스스로 숨을 들이킬 수는 있으며 공기가 기도를 드나드는 감각도 있지만, 아바타 자체는 무의식호흡을 하지 않는다. 긴장하거나, 흥분했을 때 가슴이 두근거린다는 체감은 있으나 남의 것을 느낄 수는 없다.

"하지만 소멸하지 않는 것을 보면……, 살아 있다는 뜻이겠지. 하지만 이건…… 정말 이상한걸……."

말을 끊고 키리토는 고개를 갸웃했다.

"이상하다니?"

"유령은 아니야. 이렇게 만질 수 있는 걸 보면. 하지만, 커서는……안 나와……."

"아……."

아스나는 새삼 소녀의 몸에 시선을 집중해보았다. 원래 아인크라드에 존재하는 모든 동적 오브젝트는 플레이어건 몬스터건, 혹은 NPC건 타깃한 순간 반드시 컬러 커서가 표시되어야 한다. 하지만 그것이 나타나지 않는다. 아직까지 이런 현상은 본 적이 없었다.

"무슨 버그 아닐까?"

"그렇겠지. 다른 온라인 게임 같았으면 GM을 불러야 할 상황이지만, SAO에는 GM이 없으니까……. 게다가 커서만 문제가 아니야. 플레이어치곤 너무 어린 것 같지 않아?"

듣고 보니 정말 그랬다. 키리토의 두 팔에 안긴 그 몸은 너무나도 작았다. 나이로 따지면 열 살이나 됐을까 말까 한 정도. 너브 기어에는 명목상의 착용 연령제한이 있어, 분명 13세 이하의 어린아이들은 사용을 금지하고 있을 텐데.

아스나는 살짝 손을 뻗어 소녀의 얼굴을 만져보았다. 서늘하고 매끄러운 감촉이 전해져왔다.

"어떻게……, 이렇게 어린 아이가 SAO 안에……."

입술을 꼭 깨물고 일어나며 키리토에게 말했다.

"아무튼 내버려둘 수는 없어. 눈을 뜨면 이것저것 물어볼 수 있을 거야. 집에 데려가자."

"응, 그래야겠지."

키리토도 소녀를 안아든 채 일어났다. 아스나는 문득 주위를 둘러보았으나, 근처에는 말라빠진 커다란 나무 그루터기가 하나 있을 뿐 소녀가 이곳에 온 이유가 될 만한 것은 무엇 하나 발견할 수 없었다.

거의 뛰다시피 왔던 길을 되돌아가 숲을 빠져나오고, 두 사람의 집에 도착한 후에도 소녀의 의식은 돌아오지 않았다. 아스나의 침대에 소녀를 눕히고 이불을 덮어준 후, 두 사람은 맞은편에 있는 키리토의 침대에 나란히 앉았다.

한동안 침묵을 지키더니 키리토가 입을 열었다.

"우선 한 가지 확실한 건, 이렇게 집까지 이동이 가능한 걸 보니 NPC는 아니야."

"그렇⋯⋯겠지."

시스템이 움직이는 NPC는 존재 좌표가 일정 범위 내에 고정되기 때문에 플레이어의 의지로 이동시킬 수 없다. 손으로 만지거나 끌어안거나 하면 잠시 후 매너 위반 경고창이 뜨며, 불쾌한 충격과 함께 튕겨나버리고 만다.

아스나의 동의에 살짝 고개를 끄덕이고, 키리토는 다시 추측을 시작했다.

"그리고 퀘스트 개시 이벤트 같은 것도 아니야. 그랬다면 접촉했을 때 퀘스트 로그가 갱신됐을 테니까. ⋯⋯그렇다면 이 아이는 역시 플레이어고, 거기서 길을 잃었다는 게 가장 합당한 이유일 거라고 생각해."

흘끔 침대로 시선을 돌리며 말을 잇는 키리토.

"크리스탈이 없거나 혹은 텔레포트 방법을 모른다면 로그

인한 후로 이제까지 계속 필드에 나오지 않고 《시작도시》에
만 있었겠지. 왜 이런 데까지 왔는지는 몰라도, 시작도시에
가면 이 아이를 아는 플레이어가……, 어쩌면 부모나 보호자
가 있지 않을까?"

"응, 나도 그렇게 생각해. 이렇게 어린 아이가 혼자 로그인
했을 리가 없는걸. 가족이나 누군가가 함께 왔을 거야…….
무사하다면 좋겠는데."

마지막 한 마디는 입 안에서 어물거리듯 말하며, 아스나는
키리토를 쳐다보았다.

"의식은, 돌아오겠지?"

"응. 아직 사라지지 않았다는 건 너브 기어하고 신호가 오
가고 있다는 뜻이니까. 수면 상태에 가까울 거야. 그러니 분
명 조만간 눈을 뜨겠지……, 아마도."

크게 고개를 끄덕여 대답하면서도, 키리토의 말에는 갈망
의 빛이 있었다.

아스나는 자리에서 일어나 소녀가 잠든 침대 앞에 무릎을
꿇고 앉아 오른손을 내밀었다. 살짝 소녀의 머리를 쓰다듬는
다.

이렇게 다시 보니 아름다운 소녀였다. 인간의 아이라기보
다는 오히려 요정 같은 기척을 풍기고 있었다. 피부색은 대
리석처럼 부드러운 순백색. 긴 흑발은 매끄럽게 빛났으며,
어딘가 이국적인 풍모를 띤 얼굴은 눈을 뜨고 웃으면 굉장히
매력적일 것 같았다.

키리토 또한 아스나의 옆으로 다가와 몸을 낮추었다. 살짝 오른손을 뻗어 소녀의 머리카락을 만져보았다.

"열 살도 안 됐겠군……. 한 여덟 살 정도?"

"응……. 내가 본 사람들 중에선 제일 어린 플레이어일 거야."

"그렇겠지. 전에 비스트 테이머 여자아이를 만난 적이 있었는데, 개도 열세 살 정도였거든."

처음 듣는 이야기에 아스나는 자신도 모르게 키리토의 얼굴을 노려보았다.

"흐음, 그렇게 귀여운 친구가 다 있었구나."

"응. 가끔씩 메일도 주고받……아, 아니, 그것뿐이야! 아무 일도 없었어!"

"글쎄요. 키리토는 둔탱인걸."

고개를 홱 돌렸다.

분위기가 이상해지는 것을 느꼈는지, 키리토는 자리에서 일어나 말했다.

"와, 벌써 시간이 이렇게 됐네. 점심 먹어야지."

"그 이야기 어물어물 넘어가지 말고 확실하게 들려줘."

한 차례 노려본 후 아스나도 일어나, 지금은 봐주겠다는 듯 싱긋 웃었다.

"자, 도시락 먹자. 차 끓여올게."

늦은 가을의 오후가 천천히 지나가고, 가장자리에서 들어오는 붉은 햇빛이 사라질 시간이 되어서도 소녀는 여전히 눈을 뜨지 않았다.

낮에는 열어놓았던 커튼을 닫고 벽의 램프를 켜자, 마을까지 나갔던 키리토가 돌아왔다. 말없이 고개를 가로저어 소녀에 관한 정보가 없었다는 것을 알렸다.

두 사람 모두 떠들썩하게 저녁식사를 즐길 마음이 나질 않아 간단한 수프와 빵만으로 때운 후, 키리토가 사온 몇몇 신문을 확인하는 작업에 착수했다.

신문이라고 해도 종이로 만든 현실세계의 것과는 달리 잡지만 한 사이즈의 양피지 한 장일 뿐이었다. 표면은 시스템 윈도우 형태의 스크린으로 되어 있어 웹사이트를 조작하는 요령으로 내부의 정보를 번갈아 표시할 수 있다.

내용도 플레이어가 운영하는 게임 공략계 사이트 그 자체. 뉴스에서 간단한 매뉴얼, *FAQ, 아이템 리스트 등 다종다양하다. 그 가운데에는 물건이나 사람을 찾는 코너도 있었다. 두 사람도 바로 여기에 착안했다. 소녀를 찾는 사람이 있지 않을까 생각한 것이다. 하지만—

"……없네……."

"없어……."

수십 분에 걸쳐 모든 신문을 뒤진 후 두 사람은 얼굴을 마주하고 어깨를 늘어뜨렸다. 이제 남은 방법은 소녀가 눈을

---

*FAQ(Frequently Asked Question) : 자주 문의되는 질문이라는 뜻. 말 그대로 누구나 공통적으로 품게 되는 의문 사항을 미리 정리해 놓은 것.

떠 사정을 물을 수 있을 때까지 기다리는 것뿐이었다.

두 사람 모두 올빼미족인지라 여느 때 같으면 잡담을 나누며 간단한 게임을 하거나 밤 산책을 즐길 시간이었지만, 오늘밤은 도저히 그럴 마음이 나질 않았다.

"오늘은 그만 잘까?"

"응, 그러자."

아스나의 말에 키리토도 고개를 끄덕였다.

거실의 불을 끄고 침실로 들어갔다. 소녀가 침대를 하나 쓰고 있기 때문에 나머지 하나에 둘이서 자기로 하고—실제로는 매일 밤 그러고 있지만—잽싸게 잠옷으로 갈아입었다.

침실 램프도 끄고, 두 사람은 침대에 누웠다.

키리토는 이래저래 묘한 특기가 많은데, 금방 잠이 드는 것도 그중 하나일 것이다. 아스나가 조금 이야기를 나눌까 하고 옆으로 돌아누웠을 때는 이미 고른 숨소리를 내며 자고 있었다.

"우씽."

작은 목소리로 투덜거리고 반대쪽, 소녀가 잠든 침대 쪽을 바라보았다. 어스름한 어둠 속에서 흑발의 소녀는 여전히 새근새근 잠자고 있었다. 이제까지는 일부러 그녀의 과거에 대해 생각하지 않으려 했지만, 이렇게 바라보고 있으려니 자꾸만 생각이 그쪽으로 쏠리게 되었다.

부모이건 형제이건 이제까지 보호자와 함께 지냈다면 그나마 다행이다. 하지만 만약 혼자서 이 세계에 찾아와 2년간이

나 공포와 고독 속에서 살아왔다면—그것은 겨우 여덟, 아홉 살 먹은 어린아이에게는 견딜 수 없는 나날이었을 것이다. 자신이라면 도저히 정상적인 정신 상태를 유지하지 못했을 것이다.

혹시—아스나는 최악의 사태를 상상해보았다. 만약 그 숲 속에서 헤매다 혼수상태에 빠진 것이 소녀의 정신상태에 기인한 것이라면? 물론 아인크라드에는 정신과 의사 같은 것은 없으며, 도움을 청할 시스템 관리자도 없다. 클리어할 때까지 앞으로 최소 반년은 걸린다고 하며, 그것도 아스나와 키리토의 노력만으로 어찌할 수 있는 것은 아니다. 지금 두 사람이 전선에서 떨어져나온 데는, 두 사람을 포함한 일부 플레이어들의 레벨이 지나치게 높아 밸런스가 잡힌 파티 편성이 어려워졌기 때문이라는 이유도 있었다.

소녀의 괴로움이 아무리 깊은 것이라 해도, 자신이 그것을 어떻게 해줄 수는 없다—. 그렇게 생각하자, 아스나는 갑자기 견딜 수 없이 가슴이 아팠다. 자신도 모르게 침대에서 내려가 잠든 소녀의 곁까지 이동했다.

한동안 머리를 쓰다듬어준 후, 아스나는 살짝 이불을 걷고 소녀 옆에 누웠다. 두 팔로 조그마한 몸을 꼬옥 끌어안았다. 소녀는 꼼짝도 하지 않았으나, 어딘지 표정이 부드러워진 것 같아 아스나는 그녀에게 살짝 속삭였다.

"잘 자렴. 내일은 눈을 뜰 수 있으면 좋겠구나……."

2

하얀 아침 햇살 속에서 깜빡거리던 아스나의 의식 속에 조용한 선율이 흘러들어왔다. 오보에로 연주되는 기상 알람이었다. 아스나는 각성 직전의 부유감 속에서, 어딘가 그리운 멜로디에 몸을 맡기고 있었다. 마침내 경쾌한 스트링 울림과 클라리넷의 선율이 겹쳐지면서, 그곳에 어렴풋한 목소리로 허밍이—

—허밍?

노래하고 있던 것은 자신이 아니었다. 아스나는 눈을 반짝 떴다.

팔 안에서 흑발의 소녀가 눈을 감은 채—아스나의 기상 알람에 맞춰 멜로디를 흥얼거리고 있었다.

한 박자도 어긋남이 없었다. 하지만 그런 일은 있을 수 없다. 아스나는 알람을 자신에게만 들리도록 설정해 놨으니, 그 누구도 그녀의 머릿속 멜로디에 맞춰 노래를 부를 수는 없다.

하지만 아스나는 그 의문을 일단 미뤄두기로 했다. 그보다도—.

"키, 키리토, 키리토!!"

몸을 움직이지 않은 채 등 뒤의 침대에서 잠든 키리토를 불

렸다. 마침내 음냐음냐 소리와 함께 키리토가 일어나는 것이
느껴졌다.

"……잘 잤어? 무슨 일이야?"

"얼른 이쪽으로 와봐!"

마룻바닥이 삐걱거리는 소리. 아스나의 몸 너머로 침대를
들여다본 키리토도 금세 눈을 휘둥그레 떴다.

"노래해……?"

"으, 응……."

아스나는 팔 안의 소녀를 가볍게 흔들며 불러보았다.

"얘, 일어나……. 눈 좀 떠봐……."

소녀의 입술 움직임이 멈추었다. 그리고 긴 속눈썹이 파르
르 떨리더니 천천히 뜨였다.

젖은 듯한 까만 눈동자가 지근거리에서 아스나의 눈을 똑
바로 쳐다보았다. 몇 번인가 깜빡이더니, 색깔 엷은 입술이
살짝 벌어졌다.

"아……우……."

소녀의 목소리는 매우 얇은 은판을 울리는 듯한, 가녀리면
서도 아름다운 울림이 있었다. 아스나는 소녀를 끌어안고 몸
을 일으켰다.

"……다행이다, 정신이 들었구나. 네가 어떻게 된 건지 알
겠니?"

말을 걸어보자 소녀는 몇 초 동안 입을 다물고 있더니, 살
짝 고개를 저었다.

"그래……. 이름은? 이름 말할 수 있어?"

"……이……름……. 내……이름……."

소녀가 고개를 갸웃거리자 매끄러운 흑발 한 가닥이 뺨에 걸쳐졌다.

"유……이. 유이. 그게……이름……."

"유이구나. 예쁜 이름이네. 난 아스나. 이 사람은 키리토 야."

아스나가 얼굴을 움직이자 유이라는 소녀의 시선도 움직였 다. 아스나와, 꾸부정한 자세로 몸을 내민 키리토를 교대로 바라보며 입을 열었다.

"아……우나. 키……토."

어설픈 입놀림으로 더듬더듬 나오는 목소리. 아스나는 어 젯밤 품었던 의구심이 되살아나는 것을 느꼈다. 소녀의 외견 은 적어도 여덟 살 정도이며, 로그인한 후 경과한 시간을 생 각해보면 현재 실제 연령은 열 살 정도일 거라 짐작할 수 있 다. 하지만 소녀의 미덥지 못한 발성은 마치 갓 말을 배우기 시작한 어린아이 같았다.

"얘, 유이. 왜 22플로어에 있었던 거니? 아빠나 엄마는 어 디 계셔?"

유이는 눈을 내리깔고 입을 다물었다. 한동안 침묵을 지킨 후, 도리도리 고개를 저었다.

"몰……라……. 하나도……몰라……."

유이를 안아 일으켜 식탁 의자에 앉힌 후, 달게 해 따끈하게 데운 우유를 권하자 소녀는 컵을 두 손으로 끌어안듯 잡고 조금씩 마시기 시작했다. 그 모습을 흘끔흘끔 보며, 조금 떨어진 곳에서 아스나는 키리토와 의견을 나누고 있었다.

"키리토. 어떻게 생각해……?"

키리토는 심각한 표정으로 입술을 깨물고 있었으나, 마침내 고개를 숙인 채 말했다.

"기억이……없는 것 같아. 하지만 그보다도……, 저 모습을 보면 정신적인 면에 문제가……"

"그렇……겠지, 역시……."

"젠장."

키리토의 얼굴이 울음을 터뜨리기 직전처럼 일그러졌다.

"이 세계에서……끔찍한 모습을 수도 없이 봤지만……, 이런 건……최악이야. 너무한 거 아니냐고……."

그 눈이 젖어드는 것을 보니 아스나의 가슴속에서도 무언가가 치밀어올랐다. 두 팔로 키리토의 몸을 꼭 끌어안으며 말했다.

"괜찮아, 키리토. ……우리가 할 수 있는 일도 분명……있을 거야."

"……그럴까……? 그렇겠지……?"

키리토는 고개를 들고는 살짝 웃으며, 아스나의 두 어깨를 탁 두드리곤 식탁으로 다가갔다. 아스나도 그 뒤를 따랐다.

덜컹덜컹 의자를 옮겨 유이의 옆에 앉고는, 키리토는 밝은 목소리로 말을 걸었다.

"얘, 유이. ……유이라고 불러도 되지?"

컵에서 얼굴을 든 유이가 말없이 고개를 끄덕인다.

"그래. 그럼 유이도 날 키리토라고 불러."

"키……토."

"키리토야. 키, 리, 토."

"……."

유이는 심각한 얼굴로 잠시 말이 없었다.

"……키이토."

키리토는 싱긋 웃으며 유이의 머리에 손을 툭 얹었다.

"좀 어려운가? 그래, 그럼 아무거나 너 부르기 편한 대로 불러."

다시 유이는 오랜 시간 생각에 잠겼다. 아스나가 테이블 위에서 컵을 들고 우유를 채워 눈앞에 놔주어도 꼼짝하지 않았다.

마침내 유이는 천천히 고개를 들더니, 키리토의 얼굴을 보고 주저주저하듯 입을 열었다.

"……아빠."

이어서 아스나를 올려다보며 말했다.

"아우나는……엄마."

아스나의 몸이 억제할 수 없을 정도로 떨려왔다. 진짜 부모와 착각한 것인지, 혹은─이 세계에는 없는 부모를 찾고 있는 것인지는 알 수 없었으나, 그런 이유를 생각하기도 전에 아스나는 치밀어오르는 것을 필사적으로 억누르며, 미소와 함께 고개를 끄덕였다.

"그래……. 엄마야, 유이."

그 말을 듣자 유이는 처음으로 얼굴에 활짝 웃음을 지어 보였다. 가지런히 자른 앞머리 밑에서 표정이 적었던 까만 눈동자가 반짝이더니, 순간 인형처럼 단정한 얼굴에 생기가 돌아온 것처럼 보였다.

"─엄마!"

자신에게 내민 손을 보자 아스나의 가슴이 크게 뛰었다.

"욱……."

새어나오려는 오열을 열심히 참으며 간신히 웃음을 유지했다. 의자에서 유이의 조그마한 몸을 들어 올려 꽉 끌어안으며, 아스나는 이런저런 감정이 뒤섞인 눈물 한 방울이 뺨을 타고 흘러내리는 것을 느꼈다.

뜨거운 우유를 마시고 조그마한 빵을 하나 먹은 후, 유이는 다시 잠이 왔는지 의자 위에서 고개를 꾸벅거리기 시작했다.

테이블 너머에서 그 모습을 지켜보던 아스나는 두 눈을 슥슥 닦아낸 후, 옆의 의자에 앉아 있던 키리토에게 시선을 돌렸다.

"나─, 나 있지……."

입을 열긴 했지만 하고 싶은 말은 좀처럼 입에서 나와주질 않았다.

"미안해, 나, 어떻게 해야 좋을지 모르겠어……."

키리토는 위로하는 눈빛으로 아스나를 바라보고 있었으나, 마침내 불쑥 입을 열었다.

"……유이가 기억을 되찾을 때까지 계속 여기서 봐주고 싶다고 생각하는 거지? 마음은……이해해. 나도 그러고 싶어. 하지만……, 딜레마에 빠지게 되니까……. 그랬다간 아마 공략에는 돌아갈 수도 없을 테고, 그만큼 이 아이가 해방되는 것도 늦어질 테니까……."

"응……. 그건, 그래……."

아스나는 생각했다. 자신은 그렇다 쳐도, 과장이 아니라 키리토는 공략 플레이어들 사이에서 엄청난 존재감을 발하고 있다. 솔로 플레이어면서도 미궁구역의 미탐사지역 맵 제공량은 수많은 유력 길드를 웃돌 정도였다. 몇 주 동안만 신혼생활을 만끽하고 싶었지만, 이렇게 자기 혼자 키리토를 독점하는 것은 모종의 죄책감마저 느껴질 정도였다.

"아무튼, 할 수 있는 일을 해보자."

키리토는 새근새근 숨소리를 내기 시작한 유이를 바라보며 말을 이었다.

"우선 시작도시에 가서 이 아이의 부모나 형제가 있는지 찾아보는 거야. 이렇게 눈에 띄는 플레이어라면 아는 사람이 꽤 있을 테니까……."

"……."

타당한 의견이었다. 하지만 아스나는 자신의 가슴속에 이 소녀와 헤어지고 싶지 않다는 감정이 있다는 사실을 깨달았다. 그토록 꿈꾸던 키리토와 단둘만의 생활이었으나, 어째서인지 그것이 세 사람이 되는 데 저항감이 없었다. 마치 유이가 자신과 키리토의 아이처럼 여겨져서 그런 것일까—그런 막연한 생각을 하다 퍼뜩 제정신을 차리고 아스나는 귀까지 빨갛게 물들였다.

"응……? 왜 그래?"

"아, 아무것도 아니야!!"

어리둥절한 키리토에게 고개를 설레설레 저어 보였다.

"그, 그래야겠다. 유이가 일어나면 시작도시에 가보자. 하는 김에 신문의 사람 찾는 코너에도 글을 올려봐야지."

키리토의 얼굴을 볼 수가 없어서 재빠르게 말하며, 아스나는 테이블 위를 정리했다. 의자에서 잠든 유이를 쳐다보자 이미 깊이 잠든 모양이었으나, 기분 탓인지 자는 모습은 어제하곤 달리 어딘가 평안해 보였다.

침대로 이동한 유이는 오전 내내 잠을 잤으며, 다시 혼수상태에 빠지는 것은 아닐까 아스나는 내심 조마조마했으나, 다행히 점심식사 준비가 끝날 무렵에는 눈을 떴다.

유이를 위해 평소엔 거의 만들지 않았던 달콤한 과일 파이를 구웠다. 하지만 테이블에 앉은 유이는 파이보다도 키리토가 맛나게 먹고 있는 머스터드가 듬뿍 든 샌드위치에 관심을 보여 두 사람을 당황하게 했다.

"유이, 이건 말이야, 엄청 매운 거야."

"우~……. 아빠랑, 같은 거 먹을래."

"그러냐. 그만큼 각오가 됐다면 난 말리지 않겠어. 뭐든 다 경험이지."

키리토가 샌드위치를 하나 내밀자, 유이는 주저하지도 않고 조그마한 입을 한껏 벌려 깨물었다.

두 사람이 마른침을 삼키며 지켜보는 가운데, 복잡한 표정으로 입을 오물거리던 유이는 꼴깍 목을 움직이더니 생긋 웃었다.

"맛있어."

"녀석, 제법 근성 있네."

키리토는 웃으며 유이의 머리를 마구 쓰다듬었다.

"저녁에는 나랑 같이 매운맛 풀코스에 도전해보자."

"아이참, 그만 좀 해! 누가 그런 거 만들어줄 줄 알아?"

하지만 시작도시에서 유이의 보호자를 찾는다면 이곳으로 돌아올 때는 또다시 두 사람이다. 그렇게 생각하자 아스나의 마음에는 일말의 섭섭함이 솟아났다.

결국 남은 샌드위치를 모두 비워버리고 만족스럽게 밀크티를 마시는 유이에게 아스나가 말했다.

"유이, 오후에는 잠깐 외출을 할 거야."

"외출?"

고개를 갸웃거리는 유이에게 어떻게 설명해야 좋을지 망설이고 있으려니 키리토가 말했다.

"유이의 친구를 찾으러 가는 거야."

"친구……가 뭐야?"

그 대답에 두 사람은 저도 모르게 얼굴을 마주보았다. 유이의 《증상》에는 이상한 점이 많았다. 단순히 정신연령이 퇴행했다기보다는 기억이 띄엄띄엄 사라진 것 같다는 느낌이었다.

그 상태를 개선시켜주기 위해서라도 진짜 보호자를 찾는 편이 좋을 것이다……. 아스나는 그렇게 자신을 타이르며 유이에게 대답했다.

"친구란 건 말이지, 유이를 도와주는 사람을 말하는 거야. 자, 준비하자."

유이는 아직도 잘 모르겠다는 표정이었지만, 고개를 끄덕이고 일어났다.

소녀가 걸친 흰 원피스는 짧은 퍼프 슬리브인데다 옷감도 얇아서, 초겨울에 바깥에 나가기에는 매우 추워 보였다. 하기야 춥다고 해도 감기에 걸리거나 대미지를 입는 것은 아니지만—빙설 에이리어에서 알몸으로 돌아다닌다면 또 이야기가 달라지지만—불쾌한 느낌임에는 변함이 없다.

아스나는 아이템 리스트를 스크롤시켜 두꺼운 옷을 하나하나 실체화하면서 겨우 소녀에게 맞을 만한 스웨터를 발견했다. 그리고 문득 손을 멈추었다.

원래 의복을 장비할 때는 스테이터스 윈도우에서 장비 피규어를 조작해야 한다. 천이나 액체처럼 부드러운 오브젝트는 SAO에서도 재현하기 어려운 분야여서, 의류는 독립된 오브젝트가 아닌 육체의 일부로 간주되기 때문이다.

아스나가 주저하는 이유를 알아차린 키리토가 유이에게 물었다.

"유이, 윈도우 열 수 있니?"

아니나 다를까, 소녀는 무슨 말인지 알아듣지 못한 듯 고개를 갸웃했다.

"그럼 오른손 손가락을 모아서 휘둘러봐. 이렇게."

키리토가 손가락을 휘두르자 보라색 네모난 윈도우가 나타났다. 그걸 본 유이는 서툰 손짓으로 동작을 흉내 냈지만, 윈도우는 열리지 않았다.

"……역시. 뭔가 시스템에 버그가 있나봐. 하지만 스테이터스가 열리지 않는 건 너무 치명적인데……. 아무것도 할 수가 없잖아."

키리토가 입술을 깨문 그때. 이리저리 오른손을 휘둘러보던 유이가, 이번엔 왼손을 휘둘렀다. 그러자 갑자기 보라색으로 빛나는 윈도우가 나타났다.

"됐다!"

기뻐 방글방글 웃는 유이의 머리 위에서, 아스나는 어이가 없어 키리토와 얼굴을 마주보았다. 이젠 뭐가 뭔지 알 수가 없었다.

"유이, 잠깐만 좀 볼게."

아스나는 몸을 숙이고 소녀의 윈도우를 들여다보았다. 하지만 스테이터스는 원래 본인에게만 보이기 때문에 그곳에는 밋밋한 화면이 펼쳐져 있을 뿐이었다.

"미안, 잠깐 손 좀 줘볼래?"

아스나는 유이의 오른손을 잡아선 그 가느다란 집게손가락을 이동시켜, 감으로 가시화 모드 버튼이 있음직한 곳을 클릭시켰다.

그녀의 감은 정확해서, 짧은 효과음과 함께 윈도우의 표면에 익숙한 화면이 떠올랐다. 원래 남의 스테이터스를 엿보는 것은 중대한 매너 위반이므로, 이런 상황이라곤 해도 아스나는 가급적 화면에 눈을 돌리려 하지 않고 아이템 인벤토리만을 잽싸게 열려 했지만─.

"뭐……뭐야, 이게?!"

시선이 화면 위쪽을 가로질렀을 때, 놀란 그녀의 목소리가 터져 나왔다.

메뉴 윈도우의 톱 화면은 원래 세 개의 영역으로 나뉜다. 가장 윗단에 영문 표기된 이름과 가늘고 긴 HP바, 경험치 바가 있으며, 그 아래의 오른쪽 절반에 장비 피규어가, 왼쪽 절반에 커맨드 버튼 일람이 있다. 아이콘은 무수한 샘플 디자인에서 자유롭게 커스터마이즈할 수 있으나, 기본 배치는 바꾸지 못한다. 하지만. 유이의 윈도우 최상단에는 《Yui-MHCP001》이라는 기괴한 이름이 있을 뿐 HP바도, 경험치 바도, 레벨 표시조차도 없었다. 장비 피규어는 있지만 커맨드 버튼은 자신의 것에 비해 훨씬 적었으며, 기껏해야 《아이템》과 《옵션》이 존재할 뿐이었다.

아스나의 움직임이 멈춘 것을 의아하게 여기고 다가온 키리토도 윈도우를 들여다보곤 숨을 들이켰다. 유이 본인은 윈도우의 이상 따위 개의치 않는 듯, 이상하다는 표정으로 두 사람을 올려다보고 있었다.

"이것도……, 시스템 버그일까……?"

아스나가 중얼거리자, 키리토는 낮은 신음소리를 냈다.

"뭐랄까……, 버그라기보다는 원래 이런 디자인이었던 것처럼 보이기도 하는데……. 젠장, GM이 없는 게 오늘만큼 답답했던 적이 없어."

"평소엔 SAO에 버그는커녕 랙도 거의 없으니까, GM은 신경도 안 썼는데……. 더 이상 생각해봤자 소용이 없겠지……?"

아스나는 어깨를 움츠리더니 다시 유이의 손가락을 움직여 아이템 윈도우를 열게 했다. 그 표면에 테이블에서 집어든 스웨터를 놓자, 잠깐 빛을 발하며 아이템은 윈도우에 수납되었다. 이어서 스웨터의 이름을 드래그해 장비 피규어에 드롭시켰다.

그러자 방울소리 같은 효과음과 함께 유이의 몸이 빛의 입자에 휩싸이고는, 엷은 핑크색 스웨터가 오브젝트화되었다.

"와아—."

유이는 표정을 빛내며 두 팔을 펼쳐 자신의 몸을 내려다보았다. 아스나는 다시 같은 계통 색깔의 스커트와 검은 타이츠, 빨간 신발을 차례차례 소녀에게 장비시키고 마지막으로 그녀가 입었던 원피스를 아이템 란에 되돌려놓은 후 윈도우를 닫았다.

새 옷을 입은 유이는 신이 났는지 폭신한 스웨터에 뺨을 문질러대거나 스커트 깃을 잡아당겨보기도 했다.

"자, 그럼 나갈까?"

"응. 아빠, 안아줘."

환한 표정으로 두 팔을 뻗는 유이. 키리토는 멋쩍었는지 쓴웃음을 지으면서도 소녀의 몸을 안아들었다. 그대로 흘끔 아스나를 보며 말했다.

"아스나, 혹시 모르니 무장을 하고 나가자. 도시를 나가진 않을 생각이지만…… 거긴 《군》의 영역이니까."

"응……. 정신 바짝 차리는 게 좋겠지."

고개를 끄덕이고 재빨리 자신의 아이템 란을 확인한 후 아스나는 키리토와 나란히 문을 나섰다. 소녀의 보호자를 찾을 수 있다면 좋겠다고 생각하면서도, 유이와 헤어지는 것을 생각하니 동요가 느껴졌다. 만난 지 겨우 하루 만에, 유이는 아스나의 마음속 여린 부분을 완전히 점령해버린 것 같았다.

제1층 《시작도시》에 온 것은 실로 몇 달 만이었다.

아스나는 복잡한 감회를 느끼며 텔레포트 게이트 앞에 멈춰 서선, 거대한 광장과 그 맞은편에 펼쳐진 거리를 둘러보았다.

물론 이곳은 아인크라드 최대의 도시이며 모험에 필요한

기능은 다른 어느 도시보다도 충실하다. 물가도 싸고 숙박시설도 많아 효율만 생각하자면 이곳을 베이스타운으로 삼는 것이 가장 적합하다.

하지만 아스나가 아는 사람들 중 고레벨 플레이어면서 아직까지 시작도시에 거주하는 사람은 없었다. 《군》의 횡포도 물론 그 이유 중 하나지만, 무엇보다도 이곳 중앙광장에서 상공을 바라보면 자꾸만 그때 그 사건이 떠오르기 때문이다.

이 게임을 시작한 계기는 약간의 변덕이었다.

사업가 아버지와 학자 어머니 사이에서 태어난 아스나—유우키 아스나는 철이 들 무렵부터 부모님의 기대를 강하게 의식하며 자랐다. 부모님은 자기 자신에게 엄격하고 의지가 강한 사람이었으며, 아스나에겐 자상했지만 그러면 그럴수록 기대를 배신했을 때 어떤 표정을 지을지가 두려워졌다.

그것은 오빠도 마찬가지였을 것이다. 오빠와 아스나는 모두 부모님이 선택해준 사립학교에 진학해, 무엇 하나 문제를 일으키지 않고 항상 상위 성적을 유지했다. 마침내 나이 차이가 많이 나는 오빠가 대학에 들어가 집을 나간 후로는 오로지 부모님의 기대를 저버리지 않는 것만 생각했다. 많은 것을 배우고, 부모님이 인정한 친구하고만 사귀었다. 하지만 그런 생활 속에서 아스나는 언제부터인가 세상이 조그맣고 딱딱하게 수축되어 가는 것을 느꼈다. 이대로 규정된 방향으로—부모님이 정해준 고등학교, 대학에 진학해 부모님이 정해준 상대와 결혼한다면 자신은 분명 자신보다도 조그마한,

매우 단단한 껍질 속에 틀어박혀 영원히 나오지 못하게 될 것이라는 두려움에 항상 떨고 있었다.

그러나 아버지가 경영하는 회사에 취직해 집에 돌아온 오빠가 연줄로 너브 기어와 SAO를 얻어, 세계 최초의 《VRMMORPG》라는 것에 대해 웬일로 눈을 반짝이며 이야기해주었다. 비디오게임은 접해본 적도 없었던 아스나였으나 그 신비한 세계에 대해서는 어렴풋한 흥미를 보이게 되었다.

물론 오빠가 자기 방에서 게임을 했더라면 너브 기어에 대해서도 금방 잊어버리고 말았을 것이다. 하지만 타이밍 나쁘게도 오빠는 SAO 서비스 개시 첫날 해외로 출장을 가게 되었고, 그 때문에 약간 변덕을 부린 아스나는 오빠에게 하루만 빌려달라고 부탁했던 것이다. 평소에 보지 못했던 세상을 보고 싶다는, 오직 그 마음만으로—.

그리고 모든 것이 변하고 말았다.

그날, 유우키 아스나에서 아스나로 모습을 바꾸고 낯선 곳, 낯선 사람들 사이에 떨어졌을 때의 흥분은 지금도 기억한다.

하지만 그 직후, 머리 위에 강림한 텅 빈 신에 의해 이 세계는 탈출할 수 없는 데스 게임이란 선언을 들었을 때, 가장 먼저 아스나가 생각한 것은 아직 손도 대지 못했던 수학 숙제였다.

얼른 돌아가 숙제를 해야 하는데. 안 그러면 내일 수업 때 선생님께 꾸지람을 들을 텐데. 그것은 아스나의 인생에서 있어서는 안 될 오점이었다. ―하지만 물론, 사태의 심각함은 그 정도 수준이 아니었다.

일주일, 이 주일. 허무하게 시간이 흘러가도 외부에서는 구원의 손길이 오지 않았다. 시작도시의 여관에 틀어박혀 침대 위에 웅크린 채, 아스나는 처절한 혼란을 맛보고 있었다. 이따금 비명을 지르고, 절규하며 벽을 두드리기도 했다. 중학교 3학년 겨울인데. 곧 입시가, 그리고 신학기가 찾아오는데. 그 레일에서 벗어난다는 것은 아스나에게 있어 인생의 종말 그 자체나 마찬가지였다.

아스나는 매일 미쳐버릴 것 같은 머리를 끌어안은 채 깊고 어두운 확신을 품고 있었다.

부모님은 분명 나의 몸을 걱정하기보다도 게임기 따위 때문에 입시를 망쳐버린 딸에게 크게 실망했을 것이다. 친구들은 안타까워하면서도 동시에 그룹의 탈락자를 연민하고, 혹은 조소할 것이다.

그런 어두운 사념이 임계점에 달했을 때, 아스나는 드디어 한 가지 결심을 하고 여관을 나섰다. 구출을 기다리는 것이 아니라 스스로 여기서 탈출하는 것이다. 사건을 해결한 영웅이 되는 것이다. 그렇게 하지 않는다면 자신은 주위 사람들의 마음을 붙들어놓을 수 없을 것이다.

아스나는 장비를 갖추고 매뉴얼을 모조리 암기한 후 필드로 나갔다. 수면은 하루에 두세 시간뿐. 남은 시간은 모두 레벨업에 쏟아 부었다. 타고난 지력과 의지력을 모두 게임 공략에 쏟아 부은 결과, 톱 플레이어들의 반열에 들어가기까지는 그리 오랜 시간이 걸리지 않았다. 광검사(狂劍士) 《섬광》 아스나는 그렇게 탄생했다.

그리고 지금─. 2년이 지나 열일곱 살이 된 아스나는 당시의 자신을 애처로운 마음과 함께 돌아보고 있었다. 아니, 게임 개시 직후 무렵만이 아니었다. 그때까지 단단하게 수축된 세계에서만 살아가던 자신에 대해서도 애처로운, 안타까운 연민을 느꼈다.

자신은 《살아 간다》는 말의 의미를 몰랐다. 그저 정해진 미래만을 생각하며 현재를 계속 희생해 나갔다. 《현재》란 올바른 미래로 향하는 과정일 뿐이며, 그러므로 지나가는 것과 동시에 허무함 속으로 사라지고 말았다.

어느 하나만이어서는 안 된다. SAO의 세계를 넓게 보면 그런 생각이 절실하게 느껴졌다.

미래만을 좇는 사람은 과거의 자신처럼 광적으로 게임 공략에 매진하고, 과거에만 매달리는 사람은 여관에 틀어박히게 된다. 그리고 현재만을 살아가는 사람은 때로는 범죄자가 되어 순간적인 쾌락을 좇는다.

그러나 이 세계에서는 현재를 즐기면서, 많은 추억을 만들고, 동시에 탈출을 향해 노력할 수 있는 사람들도 있다. 그 사실을 가르쳐준 것이 1년 전에 만난 흑발의 검사였다. 그 사람처럼 살고 싶다, 그렇게 생각했을 때부터 아스나의 나날은 색채를 바꾸었다.

지금이라면 현실세계에서도 그 틀을 깰 수 있을 것 같았다. 자신을 위해 살아갈 수 있을 것 같았다. 이 사람이 곁에 있어준다면—.

아스나는 자신의 곁에서 그 나름의 감회를 품고 거리를 보고 있을 키리토에게 살짝 다가섰다. 다시 한 번 상공의 돌바닥을 올려다봤을 때 느낀 아픔은 아주 어렴풋한 것이었다.

감회를 떨쳐버리려는 듯 머리를 한 차례 흔들고, 아스나는 키리토에게 안긴 유이의 얼굴을 들여다보았다.

"유이, 기억나는 건물 같은 거 있니?"

"응—……."

유이는 복잡한 표정으로 광장 주변에 펼쳐진 석조 건물들을 둘러보았으나, 마침내 고개를 저었다.

"몰라……."

"뭐, 시작도시는 굉장히 넓으니까."

키리토가 유이의 머리를 쓰다듬으며 말했다.

"여기저기 돌아다니다 보면 금방 뭔가 생각날지도 몰라. 아무튼 중앙시장으로 가보자."

"그래."

고개를 마주 끄덕이고 두 사람은 남쪽에 보이는 대로를 향해 걷기 시작했다.

그건 그렇다 쳐도—. 걸어가면서 아스나는 조금 의아한 생각에 새삼 광장을 둘러보았다. 의외라고 생각될 정도로 사람이 적었다.

시작도시의 게이트 광장은 2년 전 서버가 열렸을 때, 전 플레이어 1만 명을 수용할 수 있을 정도였기 때문에 매우 넓다. 완전한 원형 돌블록이 빼곡하게 깔린 공간의 중앙에는 거대한 시계탑이 우뚝 솟아 있으며, 그 밑에 텔레포트 게이트가 푸른 빛을 발하고 있다. 탑을 에워싸듯 동심원형으로 가늘고 긴 화단이 뻗어나가고, 그 사이에 세련된 하얀 벤치가 여럿 늘어서 있다. 이렇게 날씨가 좋은 오후에는 짧은 휴식을 만끽하려는 플레이어들로 붐벼도 이상하지 않을 텐데, 보이는 사람은 모두 게이트 광장의 출구를 향해 이동할 뿐 서 있거나 벤치에 앉아 있는 사람은 거의 없었다.

상층 플로어의 대규모 도시에서는 게이트 광장은 항상 무수한 플레이어들로 붐빈다. 떠들썩하게 잡담을 나누거나 파티를 모집하거나 간단한 노점을 여는 등, 여기저기 모여드는 사람 덕에 똑바로 걸어갈 수가 없을 정도인데―.

"저어, 키리토."

"응?"

돌아선 키리토에게 아스나가 물었다.

"지금 여기 플레이어가 몇 명 정도 있지?"

"음―, 어디 보자…… . 살아남은 플레이어가 약 6천 명이고, 《군》을 포함해 그중 30퍼센트 정도가 시작도시에 남아 있다고 하니까 2천 조금 못 되지 않을까?"

"그런 것치곤 사람이 너무 적지 않아?"

"듣고 보니 그러네……. 시장 쪽에 모여 있으려나?"

하지만 광장에서 대로로 들어가 점포와 노점이 들어선 시장 에이리어에 접어들어도 여전히 거리는 한산했다. 싹싹한 NPC 상인들이 호객하는 목소리가 거리에 허무하게 울려 퍼질 뿐이었다.

그래도 어찌어찌 거리 한가운데의 커다란 나무 밑에 앉아 있던 남자를 발견하고, 아스나는 다가가 말을 걸었다.

"저어, 실례합니다."

심각한 얼굴로 높은 나뭇가지 하나를 노려보던 사내는, 얼굴도 움직이지 않은 채 귀찮다는 듯 대답했다.

"뭔데."

"사람을 찾고 있는데요……, 이 근처에 그런 걸 접수할 수 있는 창구가 될 만한 곳이 있을까요?"

그 말을 듣고 사내는 겨우 시선을 아스나에게 돌렸다. 그리고 사양도 하지 않는 눈길로 아스나의 얼굴을 빤히 들여다보았다.

"뭐야, 당신 외부인이야?"

"아, 네. 저기……, 이 아이의 보호자를 찾고 있거든요……."

등 뒤의 키리토에게 안긴 채 꾸벅꾸벅 조는 유이를 가리켰다.

클래스를 판별하기 힘든 간소한 천옷 차림의 사내는 유이를 흘끔 보더니 잠깐 눈을 크게 떴으나, 금세 또다시 시선을 머리 위의 가지로 돌렸다.

"……미아야? 별일도 다 있네. ……동7구 강가의 성당에 어린 플레이어들이 잔뜩 모여 살고 있으니 한번 가보든가."

"아, 고맙습니다."

생각지도 못한 유력한 정보를 얻은 아스나는 고개를 꾸벅 숙였다. 기왕 이렇게 된 거 질문을 좀 더 해보기로 했다.

"저어……, 그런데 여기서 뭐 하시는 건가요? 그리고 왜 이렇게 사람이 없나요?"

사내는 얼굴을 찡그리면서도, 내심 자랑스러운 말투로 대답했다.

"기업 비밀, 이라고 하고 싶지만 외부인이라면 괜찮겠지……. 저기, 저거 보여? 저 높은 가지."

아스나는 사내가 뻗은 손가락 끝을 따라가 보았다. 커다란 가로수에서 뻗어 나온 가지엔 선명한 색으로 물든 잎사귀밖에 없는 것 같았으나, 가만히 보니 그 틈새에 노란 과일 몇 개가 매달린 것이 보였다.

"물론 가로수는 파괴 불가 오브젝트니까 올라가봤자 열매는커녕 잎사귀 하나 딸 수 없지만……."

사내의 말이 이어졌다.

"하루에 몇 번 정도 저 열매가 떨어져. 겨우 몇 분 만에 썩어 사라지지만, 그걸 놓치지 않고 주우면 NPC에게 꽤 비싼 값으로 팔 수 있거든. 먹어도 맛있고."

"와아~!"

요리 스킬을 컴플리트한 아스나는 식재료 아이템 이야기에는 굉장히 관심이 많았다.

"얼마 정도에 팔리나요?"

"……이건 절대로 비밀 지켜야 해. 하나에, 무려 5콜이라고."

"……."

사내의 득의양양한 얼굴을 보면서 아스나는 자신도 모르게 말문이 막혔다. 너무나도 싸서 경악한 것이다. 그래서야 하루 종일 이 나무를 지키고 서 있는 노력에 비해선 전혀 수지가 맞질 않는다.

"저, 저기……, 그건 좀 시간낭비 아닌가요……? 필드에서 웜 한 마리만 잡아도 30콜은 나올 텐데요."

그렇게 말하자마자 이번엔 사내가 눈을 휘둥그레 떴다. 머리가 이상한 거 아니냐고 말하려는 듯한 표정으로 아스나를 쳐다본다.

"진심으로 하는 소리야, 그거? 필드에서 몬스터와 싸웠다간……죽을지도 모르잖아."

"……."

아스나는 뭐라고 할 말이 없었다. 분명 사내의 말대로 몬스터와 싸울 때는 항상 죽음의 위험이 따라다닌다. 하지만 지금 아스나의 감각에서 보자면, 그것은 현실세계에서 길을 걸을 때 교통사고 당하는 것을 24시간 걱정하는 것과 마찬가지였다. 두려워하기만 하면 아무것도 할 수 없다.

SAO 내의 죽음에 대한 자신의 감각이 둔감해진 것인지, 사내가 너무 소심한 것인지 선뜻 판단이 서질 않아 아스나는 멍하니 서 있었다. 아마 어느 한쪽만이 옳다고는 할 수 없을 것이다. 시작도시에서는 분명 이 사내가 하는 말이 상식이겠지.

아스나의 복잡한 심경 따위 신경도 쓰지 않는다는 듯 사내는 말을 이었다.

"그리고, 뭐였지? 사람이 없는 이유? 딱히 없는 건 아닌데, 다들 숙소에 틀어박혀 있어. 낮에는 군의 징세부대랑 맞닥뜨릴지도 모르거든."

"지, 징세……? 그게 무슨 소린가요?"

"허울 좋은 갈취지, 뭐. 조심해, 놈들은 외부인이라고 해서 봐주는 법이 없으니까. 어, 하나 떨어질 것 같다……. 그럼 이야기 끝."

사내는 입을 다물더니 심각한 표정으로 나뭇가지를 노려보기 시작했다. 아스나는 고개를 꾸벅 숙이고 물러났다. 그런데 지금까지 대화를 나누는 동안 키리토가 줄곧 침묵을 지키고 있다는 것을 깨닫고 뒤를 돌아보았다.

그곳에 있던 것은 전투할 때와 같은 진지한 눈으로 노란 나무열매를 쳐다보는 키리토의 모습이었다. 보아하니 다음에 떨어지면 온 힘을 다해 탈취할 생각인 모양이었다.

"그러지 맛!"

"하, 하지만 궁금한걸."

아스나는 키리토의 멱살을 붙잡고는 질질 끌고 걸어가기 시작했다.

"아, 아아……, 맛있을 것 같은데……."

미련을 버리지 못하는 키리토의 귀를 잡아당겨 억지로 자신을 돌아보게 했다.

"그보다도 동7구란 데가 어디쯤이야? 성당에서 어린 플레이어들이 살고 있다던데, 한번 가보자."

"……알았어……."

푹 끓아떨어진 유이를 단단히 끌어안고, 아스나는 맵을 들여다보며 걸음을 옮기는 키리토의 옆에서 속도를 맞췄다.

유이는 외모로 봤을 때 열 살 정도이니, 현실세계에서 이렇게 했다간 몇 분 만에 팔이 빠질 듯한 고통을 느낄 것이다. 하지만 이곳에선 근력 파라미터 보정 덕에 깃털베개 정도의 무게밖에 느껴지지 않는다.

여전히 인기척이 뜸한 넓은 길을 남동쪽으로 십여 분 걸어가니, 마침내 넓은 정원 같은 에이리어에 들어섰다. 색색으로 물든 활엽수림이 초겨울의 차가운 바람 속에서 쓸쓸하게 가지를 흔들고 있었다.

"음─, 맵에서 봤을 때는 이 부근이 동7구인데……. 그 성당이란 건 어디 있을까."

"아, 저거 아닐까?"

아스나는 길 오른쪽에 펼쳐진 숲 너머에서 뾰족한 첨탑을 발견하고 시선으로 그 방향을 가리켰다. 청회색 지붕을 가진 탑 꼭대기에 십자에 원을 합쳐놓은 금속제 앵크가 반짝이고 있었다. 틀림없이 성당의 표식이었다. 각 주거구역마다 최소 하나씩은 있는 시설로, 내부의 제단에선 몬스터의 특수공격 《저주》를 해제하거나 언데드 몬스터용 무기에 축복을 걸 수 있다. 마법의 요소가 거의 없는 SAO에서 가장 신비한 장소라고 할 수 있을 것이다. 또한 열심히 콜을 기부하면 성당 안에 작은 방을 얻어 여관 대신으로 쓸 수도 있다.

"자, 잠깐만."

성당을 향해 걸음을 옮기려던 키리토를 아스나는 자신도 모르게 불러 세웠다.

"응? 왜?"

"어, 아니……. 그게……, 만약 거기서 유이의 보호자를 발견한다면, 유이를……두고 와야겠지……?"

"……."

키리토의 검은 눈이 아스나를 달래려는 듯 풀어졌다. 다가와선 잠든 유이와 함께 아스나를 살짝 안았다.

"헤어지고 싶지 않은 건 나도 마찬가지야. 뭐라고 해야 할까……, 유이가 있어서 숲에 있는 그 집이 정말로 우리 집이 된 것 같다는……그런 기분이 들거든……. 하지만 만나지 못하는 건 아니야. 유이가 기억을 되찾으면 분명 또 놀러와줄 테니까."

"응……, 맞아."

살짝 고개를 끄덕이곤 아스나는 팔 안의 유이에게 뺨을 기 댔다. 그리고 마음을 굳히고 걸어 나갔다.

성당 건물은 도시의 규모에 비해 매우 작은 것이었다. 2층 건물이었으며, 심벌인 첨탑도 하나밖에 없었다. 하기야, 시 작도시에는 여러 개의 성당이 있으며 게이트 광장 부근에는 마치 성채처럼 큰 것도 있었다.

아스나는 커다란 정문을 오른손으로 열었다. 공개시설이기 때문에 당연히 잠겨 있진 않았다. 내부는 어두컴컴했으며, 정면의 제단을 장식하는 촛불의 불꽃만이 돌바닥을 약하게 비추고 있었다. 언뜻 보기엔 사람의 모습은 없었다.

아스나는 입구에서 상반신만 내밀고 사람을 불러보았다.

"저어—, 아무도 안 계세요—?"

목소리가 메아리 이펙트의 꼬리를 끌며 사라질 때까지 아 무도 나올 기색을 보이지 않았다.

"아무도 없나……?"

고개를 갸웃거리자 키리토가 낮은 목소리로 부정했다.

"아니, 사람은 있어. 오른쪽 방에 셋, 왼쪽에 넷……, 2층 에도 몇 명쯤."

"……색적 스킬로 벽 너머에 있는 사람 수까지 알 수 있 어?"

"숙련도 980을 넘으면 돼. 편리하니까 아스나도 올려."

"싫어. 너무 노가다라 그 전에 미쳐버릴 거야. ……그건 그렇다 쳐도, 왜 숨어 있는 걸까……?"

아스나는 살짝 성당 안으로 발을 들였다. 정적이 주위를 감싸고 있지만, 어쩐지 그 안에 사람이 숨을 죽이고 있는 기척이 느껴지는 것 같기도 했다.

"저어, 실례합니다. 사람을 찾고 있는데요!"

이번엔 조금 큰 목소리로 불러보았다. 그러자—오른쪽의 문이 살짝 열리더니 그 너머에서 가느다란 여성의 목소리가 들려왔다.

"……《군》 사람이 아닌가요?"

"아니에요. 위쪽 플로어에서 왔어요."

아스나와 키리토는 검은커녕, 전투용 방어구 하나 걸치지 않고 왔다. 군 소속 플레이어는 항상 유니폼으로 중무장을 하고 다니기 때문에, 모습만으로도 군과 관계가 없다는 것을 알아볼 수 있을 것이다.

마침내 문이 끼익 열리더니, 한 여성 플레이어가 조심스럽게 모습을 나타냈다.

짙푸른 색의 짧은 머리에 커다란 검은 테 안경을 걸치고, 렌즈 안쪽에서 두려움이 담긴 진녹색 눈동자를 크게 뜨고 있다. 간소한 군청색 플레인 드레스를 걸치고, 손에는 칼집에 꽂힌 작은 단검이 들려 있었다.

"정말로……, 군의 징세부대가 아니죠……?"

아스나는 그녀를 안심시키기 위해 미소를 지으며 고개를 끄덕였다.

"네. 우리는 사람을 찾으려고 오늘 막 위쪽 플로어에서 내려온 거예요. 군하고는 아무 관련도 없어요."

그 순간—.

"위에서?! 그럼 진짜 검사란 말이야?!"

어린 소년의 것으로 들리는 시끄러운 목소리와 함께 여성의 등 뒤쪽 문이 벌컥 열리고, 안에서 몇몇 사람이 우르르 튀어나왔다. 그와 거의 동시에 제단 왼쪽 문도 열리고 마찬가지로 몇 명이 달려 나왔다.

놀란 아스나와 키리토가 소리도 내지 못하고 쳐다보는 가운데, 안경을 낀 여성의 양옆에 늘어선 것은 모두 소년소녀라고 해도 좋을 법한 어린 플레이어들이었다. 가장 어린 아이가 열둘, 많아야 열넷 정도 되었을까. 모두 흥미진진한 표정으로 아스나와 키리토를 바라보고 있었다.

"얘, 너희들! 방에 숨어 있으라고 했잖니!"

당황해 아이들의 등을 떠미는 여성만이 20세 전후인 것 같았다. 그래도 명령을 듣는 아이는 아무도 없었다.

하지만 제일 먼저 방에서 뛰어나왔던, 붉고 짧은 머리를 바늘처럼 거꾸로 세운 소년이 실망한 눈빛으로 말했다.

"뭐야, 칼도 없잖아. 너 정말 위에서 온 거 맞아? 무기 없어?"

뒤쪽의 말은 키리토에게 한 것이었다.

"어, 아니, 없는 건 아니지만……."

눈을 껌뻑이며 키리토가 대답하자, 아이들의 얼굴이 다시 확 밝아졌다.

"보여줘, 보여줘!"

입을 모아 소리를 질러댔다.

"애들아, 초면인 분께 실례되는 말을 하면 못써요. —죄송
합니다, 평소에는 손님이 오는 법이 없다 보니……."

정말 미안하다는 표정으로 고개를 숙여대는 안경 낀 여성
에게 아스나는 허겁지겁 말했다.

"아, 아뇨, 괜찮아요. —저기, 키리토. 아이템 란에 넣어뒀
던 아이템 몇 개 보여줘봐."

"어, 응."

아스나의 제안에 고개를 끄덕인 키리토는 윈도우를 열어
손가락을 움직였다. 눈 깜짝할 사이에 열 개 정도의 무기 아
이템이 오브젝트화되어 옆쪽의 긴 의자 위에 쌓였다. 최근
모험에서 몬스터가 드롭했던 아이템을 돈으로 바꿀 틈이 없
어 방치해둔 것이었다.

키리토가 두 사람의 장비를 제외한 여분의 아이템을 모두
꺼내고 윈도우를 닫자, 아이들이 환성을 지르며 그 주위에
몰려들었다. 차례차례 검이나 메이스를 들어보고는 "무겁
다!" "멋있다!"며 환성을 질러댔다. 과보호 성향이 있는 부
모가 보면 졸도할 광경이었지만, 주거구역에선 무기를 어떻
게 다루더라도 피해를 입는 일이 없다.

"—죄송합니다, 정말……."

안경 낀 여성은 난감한 표정으로 고개를 저으면서도, 아이

들이 기뻐하는 모습에 웃음을 지으며 말했다.

"……이쪽으로 오세요. 지금 차를 내올 테니까요."

예배당 오른쪽에 있는 작은 방으로 안내를 받은 아스나와 키리토는, 그녀가 대접해준 뜨거운 차를 한 모금 마시고 한숨을 돌렸다.

"그런데……, 사람을 찾는다고 하셨는데……?"

맞은편 의자에 앉은 안경 낀 여성 플레이어가 살짝 고개를 기울이며 물었다.

"아, 네. 음……, 저는 아스나고, 이쪽은 키리토라고 해요."

"아, 죄송합니다. 이름도 안 밝히고……. 저는 사샤예요."

서로 꾸벅 고개를 숙였다.

"그리고 이 아이가 유이."

무릎 위에서 계속 자고 있는 유이의 머리를 쓰다듬으며 아스나가 말을 이었다.

"이 아이가 22플로어 숲속에서 길을 잃고 있었거든요. 게다가 기억이……없는 모양이라서……."

"어머나……."

사샤라는 여성의 커다란 진녹색 눈이 안경 안에서 크게 또였다.

"장비도 옷 말고는 아무것도 없는 걸 보면 상부 플로어에 사는 아이인 것 같지는 않아서……. 그래서 시작도시에 보호자나……이 아이를 아는 사람이 있지 않을까 싶어 찾으러 온 거였어요. 이곳 성당에 아이들이 모여 산다는 말을 들었거든요……."

"그러셨군요……."

사샤는 두 손으로 컵을 감싸고 시선을 테이블에 떨어뜨렸다.

"……이 성당에는 지금 초등학생에서 중학생 정도 되는 아이들이 스무 명 가량 살고 있어요. 아마 지금 이 도시에 있는 어린이 플레이어 거의 전원일 거예요. 이 게임이 시작됐을 때……."

목소리는 가늘지만 또렷한 어조로 사샤가 설명을 시작했다.

"그 또래 아이들은 대부분 혼란을 일으켜 많건 적건 정신에 문제가 생겼어요. 물론 게임에 적응하고 도시를 나간 아이들도 있지만, 그건 예외라고 봐야겠지요."

당시 중학교 3학년이었던 아스나도 그때를 떠올릴 수 있었다. 여관에 틀어박혀 있었던 무렵엔 분명 정신이 붕괴되기 직전까지 몰렸던 것 같았다.

"당연한 노릇이겠죠. 아직도 부모님에게 한참 어리광을 부릴 나이에, 갑자기 여기서 나갈 수도 없고, 어쩌면 두 번 다시 현실로는 돌아가지 못할 거란 말을 들었으니……. 그런 아이들은 대부분 허탈 상태에 빠졌고, 개중 몇몇은……그대로 회선이 끊어진 아이들도 있었다고 해요."

사샤의 입가가 굳어갔다.

"전 게임이 시작된 후 한 달 정도는 게임을 클리어해야겠다고 필드에서 레벨을 올렸지만……, 어느 날 그런 아이들 중 하나를 마을 한 곳에서 발견했어요. 도저히 내버려둘 수가 없어서 데려다가 여관에서 함께 지내기 시작했죠. 그리고 그런 아이들이 그 외에도 더 있을 거라는 생각이 드니 도저히 견딜 수가 없더라고요. 그래서 온 도시를 돌아다니며 혼자 있는 아이들에게 말을 걸기 시작했어요. 정신이 들고 보니 이렇게 되었지 뭐예요. 그래서 뭐랄까……, 두 분들처럼 상부 플로어에서 싸우는 분들도 있는데 저만 떨어져 나온 게 죄송스러워서."

"그건……, 그렇지 않아요."

아스나는 고개를 가로저으며 열심히 말을 골라보려 했지만 목이 막혀 말이 나오질 않았다. 그 뒤를 잇듯 키리토가 말했다.

"그렇지 않아요. 사샤 씨는 훌륭하게 싸우고 있는걸요……. 저 같은 사람보다도, 훨씬 더."

"고맙습니다. 하지만 의무감에서 하는 건 아니에요. 애들과 지내는 게 굉장히 즐겁거든요."

생긋 웃으며 사샤는 잠이 든 유이를 걱정스럽게 바라보았다.

"그래서……, 저희는 2년 동안 매일 한 에이리어씩 모든 건물을 돌아다니며 곤경에 처한 아이들이 없는지 알아봤어요. 그렇게 어린 아이가 남아 있었다면 분명 알아차렸을 텐데. 유감스럽지만……, 시작도시에 사는 아이는 아닐 거예요."

"그렇군요……."

아스나는 고개를 숙이고 유이를 꼭 끌어안았다. 하지만 이내 마음을 다잡고 사샤의 얼굴을 보았다.

"저어, 단도직입적으로 여쭙겠는데요. 매일 생활비는 어떻게 하고 계신가요?"

"아, 그건 저 말고도 여길 지켜주려는 나이 많은 아이들이 좀 있어서요……. 그 애들은 마을 주변 필드에선 절대로 무슨 일을 당하지 않을 만한 레벨이거든요. 덕분에 식사비 정도는 어떻게든 마련하고 있어요. 사치를 부리기는 힘들지만요."

"와, 그건 대단한데요……. 아까 마을에서 이야기를 들어보니 필드에서 몬스터를 사냥하는 건 비상식적인 자살행위라고 그러더라고요."

키리토의 말에 사샤는 고개를 끄덕였다.

"사실 지금 시작도시에 남아 있는 플레이어들은 모두들 그런 생각을 가지고 있을 거예요. 그게 나쁘다고는 할 수 없죠. 죽음의 위험을 생각하면 어쩔 수 없을지도 모르잖아요……. 하지만, 그렇기 때문에 저희는 상대적으로 이 마을의 평균적인 플레이어들보다 돈을 잘 버는 셈이기도 해요."

하기야 이 성당의 객실을 항상 전세 내려면 하루에 100콜은 필요할 것이다. 조금 전 만났던 나무열매 헌터 사내의 하루 수입을 훨씬 웃도는 액수다.

"그래서 요즘은 찍혀버리는 바람에⋯⋯."

"⋯⋯누구에게요?"

사샤의 온화하던 표정이 갑자기 굳어졌다. 말을 이으려고 입을 열려던 그 순간—.

"선생님! 사샤 선생님! 큰일 났어!!"

방문이 벌컥 열리더니 몇몇 아이들이 우르르 몰려들어왔다.

"애들아, 손님께 실례잖니!"

"지금 그런 거 따질 때가 아니라구!"

조금 전의 붉은 머리 소년이 눈에 눈물을 머금고 외쳤다.

"긴 형네가 군 놈들에게 붙잡혔단 말이야!!"

"—어디니?!"

마치 다른 사람처럼 단호한 표정으로 일어난 사샤가 소년에게 물었다.

"동5구 도구상 뒤쪽 공터야. 군 놈들 열 명 정도가 통로를 블록했어. 코우타만 겨우 빠져나왔어."

"알았어, 당장 갈게. —죄송하지만⋯⋯."

사샤는 아스나와 키리토 쪽을 보며 살짝 고개를 숙였다.

"저는 아이들을 구하러 가봐야 할 것 같아요. 이야기는 나중에⋯⋯."

"우리도 갈래, 선생님!"

붉은 머리 소년이 외치자 그 뒤에 있던 아이들도 입을 모아 동의했다. 소년은 키리토의 곁으로 달려가 필사적으로 말했다.

"형, 아까 그 무기 빌려줘! 그게 있으면 군 놈들도 금방 도
망갈 거야!"

"안 돼!"

사샤가 질책했다.

"너희는 여기서 기다려!"

그때, 이제까지 말없이 상황을 지켜보고만 있던 키리토가
아이들을 달래려는 듯 오른손을 들었다. 평소에는 종잡을 수
없는 태도를 보여주는 키리토지만 이럴 때는 이상한 존재감
을 발휘해, 아이들은 입을 딱 다물었다.

"—유감이지만—."

침착한 말투로 키리토가 이야기를 시작했다.

"그 무기들은 필요 파라미터가 너무 높아서 너희들은 장비
할 수 없어. 우리가 구하러 갈게. 이래 봬도 이 누나는 엄청
강하단다."

흘끔 눈을 돌리는 키리토에게 아스나도 고개를 끄덕여 대
답했다. 일어나선 사샤 쪽을 돌아보며 말했다.

"우리도 돕게 해주세요. 조금이라도 사람이 많은 편이 좋
을 거예요."

"—고맙습니다. 그럼 부탁드릴게요."

사샤는 깊이 고개를 숙여 보이더니, 안경을 밀어 올리며 말
했다.

"그럼 죄송하지만 서둘러서 가요!"

성당을 나온 사샤는 허리의 단검을 흔들며 일직선으로 뛰기 시작했다. 키리토와 유이를 안은 아스나도 그 뒤를 쫓아갔다. 달리며 아스나가 흘끔 돌아보니 수많은 어린아이들이 따라오는 것이 보였지만 사샤는 돌려보낼 생각이 없는 모양이었다.

가로수 사이를 지나 동6구의 시장가에 들어서 뒷골목을 빠져나갔다. 지름길로 가는 것인지 NPC 상점이며 민가의 앞뜰을 가로지르기도 하며 나아가자, 전방의 좁은 골목을 가로막은 한 무리가 눈에 들어왔다. 최하 열 명은 될 것이다. 녹회색과 흑철색으로 통일된 장비는 틀림없는 《군》의 것이었다.

주저하지 않고 골목으로 뛰어 들어간 사샤가 발을 멈추자, 이를 알아차린 군 플레이어들이 돌아보며 씨익 웃음을 지었다.

"오, 보모님께서 납셨구만."

"……아이들을 돌려주세요."

사샤가 딱딱한 목소리로 말했다.

"누가 들으면 오해하겠네. 물론 금방 돌려보낼 거야. 사회의 상식이란 걸 조금 가르쳐준 다음에 말이지."

"맞아맞아. 시민에게는 납세의 의무가 있거든."

와하하하, 하고 사내들이 큰 목소리로 웃어젖혔다. 꽉 쥔 사샤의 주먹이 부들부들 떨렸다.

"긴! 케인! 미나! 거기 있니?!"

사샤가 사내들 너머로 소리를 지르자 금세 겁먹은 소녀의 목소리로 대답이 돌아왔다.

"선생님! 선생님……, 도와주세요!"

"돈은 없어도 되니까 전부 줘버려!"

"선생님……, 그건 안 돼요……!"

이번엔 쥐어짜는 듯한 소년의 목소리가 났다.

"크히히히!"

길을 가로막은 한 사내가 거슬리는 웃음소리를 냈다.

"당신네들, 세금이 엄청나게 밀렸어……. 돈 가지곤 모자라."

"맞아맞아. 장비도 놓고 가. 방어구도 전부……. 하나에서 열까지 말이지!"

사내들의 천박한 표정을 보며 아스나는 골목 안쪽에서 무슨 일이 일어났는지 즉시 알아차렸다. 분명 이 《징세부대》는 소녀를 포함한 아이들에게 입은 옷까지 모두 벗을 것을 요구했던 것이다. 아스나의 가슴속에서 살의와도 같은 분노가 솟아올랐다.

사샤도 같은 추측에 도달했는지, 당장이라도 주먹을 날릴 기세로 사내들에게 다가갔다.

"거기서……, 거기서 비켜요! 안 그러면……!"

"안 그러면 뭔데, 보모 선생? 당신이 대신 세금을 내려고?"

싱글싱글 웃는 사내들은 꿈쩍도 할 생각이 전혀 없었다.

도시 내부, 다시 말해 주거구역 안에서는 범죄방지 코드라는 프로그램이 항상 작동하고 있어서 다른 플레이어에게 피해를 주는 것은 물론, 억지로 이동시키는 것도 불가능하다. 하지만 그것은 바꿔 말하자면 길을 가로막으려는 악의를 가진 플레이어도 배제할 수 없다는 뜻이며, 이렇게 통로를 가로막는 《블록》, 또는 여러 명이 에워싸 상대를 한 걸음도 움직이지 못하게 만드는 《박스》 같은 악질적인 행위를 방조하는 결과가 되기도 했다.

하지만 그것도 어디까지나 지면을 이동할 경우에만 가능한 행위다. 아스나는 키리토를 보고 말했다.

"가자, 키리토."

"응."

마주보고 고개를 끄덕인 후 지면을 박찬다.

민첩성과 근력보정을 최대로 활용해 도약한 두 사람은, 멍한 표정으로 올려다보는 사샤와 군 멤버들의 머리 위를 가볍게 뛰어넘어 사방이 벽으로 에워싸인 공터에 내려섰다.

"으악?!"

그 자리에 있던 몇몇 남자들이 경악한 표정으로 물러났다.

공터 구석에는 10대 초반 정도로 보이는 두 소년과 한 소녀가, 한데 모여 몸을 옹송그리고 있었다. 방어구는 이미 해제되어 간소한 이너웨어밖에 입지 않고 있었다. 아스나는 입술을 깨물고 아이들에게 다가가 미소를 지으며 말했다.

"이젠 괜찮아. 장비를 다시 입으렴."

눈을 동그랗게 뜬 소년들은 고개를 끄덕이고는, 허겁지겁 발치에서 방어구를 주워들어 윈도우를 조작하기 시작했다.

"야……야 야 야 야!"

그제야 겨우 제정신을 차린 군 플레이어 중 하나가 소리를 질러댔다.

"너희는 또 뭐야! 《군》의 임무를 방해하려는 거냐!!"

"아, 좀 기다려."

그를 제지하면서, 다른 멤버들보다 중무장을 갖춘 사내가 앞으로 나섰다. 보아하니 리더인 모양이다.

"너희들, 처음 보는 얼굴인데, 해방군에 대항하는 게 무슨 뜻인지 알고는 있겠지? 뭐하면 본부에서 천천히 이야기를 좀 들어볼까?"

리더의 가느다란 눈이 흉폭한 빛을 띠었다. 허리에서 커다란 브로드 소드를 뽑아들더니, 노골적인 동작으로 철썩철썩 손바닥에 두드려대며 다가왔다. 검 표면이 저녁놀을 반사해 번뜩였다. 손상도, 수리 경험도 한 번 없는 무기 특유의 얄팍한 광채.

"아니면 《바깥》으로 갈까, 바깥으로? 아앙?"

그 한마디를 들은 순간.

악다문 아스나의 이가 뿌득 소리를 냈다. 사태를 원만하게 수습할 수 있다면 좋겠지만, 공포에 떠는 소년들을 본 순간 이미 분노는 한계를 넘어섰다.

"……키리토, 유이 좀 부탁해."

키리토에게 유이를 맡기자, 그는 어느샌가 실체화시켜 두었던 아스나의 세검을 한 손으로 휙 던져주었다. 이를 받아드는 것과 동시에 칼집에서 뽑으며 리더를 향해 성큼성큼 다가가는 아스나.

"어……어……?"

상황을 파악하지 못하고 입을 뻐끔거리는 사내의 안면을 향해, 아스나는 느닷없이 온 힘을 다한 한손찌르기를 날렸다.

주위를 물들이는 보라색 섬광. 폭발과도 같은 충격음. 사내의 몸이 뒤로 휘청 넘어가더니 멍한 얼굴로 그 자리에 털썩 주저앉는다.

"그렇게 전투를 바란다면 굳이 필드까지 갈 필요도 없어."

사내의 앞까지 다가가자 아스나는 다시 한 번 오른손을 번뜩였다. 두 번째 섬광, 그리고 굉음. 리더 사내의 몸이 튕겨져 나가듯 뒤로 굴러갔다.

"안심해. HP는 줄지 않으니까. 그 대신 언제까지고 계속되겠지만."

흐트러짐 없는 걸음으로 다가서는 아스나의 모습을 올려다보며, 리더는 겨우 그녀의 의도를 깨달았는지 입술을 부들부들 떨었다.

범죄 방지 코드 범위 내에서는 무기 공격을 플레이어에게 명중시킨다 해도, 눈에 보이지 않는 장벽에 가로막혀 대미지가 발생하지 않는다. 하지만 이 룰에도 허점이 있다. 다시 말해 공격자가 범죄자 컬러로 전락할 염려가 없다는 뜻이다.

이를 이용한 것이 《주거구역 전투》이며, 보통은 훈련이나 모의전에 활용된다. 하지만 공격자의 파라미터와 스킬이 상승함에 따라 코드가 발동할 때의 시스템 컬러 발광과 충격음이 점점 더 커지며, 또한 소드 스킬의 위력에 따라서는 약간이지만 넉백 효과도 발생한다. 익숙하지 않은 사람은 HP가 줄지 않는다는 걸 알면서도 견디기 힘들다.

"흐악……. 그, 그만……!"

아스나의 검격으로 지면에 쓰러질 때마다 리더는 찢어지는 비명을 질렀다.

"너희들, 보지만, 말고, 어떻게 좀, 해봐……!!"

그 목소리에 겨우 제정신을 차린 군 멤버들이 차례차례 무기를 뽑아들었다.

남북으로 뚫린 통로에서도 예상치 못한 사태를 알아차린 블록 담당 플레이어들이 몰려들었다.

반원형으로 주위를 에워싼 사내들에게 아스나는 광전사 시절로 돌아간 것처럼 형형한 안광을 뿜어냈다. 다짜고짜 지면을 박차고 집단의 정면으로 짓쳐 들어간다.

눈 깜짝할 사이에 굉음과 절규의 연속이 좁은 공터에 가득 찼다.

약 3분 후.

제정신을 차린 아스나가 발을 멈추고 검을 내리자, 공터에는 겨우 몇 명의 군 플레이어들이 허탈 상태에 빠져 굴러다

닐 뿐이었다. 나머지는 모두 리더를 내버린 채 달아난 모양
이었다.

"후우……."

크게 숨을 내쉬고 세검을 칼집에 꽂으며 돌아서니—그곳에
는 멍한 표정으로 서 있는 사샤와 성당 아이들의 모습이 보
였다.

"아……."

아스나는 흠칫 놀라 한 걸음 물러섰다. 분노에 몸을 맡긴
채 날뛰는 모습이 아이들을 겁먹게 만든 건 아닐까 하는 생
각에 고개가 숙여졌다.

하지만 갑자기 아이들의 선두에 서 있던 그 붉은 머리 소년
이 눈을 빛내며 외쳤다.

"짱이다……짱이다, 누나!! 그런 거 처음 봤어!!"

"내가 그랬지? 이 누나 무진장 강하다고."

싱글싱글 웃으며 키리토가 한 걸음 다가왔다. 왼팔로는 유
이를 안고, 오른팔에는 검을 들고 있었다. 보아하니 몇 명은
그가 상대해준 모양이었다.

"……에, 에헤헤."

멋쩍은 표정으로 아스나가 웃자, 아이들이 와 하고 환성을
지르며 일제히 달려들었다. 사샤도 두 손을 가슴 앞에 모은
채 눈에 눈물을 머금고 웃으며 그 모습을 지켜보았다.

그때였다.

"사람들의……사람들의, 마음이."

가늘지만 잘 울리는 목소리였다. 아스나는 흠칫 고개를 들었다. 키리토의 팔 안에서 어느샌가 눈을 뜬 유이가 허공에 시선을 향한 채 오른팔을 뻗고 있었다.

아스나는 황급히 그쪽을 보았으나 그곳에는 아무것도 없었다.

"사람들의 마음……이……."

"유이! 왜 그래, 유이?!"

키리토가 소리를 지르자, 유이는 두세 번 눈을 깜빡이더니 어리둥절한 표정을 지었다. 아스나도 황급히 달려와 유이의 손을 잡았다.

"유이……, 뭔가 생각이 난 거니?"

"……나……나……."

눈섭을 찌푸리며 고개를 숙인다.

"나, 여기……없었어……. 계속, 혼자, 깜깜한 데 있었어……."

무언가를 생각해내려는 것처럼 얼굴을 찡그리고 입술을 깨물었다. 그러더니 갑자기—

"아아……아……아아아!!"

고개를 뒤로 젖히며 가는 목으로 날카로운 비명을 질렀다.

"—?!"

칙, 치직 하는 SAO에서는 처음 듣는 노이즈가 낀 목소리가 아스나의 귀에 들렸다. 그 직후 유이의 경직된 몸 여기저기가 붕괴되듯 격렬히 진동했다.

"유……유이……!"

아스나도 비명을 지르며 그 몸을 두 팔로 끌어안았다.

"엄마……, 무서워……. 엄마……!!"

가느다란 비명을 지르는 유이를 키리토의 팔에서 안아들고 꼬옥 가슴에 끌어안았다. 몇 초 후, 괴현상은 사라지고 경직된 유이의 몸에서 힘이 빠져나갔다.

"뭐였지……, 지금 그건……?"

키리토의 쾡한 목소리가 정적으로 가득 찬 공터에 낮게 흘러갔다.

3

"미나, 빵 하나 집어줘!"

"자자, 한눈팔면서 먹으면 다 흘리잖니!"

"앗—! 선생님! 진이 달걀 프라이 집어먹었어—!"

"그 대신 당근 줬잖아!"

"무시무시하다⋯⋯."

"그러게⋯⋯."

아스나와 키리토는 눈앞에 펼쳐진 전장을 방불케 하는 아침식사 풍경을 보며 멍하니 중얼거렸다.

시작도시 동7구 성당 1층의 홀. 커다란 접시에 높이 쌓인 계란이며 소시지, 채소 샐러드를 스무 명도 넘는 아이들이 와글와글 떠들어대며 먹어대고 있다.

"하지만 굉장히 재미있어 보여."

약간 떨어진 둥근 테이블에 키리토, 유이, 사샤와 함께 앉은 아스나는 미소를 지으며 찻잔을 입가에 가져갔다.

"매일 이 모양이에요. 아무리 조용히 하라고 해도 듣지를 않아서."

그렇게 말하며, 아이들을 바라보는 사샤의 얼굴에는 사랑스럽다는 표정이 떠올라 있었다.

"아이들을 좋아하시나 봐요."

아스나가 말하자 사샤는 부끄러운 듯 웃었다.

"현실세계에서는 대학에서 교육학과를 다니고 있었어요. 그 왜, 학급붕괴니 하는 문제가 많이 있었잖아요? 내가 아이들을 이끌어줘야지 하면서 불타올랐죠. 하지만 여기 와서 저 아이들과 지내기 시작하니, 보고 들은 것과는 천지차이더라구요……. 오히려 제가 의지하고 도움을 받는 부분이 더 클 정도예요. 하지만 그래도 괜찮달까……. 그게 자연스러운 것 같아요."

"어쩐지 알 것 같기도 해요."

아스나는 고개를 끄덕이며 옆자리에서 진지하게 스푼을 입으로 가져가는 유이의 머리를 살짝 쓰다듬었다. 유이의 존재가 가져다주는 온기는 놀라울 정도였다. 키리토와 함께 있을 때처럼 가슴속이 옥죄어드는 듯 애절해지는 사랑스러움과는 다른, 눈에 보이지 않는 날개로 감싸는, 혹은 감싸인 듯한 조용한 편안함을 느꼈다.

어제 수수께끼의 발작을 일으키고 쓰러졌던 유이는 다행히 몇 분 만에 눈을 떴다. 하지만 금방 장거리를 이동하거나 텔레포트 게이트를 쓰는 것이 저어된 아스나는 사샤의 간곡한 청도 있고 해서, 성당의 빈방을 하룻밤 빌리기로 했던 것이다.

오늘 아침은 유이도 기운이 있는 것 같아 아스나와 키리토는 일단 안심했다. 하지만 상황은 변한 것이 없었다. 어렴풋하게 돌아온 유이의 기억에 따르면 시작도시에 온 적은 없었던 모양이고, 애초에 보호자와 함께 살았던 낌새조차 보이지 않았던 것이다. 그렇다면 유이의 기억장애, 유아퇴행 같은 증상의 원인도 전혀 알 수 없어 더 이상 무엇을 해야 좋을지도 판단이 서질 않았다.

하지만 아스나는 마음속으로 생각을 다지고 있었다.

앞으로 유이의 기억이 돌아올 때까지 함께 지내자. 휴가가 끝나고 전선으로 복귀할 날이 와도, 무언가 방법은 있을 것이다—.

유이의 머리를 쓰다듬으며 아스나가 생각에 잠겨 있으려니 키리토가 컵을 놓고 말을 꺼냈다.

"사샤 씨……."

"네?"

"……군에 대해 물어볼 게 있는데요. 제가 아는 한, 그놈들은 제멋대로 굴긴 해도 치안 유지에는 나름 열심이었어요. 하지만 어제 본 놈들은 거의 범죄자 수준이던데……. 대체 언제부터 그렇게 된 거죠?"

사샤는 딱딱한 표정으로 대답했다.

"방침이 변경된 느낌이 들었던 건 반년쯤 전부터였어요. 징세라고 하면서 공갈 같은 행위를 시작한 사람들도 나왔고, 반대로 이걸 단속하려는 사람들도 있었거든요. 군 멤버끼리 대립하는 모습도 몇 번인가 봤고요. 소문에 따르면 위쪽에서 권력다툼 같은 게 있었다던데…….”

“으~음……. 하기야, 지금도 멤버가 천 명이 넘는 거대 집
단이니 결속력이 그리 좋지는 못할 테지만……. 그래도 어제
같은 일이 매일 일어난다면 방치할 수는 없겠는걸. ……아스
나?”

“응, 왜?”

“그 인간은 이 상황을 알고 있는 거야?”

그 인간, 이라는 말에 담긴 언짢은 감정을 통해 그것이 누
구를 말하는 건지 깨달은 아스나는 웃음을 참으며 말했다.

“알고 있지 않을까……? 히스클리프 단장님은 군의 동향에
도 훤하니까. 하지만 그분은 뭐랄까……, 고레벨 공략파 플
레이어 외에는 관심이 없어 보여서……. 키리토에 대해서는
옛날부터 이래저래 많이 물어봤지만, 살인 길드 《래핑 코핀》
토벌 때도 ‘위임하겠다’ 한마디뿐이었고. 그러니까 아마 군
을 어떻게 하기 위해 공략파를 움직이는 일은 없을 거야.”

“뭐, 그 인간답다면 답지만……. 그래도, 그렇다면 우리끼
리 할 수 있는 일은 별로 없을 것 같은데.”

인상을 찡그리며 차를 마시려던 키리토가 갑자기 고개를
들더니 성당 입구 쪽을 노려보았다.

“누가 온다. 한 사람…….”

“네……? 또 손님이 오셨나……?”

사샤의 말이 끝나기도 전에 성당 안에 드높은 노크 소리가
울려 퍼졌다.

허리에 단검을 찬 사샤와, 만약을 위해 동행한 키리토의 뒤를 따라 식당으로 들어선 것은 키가 큰 여성 플레이어였다.

은색의 긴 머리를 포니테일로 묶은, '냉철'이란 말이 잘 어울리는 날카롭고 단정한 얼굴 생김새에서 하늘색 눈동자가 인상적인 빛을 뿜어냈다.

머리 모양, 머리 색, 여기에 눈동자 색까지도 자유롭게 커스터마이즈할 수 있는 SAO지만 원래 소재가 일본인이기 때문에 이렇게 강렬한 색채 설정이 잘 어울리는 플레이어는 상당히 드물었다. 아스나에게도 한때 머리를 체리 핑크로 물들였다가 실의에 빠진 나머지 갈색으로 되돌렸다는 말 못할 과거가 있다.

미인이다아—어른스럽다아—하고 동경을 품게 되는 첫인상을 느낀 후, 새삼 그녀의 장비에 시선을 돌린 아스나는 자신도 모르게 몸을 경직시켰다.

철회색 망토로 가리고는 있지만 여성 플레이어가 몸에 걸친 진녹색 상의와 허벅지 부분이 느슨한 바지, 스테인리스 스틸처럼 날카롭게 빛나는 금속 갑옷은 틀림없는 《군》의 유니폼이었다. 오른쪽 허리에는 쇼트 소드, 왼쪽 허리에는 돌돌 말린 검은색 가죽 채찍이 매달려 있었다.

그녀의 장비를 본 아이들도 일제히 입을 다물고는 눈에 경계의 빛을 띠며 움직임을 멈추었다. 하지만 사샤는 아이들에게 웃으며 안심시키려는 듯 말했다.

"애들아, 이분은 괜찮아. 식사를 계속하렴."

언뜻 못미더워 보이지만 아이들에게선 전폭적인 신뢰를 받고 있는 사샤의 말에 모두 안심했는지 어깨에서 힘을 뺐다. 식당은 다시 시끌벅적해졌다. 그 한가운데의 둥근 테이블까지 다가간 여성 플레이어는, 사샤가 의자를 권하자 가볍게 인사를 하곤 앉았다.

사정을 이해하지 못해 눈짓으로 키리토에게 묻자, 의자에 앉은 그도 고개를 갸웃거리며 아스나에게 말했다.

"어, 이분은 유리엘 씨라고 하는데, 우리에게 뭔가 하실 말이 있대."

유리엘이라고 소개를 받은 은발의 채찍전사는 아스나를 똑바로 한 번 쳐다보더니 고개를 꾸벅하며 입을 열었다.

"처음 뵙겠습니다. 유리엘이라고 해요. 길드 ALF 소속이에요."

"ALF?"

처음 듣는 이름에 아스나가 되묻자, 여성은 살짝 고개를 움츠렸다.

"아, 죄송합니다. 아인크라드 해방군의 약칭이에요. 정식 이름이 영 와 닿질 않아서……."

여성의 목소리는 침착하면서도 매끄러운 알토였다. 항상 자신의 목소리가 어리게 느껴졌던 아스나는 한층 더 선망을 품으며 자신도 인사했다.

"처음 뵙겠습니다. 저는 길드 혈맹기사단의—아, 아니, 지금은 잠시 탈퇴했지만요, 아스나라고 해요. 얘는 유이."

시간을 들여 수프 접시를 비우고 지금은 한창 과일주스에
도전하고 있던 유이는 고개를 들어 유리엘을 주시했다. 살짝
고개를 기울이긴 했지만, 금세 방긋 웃고는 시선을 되돌렸
다.

유리엘은 혈맹기사단이라는 이름을 듣자마자 하늘색 눈을
크게 떴다.

"KoB……. 어쩐지. 그래서 녀석들이 손도 쓰지 못했던 거
였군요."

'녀석들'이란 것이 어제 만난 폭행 공갈 집단이라는 것을
깨달은 아스나는 다시 경계심을 품으며 말했다.

"……다시 말해, 어제 있었던 일을 항의하러 오신 건가
요?"

"아니아니, 천만에요. 그 반대인걸요. 좋은 일을 하셨다고
감사를 드리고 싶을 정도로."

"……?"

사정을 파악하지 못해 입을 다문 키리토와 아스나에게 유
리엘은 자세를 바르게 잡았다.

"오늘은 두 분께 부탁이 있어서 왔습니다."

"부, 부탁……?"

은색 머리카락을 흔들며 끄덕이고, 군의 여전사는 말을 이
었다.

"예. 처음부터 설명을 드리죠. 《군》은 옛날부터 그런 이름

은 아니었어요……. 군, 즉 ALF가 지금의 이름이 된 건 옛날 서브 리더이자 지금의 실질적인 지배자인 키바오라는 남자가 실권을 장악한 후부터였어요. 처음엔 길드 MTD라는 이름이었는데……, 혹시 들어보신 적 있나요?"

아스나는 들어본 적이 없었지만 키리토는 즉시 대답했다.

"《MMO 투데이》의 약칭이잖아요? SAO 시작 당시 일본 최대의 온라인 게임 종합 정보 사이트였는데. 길드를 결성한 것도 그곳 관리인이었죠. 분명 이름이……."

"싱커."

그 이름을 입에 담았을 때 유리엘의 얼굴이 살짝 일그러졌다.

"그는……, 결코 지금처럼 독선적인 조직을 만들려던 게 아니었어요. 그저 정보나 식량이나 자원을 가능한 한 많은 플레이어들끼리 균등하게 나누려 했을 뿐……."

그 무렵 《군》의 이상과 붕괴에 대해서는 아스나도 들어 알고 있었다. 여러 사람이 몬스터 사냥을 나가 위험을 최소화하며 안정된 수입을 얻은 후, 이를 균등하게 분배한다는 사상 그 자체에는 잘못이 없었다. 하지만 MMORPG의 본질은 플레이어들 사이의 리소스 쟁탈이며, 그것은 SAO처럼 비상식적인 극한 상황에 처한 게임에서도 다를 바가 없었다. 아니, 오히려 SAO이기 때문에 더더욱 그랬다고 해야 하려나.

그런 까닭에 그 이상을 실현하기 위해서는 조직의 현실적인 규모와 강력한 리더십이 필요했으며, 그 점에 있어 군은 지나치게 거대했다. 아이템을 빼돌리는 일이 횡행하고, 숙청과 반발이 잇따랐으며, 리더는 조금씩 지도력을 잃어갔다.

"그때 대두한 것이 키바오라는 사내였죠."

유리엘은 씁쓸한 표정으로 말했다.

"그는 싱커의 방임주의를 이용해 동조하는 간부 플레이어들과 체제 강화에 나서선 길드의 이름을 아인크라드 해방군이라고 바꾸었어요. 게다가 공식 방침으로 범죄자 사냥과 효율 좋은 필드 독점을 추진했죠. 숫자의 힘으로 장기간 독점을 계속해 길드의 수입은 급증하고, 키바오 일파의 권력은 점점 강력해졌어요. 최근에는 싱커는 거의 장식물이나 마찬가지였고……. 키바오 일파의 플레이어들은 더욱 기세등등해져선 주거구역에서도《징세》명목으로 공갈에 가까운 행위까지 시작했어요. 어제 여러분께서 혼을 내줬던 것들은 그런 녀석들의 선봉이었죠."

유리엘은 잠시 숨을 돌리고는, 사샤가 내준 차를 마시고 말을 이었다.

"하지만 키바오 파에게도 약점은 있었어요. 그건 재산 축적에만 한눈을 팔아 게임 공략을 소홀히 해왔다는 점이죠. 본말전도라는 목소리가 말단 플레이어들 사이에서 커지면서……, 그 불만을 억누르기 위해 최근 키바오는 무모한 도박에 나섰어요. 부하들 가운데 가장 레벨이 높은 플레이어들 십여 명으로 공략 파티를 짜선 최전선의 보스 공략에 내보낸 거예요."

아스나는 자신도 모르게 키리토와 얼굴을 마주보았다. 제74층 플로어 미궁구역에서 플로어 보스 《더 글림아이즈》에게 제대로 준비도 하지 않고 도전했다가, 무참하게 죽은 군소속 플레이어 코버츠의 사건은 아직도 기억에 생생했다.

"아무리 고레벨이라 해도 원래 우리는 공략파 여러분에 비하면 한참 모자란다는 것은 부정할 여지가 없죠……. 그 결과, 공략은 실패하고 대장은 사망하는 최악의 결과에 이르러 키바오는 그 무모함을 강하게 비난받았어요. 잘만 하면 그를 추방할 수도 있었겠지만……."

유리엘은 높은 콧날에 주름을 지으며 입술을 깨물었다.

"사흘 전, 궁지에 몰린 키바오는 싱커를 함정에 빠뜨리려는 강공책에 나섰어요. 출구를 던전 심장부로 설정해놓은 코리더 크리스탈을 이용해 반대로 싱커를 몰아낸 거죠. 그때 싱커는 키바오의 '맨몸으로 만나 이야기하자'는 말을 믿은 탓에 무장도 하지 않아, 도저히 혼자 던전 심장부의 몬스터 무리를 돌파해 돌아오는 것은 불가능한 상태였어요. 텔레포트 크리스탈도 없이……."

"사, 사흘도 더 전에요……?! 그래서 싱커 씨는……?"

반사적으로 물은 아스나에게 유리엘은 살짝 고개를 끄덕였다.

"《생명의 비석》에 올라간 그의 이름이 아직 무사한 것을 보면 아무래도 안전지대에 도착한 모양이에요. 하지만 장소가 상당히 고레벨 던전 내부인지라 꼼짝도 할 수가 없는지…….

아시다시피 던전에는 메시지도 보낼 수 없고, 내부에서 길드 창고에 액세스할 수도, 텔레포트 크리스탈을 보내지도 못해요."

출구를 위험한 곳 한가운데로 설정한 코리더 크리스탈을 사용하는 살인은 《포탈 PK》라는 보편적인 방법으로, 당연히 싱커도 알고 있었을 것이다. 하지만 반목했다고는 해도 설마 같은 길드의 서브 리더가 그런 짓까지 하리라고는 생각하지 못했을 것이다. 혹은 생각하고 싶지 않았거나.

"사람이 너무 좋았던 거죠……."

아스나의 생각을 읽은 것처럼 중얼거린 유리엘. 그의 설명이 이어졌다.

"……길드 리더의 상징인 《약정의 스크롤》을 조작할 수 있는 건 싱커와 키바오뿐이니, 이대로 싱커가 돌아오지 않는다면 길드의 인사권이나 회계까지 모두 키바오의 손에 넘어가게 됩니다. 싱커가 함정에 빠지는 것을 막지 못했던 건 그의 부관인 저의 책임이니, 저는 그를 구하러 가야만 해요. 하지만 그가 유폐된 던전은 도저히 제 레벨로는 돌파할 만한 곳이 아니고, 《군》 플레이어들의 도움은 기대할 수도 없어요."

입술을 질끈 깨문 후 키리토를, 그리고 아스나를 똑바로 쳐다본다.

"그런 참에, 굉장히 강한 2인조가 시내에 나타났다는 말을 듣고 도저히 참을 수가 없어서 이렇게 청을 드리러 온 것이었습니다. 키리토 씨—아스나 씨."

유리엘은 깊이 고개를 숙이며 말했다.

"초면에 염치없다는 것은 잘 알지만, 부디 저와 함께 싱커를 구출하러 가주실 수 없을까요?"

긴 이야기를 마치고 입을 다문 유리엘의 얼굴을 아스나는 가만히 바라보았다.

슬프게도 SAO 내에선 남의 말을 그리 쉽게 믿을 수 없다. 이번 일도 키리토와 아스나를 안전권 밖으로 끌어내 위해를 가하려는 음모일 가능성을 저버릴 수 없었다. 원래 게임에 대한 충분한 지식만 있다면 속이려는 사람의 이야기에는 어딘가 허점이 보이게 마련이지만, 유감스럽게도 아스나 일행은 《군》의 내부 정세에 대해 너무나도 무지했다.

키리토와 잠깐 시선을 마주하고, 아스나는 무거운 입을 열었다.

"—저희도 할 수만 있다면 힘을 보태드리고 싶어요. —하지만 그러기 위해서는 저희도 최소한의 조사를 통해 그쪽의 말을 검증해봐야……."

"그건—당연한, 말씀이죠……."

유리엘은 살짝 고개를 숙였다.

"무리한 청이라는 것은 저도 잘 알아요……. 하지만 흑철궁 《생명의 비석》에 새겨진 싱커의 이름에 언제 가로줄이 그어질지 생각하면, 머리가 어떻게 될 것 같아서……."

은발 채찍전사의 군건하던 눈이 젖어드는 것을 보고 아스나의 마음은 흔들렸다. 가슴이 아플 정도로 그녀를 믿어주고

254

싶었다. 하지만 그와 동시에 이 세계에서 지냈던 2년간의 경험은 감상적으로 움직이는 것이 얼마나 위험한지에 대해 경종을 울리고 있었다.

키리토를 쳐다보니 그 역시 주저하는 모양이었다. 가만히 이쪽을 바라보는 까만 눈은 유리엘을 구해주고 싶다는 마음과 아스나를 걱정하는 마음 사이에서 흔들리는 마음을 드러내고 있었다.

─그때였다. 이제까지 가만히 있던 유이가 문득 컵에서 고개를 들더니 말했다.

"괜찮아, 엄마. 이 사람 거짓말하는 거 아니야."

아스나는 깜짝 놀라 유이를 쳐다보았다. 발언의 내용도 내용이거니와, 어제까지는 더듬거렸던 것이 거짓말처럼 여겨질 정도로 유창한 말이었다.

"유……유이, 그런 걸, 알 수 있니……?"

얼굴을 빤히 들여다보며 묻자, 유이는 고개를 끄덕였다.

"응. 잘 모르겠지만……알아……."

그 말을 들은 키리토는 오른손을 뻗어 유이의 머리를 마구 쓰다듬어 주었다. 아스나를 보고 씨익 웃는다.

"의심하고 후회하기보다는 믿고 후회하자고. 가자, 분명 어떻게든 되겠지."

"변함없이 태평하시군."

고개를 절레절레 흔들며 대답하고, 아스나도 유이의 머리에 손을 뻗었다.

"미안해, 유이. 친구 찾는 거 조금 늦어지겠지만 용서해주렴."

작은 목소리로 속삭이자, 말뜻을 이해했는지 어떤지는 모르겠지만 유이는 방긋 웃으며 고개를 끄덕였다. 매끄러운 흑발을 다시 한 번 쓰다듬어준 후 아스나는 유리엘을 돌아보며 미소와 함께 말했다.

"……미력하나마 도와드릴게요. 소중한 사람을 구하고 싶다는 마음은 저도 잘 이해하니까요……."

유리엘은 하늘색 눈에 눈물을 머금으며 깊이 고개를 조아렸다.

"고맙습니다……. 정말로 고맙습니다……."

"그 말은 싱커 씨를 구출한 다음에 듣도록 하죠."

아스나는 다시 한 번 웃었고, 이제까지 잠자코 사태의 추이를 지켜보던 사샤가 두 손을 짝 마주치며 말했다.

"그렇다면 든든하게 먹고 가셔야죠! 아직 많이 있으니까 유리엘 씨도 드세요."

초겨울의 약한 햇빛이 짙은 색으로 물든 가로수 가지를 투과해 돌바닥에 옅은 그림자를 만들고 있었다. 시작도시의 뒷골목은 통행인도 극히 적었으며, 무한하다고 여겨지는 도시의 넓이와 맞물려 싸늘한 인상을 감출 수가 없었다.

든든하게 무장한 아스나와 유이를 끌어안은 키리토는, 유리엘의 뒤를 따라 빠른 걸음으로 거리를 나아가고 있었다.

아스나는 당연히 유이를 사샤에게 맡겨놓고 오려 했으나, 유이가 완강히 함께 가겠다고 말을 듣지 않아 어쩔 수 없이 데리고 온 것이었다. 물론 주머니에는 텔레포트 크리스탈을 챙겨주었다. 여차하면—유리엘에게는 미안하지만—이탈해 태세를 재정비할 생각이었다.

"아, 그러고 보니 중요한 걸 안 물어봤네."

키리토가 앞장서서 걸어가는 유리엘에게 말을 걸었다.

"문제의 던전이란 게 어느 플로어에 있는 거죠?"

유리엘의 답은 간결했다.

"여기예요."

"……?"

아스나는 자신도 모르게 고개를 갸웃했다.

"여기……라뇨?"

"이곳, 시작도시의 중심부 지하에 커다란 던전이 있어요. 싱커는 아마도……그곳 가장 깊은 곳에……."

"진짜요?!"

키리토가 놀라 물었다.

"베타테스트 때는 그런 거 없었는데……, 몰랐다……."

"그 던전 입구는 흑철궁—그러니까 군의 본거지 지하에 있어요. 아마도 상부 플로어 공략 진도에 따라 개방되는 타입의 던전이었겠죠. 발견된 건 키바오가 실권을 장악한 후여서, 그는 그곳을 자기들끼리 독점하려 했어요. 오랜 기간 싱커에게도, 물론 제게도 비밀로 하고……."

"그렇구나. 미탐사 던전에는 한 번밖에 안 나오는 레어 아이템도 많을 테니까. 제법 재미 좀 봤겠는걸."

"그게 그렇지도 않았어요."

유리엘의 말투에는 어딘가 고소해하는 빛이 담겨 있었다.

"기반 플로어에 있었던 것치곤 그 던전의 난이도가 무시무시하게 높았거든요. 기본 배치된 몬스터만 해도 60플로어 정도 수준의 레벨이었으니까요. 키바오 자신이 이끌던 선발대는 쫓겨 다니기만 하다가 간신히 텔레포트 탈출했다고 해요. 크리스탈을 마구 써댄 탓에 완전히 적자가 났다나."

"하하하, 그랬군요."

키리토의 웃음소리에 미소로 대답한 유리엘은 이내 침통한 표정을 지었다.

"하지만 지금은 그 사실이 싱커의 구출을 어렵게 하고 있어요. 키바오가 사용했던 코리더 크리스탈은 몬스터에게 도망쳐 다니면서 상당히 깊숙한 곳까지 들어갔을 때 마킹한 것이었는지……, 싱커가 있는 곳은 그 마킹 지점 너머예요. 레벨로 보자면, 일대일이라면 저도 어떻게든 이길 수 있는 몬스터들이지만 연속 전투가 벌어지면 무리인걸요. ─실례지만, 두 분께서는……."

"어, 뭐, 60플로어 정도라면……."

"어떻게든 될 거예요."

키리토의 말을 이어받아 아스나도 고개를 끄덕였다. 충분한 안전선을 잡고 제60플로어 던전을 공략하는 데 필요한 레벨은 70이지만 현재 아스나의 레벨은 87이었으며, 키리토는 90을 넘어섰다. 이 정도라면 유이를 지키며 던전을 돌파할 수 있을 거란 생각에 조금 긴장이 풀어졌다. 하지만 유리엘은 걱정스러운 표정으로 말을 이었다.

"……그리고, 한 가지 마음에 걸리는 게 있어요. 선발대에 참가했던 플레이어들에게 들은 말인데요, 던전 안쪽에서……, 거대한 보스급 몬스터를 봤다고……."

"……."

아스나는 키리토와 얼굴을 마주보았다.

"보스도 60층 정도 수준일까……? 거기 보스가 뭐였지?"

"어, 그러니까……, 돌로 만든 갑옷무사 같은 놈이었지, 아마."

"아―, 그거. ……그리 고생하지는 않았지만……."

유리엘에게 다시 한 번 고개를 끄덕였다.

"뭐, 그것도 어떻게든 될 거예요."

"그래요?! 다행이에요!"

겨우 긴장된 표정을 푼 유리엘은 무언가 눈부신 것을 보듯 눈을 가늘게 뜨며 말을 이었다.

"그렇군요……. 두 분은 언제나 보스전을 경험하셨던 거군요……. 죄송합니다, 귀중한 시간을 할애해주셔서……."

"아니에요, 어차피 휴가 중인걸요, 뭐."

아스나가 황급히 손을 내저었다.

그런 이야기를 하는 동안, 앞쪽의 거리 너머로 검게 빛나는 거대한 건축물이 모습을 드러내기 시작했다. 시작도시 최대의 시설 《흑철궁》이었다. 정문을 들어서자마자 나온 광장에는 플레이어 전원의 명부인 《생명의 비석》이 설치되어 있었으며, 그곳까지는 누구나 자유로이 드나들 수 있지만 안으로 이어지는 부지의 대부분은 군이 완전히 점거한 상태였다.

유리엘은 궁전 정문으로는 가지 않고 뒤쪽으로 돌아갔다. 침입자를 차단하기 위한 높은 성벽과 이를 에워싼 깊은 해자가 끝없이 이어져 있었다. 사람은 전혀 보이지 않았다.

몇 분을 걸어간 후 유리엘이 멈춰 선 곳은 길에서 해자 수면 부근까지 계단이 이어진 곳이었다. 들여다보니 계단 끄트머리 오른쪽 석벽에 검은 통로가 뻥 뚫려 있었다.

"여기서 궁전 하수도로 들어가면 던전 입구가 나오죠. 조금 어둡고 좁긴 하지만……."

유리엘은 거기서 말을 끊고 걱정스러운 듯, 시선을 키리토의 팔에 안긴 유이에게로 힐끔 향했다. 그러자 유이는 섭섭하다는 듯 얼굴을 찡그리며,

"유이는 안 무서워!"

라고 주장했다. 그 모습에 아스나는 자신도 모르게 미소를 짓고 말았다.

유리엘에게는 유이에 대해 '함께 살고 있다'고만 설명했을 뿐이었다. 그녀도 그 이상은 묻지 않았지만, 아무리 그래도 던전까지 데려가는 것은 불안했을 것이다.

아스나는 그녀를 안심시키기 위해 말했다.

"괜찮아요. 얘는 보기보다 착실하니까요."

"응. 크면 훌륭한 검사가 될 거야."

키리토의 말에 아스나와 눈짓을 나무며 웃고, 유리엘은 고개를 한 차례 끄덕였다.

"그럼 출발하죠!"

"하아아아아아—!"

오른손의 검으로 몬스터를 베어버린 후,

"이야아아아아압!"

왼손의 검으로 멀리 날려버린다.

오랜만에 쌍검을 장비한 키리토는 휴가 중에 쌓아둔 에너지를 모두 방출할 기세로 잇달아 적의 무리를 유린해댔다. 유이의 손을 잡은 아스나와 금속 채찍을 쥔 유리엘에게는 나설 틈이 전혀 없었다. 온몸이 번들번들한 피부로 덮인 개구리 같은 몬스터나 검게 빛나는 가위를 가진 가재 몬스터 등으로 구성된 적의 집단이 나타날 때마다, 무모해 보일 정도로 돌격해선 폭풍우 같은 칼놀림으로 모조리 쓸어버려 눈 깜짝할 사이에 제압하고 말았다.

아스나는 내심 여전하다는 식으로 고개를 가로젓고 있었으나, 유리엘은 눈을 휘둥그레 뜨고 키리토의 버서커 같은 모습을 바라보고 있었다. 그녀의 전투 상식에서 완전히 벗어난 광경이었을 것이다. 유이가 천진난만한 목소리로 "아빠 파이팅~." 하고 성원을 보내고 있으니 더더욱 긴장감이 없었다.

어둡고 눅눅한 지하수도에서 검은 석조 던전으로 진입한 지 이미 수십 분이 지났다. 생각보다 넓고 깊으며 몬스터의 숫자도 많았으나, 키리토가 게임 밸런스를 붕괴시킬 기세로 쌍검을 휘둘러댄 탓에 여검사 두 사람은 전혀 피곤하지 않았다.

"어……어쩐지 죄송한걸요, 보고만 있으려니……."

송구스러웠는지 고개를 움츠리는 유리엘에게, 아스나가 쓴웃음을 지으며 대답했다.

"아뇨, 저건 그냥 병이니까……, 하고 싶다는 대로 하게 내버려두세요."

"병이라니, 너무했다."

몬스터들을 해치우고 돌아온 키리토가 귀도 밝게 아스나의 말을 듣고는 입술을 비죽거렸다.

"그럼 나랑 바꿀래?"

"……조, 조금만 더."

아스나와 유리엘은 얼굴을 마주보며 웃고 말았다.

은발의 채찍전사는 오른손을 휘둘러 맵을 표시하더니, 싱커의 현재 위치를 나타내는 프렌드 마커의 광점을 띄웠다. 이 던전의 맵은 없기 때문에 광점까지 가는 길은 공백 상태였지만, 이미 전체 거리의 70퍼센트 정도까지 다가온 상태였다.

"싱커의 위치는 며칠 동안 움직이지 않았어요. 아마 안전

에이리어에 있을 테죠. 그곳까지 도달하면 크리스탈로 이탈할 수 있을 테니……, 죄송하지만 조금만 더 부탁드릴게요."

유리엘이 고개를 숙이자 키리토는 허겁지겁 손을 내저었다.

"아, 아니, 저도 좋아서 하는 거니까요. 아이템도 나오고……."

"흐음."

아스나는 자신도 모르게 되물었다.

"뭐 좋은 거 나왔어?"

"그러엄."

키리토가 재빠르게 윈도우를 조작하자, 그 표면에 철퍼덕 소리를 내며 검붉은 고깃덩어리가 나타났다. 그로테스크한 그 질감에 아스나가 얼굴을 찡그렸다.

"그……그게 뭐야?"

"개구리 고기! 유별난 것일수록 맛있다잖아. 나중에 요리해줘."

"절. 대. 싫. 어!!"

아스나는 큰 소리로 외치더니 재빨리 윈도우를 열었다. 키리토와 공통으로 사용하는 아이템 인벤토리로 이동해 《스캐빈지 토드의 고기×24》라는 문자열을 드래그해 가차 없이 쓰레기통 마크에 때려 넣었다.

"앗! 아아아아아아……."

잔뜩 풀이 죽은 표정으로 비명을 지르는 키리토를 보고 참을 수 없었는지 유리엘이 배를 잡고 킥킥 웃어댔다. 그때.

"언니, 처음으로 웃었다!"

유이가 신이 나선 외쳤다. 그녀도 만면에 미소를 짓고 있었다.

그 모습을 보고 아스나는 그러고 보니—싶었다. 어제 유이가 발작을 일으킨 것도, 군의 징세부대를 격퇴하고 아이들이 일제히 웃은 직후였다. 아무래도 유이는 주위 사람들의 웃는 얼굴에 특별히 민감한 것 같다는 생각이 들었다. 그것은 소녀의 타고난 성격 때문일까, 아니면 이제까지 줄곧 괴로운 경험만 했던 탓일까—아스나는 자신도 모르게 유이를 안아 들어 두 팔에 힘을 주었다. 언제까지고 이 아이의 곁에서 웃어줘야겠다고 마음속으로 맹세했다.

"자, 어서 앞으로 가죠!"

아스나의 목소리에 일행은 더더욱 깊은 곳을 향해 발을 내디뎠다.

던전에 들어선 후 한동안은 수중생물형이었던 몬스터 무리는 계단을 내려갈 때마다 좀비며 고스트 같은 언데드 계통으로 바뀌어 아스나의 간담을 서늘하게 만들었지만, 키리토의 쌍검은 개의치 않고 적들을 순식간에 물리쳤다.

원래 고레벨 플레이어가 적정 레벨 이하의 사냥터에서 설쳐대는 것은 칭찬할 만한 일이 아니지만, 지금은 다른 플레이어들도 없으니 상관할 필요는 없다. 시간이 있다면 어시스트만을 맡아 유리엘의 레벨업을 도울 수도 있으나, 지금은 싱커를 구출하는 것이 최우선이었다.

눈 깜짝할 사이에 지나간 두 시간 사이에도 맵에 표시된 현재 위치와 싱커가 있음직한 안전 에이리어는 착실한 속도로 가까워지고 있었다. 몇 마리째인지 모를 까만색 해골검사를 키리토의 검이 산산조각으로 날려버린 그 너머에, 마침내 어렴풋한 빛이 새어나오는 통로가 보였다.

"와, 안전지대다!"

아스나의 말과 동시에 색적 스킬로 확인했는지 키리토도 고개를 끄덕였다.

"안쪽에 플레이어가 한 사람 있는걸. 그린이야."

"싱커!"

더 이상 참을 수 없었는지 소리를 지른 유리엘이 금속 갑옷을 울리며 뛰기 시작했다. 두 손에 검을 늘어뜨린 키리토와 유이를 안은 아스나도 허겁지겁 그 뒤를 따랐다.

오른쪽으로 완만하게 구부러진 통로를 빛을 따라 몇 초간 뛰어가니 마침내 전방에 커다란 십자 교차로와, 그 너머에 있는 작은 방이 눈에 들어왔다.

방은 어둠에 익숙한 눈에는 지나치게 밝은 빛으로 가득했으며 그 입구에 한 사내가 서 있었다. 역광 탓에 얼굴은 잘 알아볼 수 없었으나 이쪽을 향해 두 팔을 크게 휘젓고 있었다.

"유리엘――!!"

이쪽의 모습을 확인하자마자 사내가 큰 목소리로 이름을

불렀다. 유리엘도 왼손을 흔들며 한층 속도를 더해 뛰어갔다.

"싱커——!!"

눈물을 머금은 그 목소리를 가로막듯, 사내의 절규가—.

"여기 오면 안 돼—!! 그 통로는—!!"

그 말을 듣고 아스나는 깜짝 놀라 달리던 속도를 늦추었다. 하지만 유리엘에게는 이미 들리지 않는 모양이었다. 방을 향해 일직선으로 달려간다.

그때.

방 바로 앞 몇 미터 지점에서, 세 사람이 달리는 통로와 직각으로 교차하는 길의 오른쪽 사각 부분에 갑자기 노란색 커서가 하나 나타났다. 아스나는 황급히 이름을 확인했다. 《The Fatalscythe》—.

운명의 낫이라는 뜻으로 보이는 고유명사, 그리고 이를 장식하는 정관사. 보스 몬스터의 증거였다.

"안 돼—!! 유리엘 씨, 돌아오세요!!"

아스나는 절규했다. 노란 커서는 불쑥 왼쪽으로 움직이며 십자 교차점으로 다가가고 있었다. 이대로 가다간 유리엘과 충돌하게 된다. 이젠 몇 초도 남지 않았다.

"크윽!!"

갑자기 아스나의 왼쪽을 달리고 있던 키리토가—사라진 것처럼 보였다. 실제로는 엄청난 속도로 대시한 것이다. 파앙 하는 충격음이 주위의 벽을 흔들었다.

순간이동에 가까운 기세로 몇 미터의 거리를 이동한 키리토는 등 뒤에서 오른손으로 유리엘의 몸을 끌어안더니, 왼손의 검을 바닥에 있는 힘껏 내리찍었다. 무시무시한 금속음. 어마어마한 불꽃. 공기가 그을릴 것만 같은 급제동을 걸어 십자로 바로 앞에서 정지한 두 사람의 바로 앞쪽 공간을 콰아아아아아, 하는 땅울림과 함께 거대한 검은 그림자가 가로질러 지나갔다.

노란 커서는 왼쪽 통로로 뛰어들어 10미터 정도를 이동한 후 멈췄다. 모습이 보이지 않는 몬스터가 천천히 방향을 바꾸고 다시 다가오는 기척이 느껴졌다.

키리토는 유리엘의 몸을 놓더니, 바닥에 꽂은 검을 뽑고 왼쪽의 통로로 뛰어들었다. 아스나도 황급히 그 뒤를 따랐다.

멍하니 쓰러지려는 유리엘의 몸을 안아 일으켜 교차점 너머로 옮겨놓았다. 유이를 팔에서 내려놓고 유리엘에게 맡긴 후 아스나는 짧게 외쳤다.

"이 아이와 함께 안전지대로 대피하세요!"

채찍전사가 창백한 얼굴로 끄덕이며 유이를 안아들고 방으로 달려가는 것을 확인한 후, 아스나는 세검을 뽑아들며 왼쪽으로 돌아섰다.

쌍검을 겨누고 우뚝 선 키리토의 등이 눈에 들어왔다. 안쪽으로 보이는 것은—신장이 2.5미터는 되는, 너덜너덜한 검은 법복을 걸친 인간형 실루엣이었다.

후드 안쪽과 소매에서 엿보이는 팔에는 밀도 있는 어둠이 꿈틀거렸다. 어둡게 가라앉은 얼굴 안쪽에는, 생생한 혈관이 돋아난 안구가 두 사람을 뚫어지게 내려다보고 있었다. 오른손에 쥔 것은 거대한 검은 낫이었다. 흉악하게 구부러진 칼날에서는 붉은 액체가 뚝뚝 방울져 떨어지고 있었다. 전체적인 모습은 흔히 말하는 사신의 모습 그 자체였다.

사신의 안구가 희번득 움직이더니 아스나를 똑바로 노려보았다. 그 순간 순수한 공포가 심장을 움켜쥐는 듯한 오한이 전신을 꿰뚫었다.

하지만 레벨로만 치자면 별것 아닐 것이다.

그렇게 생각하며 세검을 고쳐 쥐려던 순간, 앞에 선 키리토가 갈라진 목소리로 말했다.

"아스나, 지금 당장 안전 에이리어에 있는 세 사람을 데리고 크리스탈로 탈출해."

"뭐……?"

"이 녀석, 위험해. 내 식별 스킬로도 데이터가 보이지 않아. 난이도로 따지면 아마 90플로어급 보스일 거야……."

"──?!"

아스나도 숨을 들이키며 몸을 굳혔다. 그 사이에도 사신은 서서히 공중을 이동해 두 사람에게 다가오고 있었다.

"내가 시간을 벌 테니까 어서 도망쳐!!"

"키, 키리토도, 같이……."

"나중에 갈게! 빨리!!"

최종 이탈 수단인 텔레포트 크리스탈도 만능의 도구는 아니다. 크리스탈을 쥐고 텔레포트할 장소를 지정한 후 실제로 텔레포트가 완료될 때까지 몇 초의 허점이 있다. 그 사이에 몬스터의 공격을 받으면 텔레포트가 취소되고 마는 것이다. 파티의 통제가 무너지고 멋대로 이탈하는 사람이 발생하면 텔레포트할 시간을 벌지 못해 사망자가 나오고 마는 것도 바로 그런 이유 때문이다.

아스나는 망설였다. 네 사람이 먼저 텔레포트한 후에도 키리토의 민첩함이 있다면 보스에게 몰리지 않고 안전 에이리어까지 도달할 수 있을지도 모른다. 하지만 조금 전 보스의 돌진 속도는 무시무시한 것이었다. 만약—먼저 이탈했다가 그가 다시 나오지 않는다면? 그것만큼은 견딜 수가 없었다.

아스나는 오른쪽 통로의 안을 흘끔 쳐다보았다.

—미안해, 유이. 계속 함께 있어주겠다고 했는데…….

마음속으로 그렇게 중얼거리며 큰 소리로 외쳤다.

"유리엘 씨, 유이를 부탁해요! 세 분이서 탈출해주세요!"

얼어붙은 표정으로 유리엘이 고개를 가로저었다.

"안 돼요……. 그럴 수는……."

"어서요!!"

그때였다. 천천히 낫을 치켜든 사신이 법복 자락에서 시커먼 안개 같은 것을 흩날리며 무시무시한 기세로 돌진을 시작했다.

키리토가 두 손에 든 검을 십자로 교차시켜 들고, 아스나의 앞에 우뚝 버티고 섰다. 아스나도 필사적으로 그의 등에 달라붙어 오른손의 검을 키리토의 쌍검에 맞댔다. 사신은 세 자루의 검에도 개의치 않고 두 사람의 정수리를 향해 낫을 내리쳤다.

붉은 섬광. 충격.

아스나는 자신이 빙글빙글 도는 것을 느꼈다. 우선 지면에 내동댕이쳐지고, 튕겨져 나가 천장에 격돌한 후 다시 바닥에 떨어졌다. 호흡이 멎고 시야가 아득해졌다.

몽롱해진 의식 속에서 자신과 키리토의 HP바를 확인하니 두 사람 모두 일격에 절반을 잃어버렸다. 무정한 옐로우 표시는 다음 공격에 견디지 못한다는 것을 의미했다. 일어나야 해. 그렇게 생각했지만 몸이 움직이질 않았다―.

―그리고 그 순간.

오종종 하는 조그만 발소리가 귓가에 들려왔다. 흠칫 시선을 움직이니, 다음에 닥쳐올 위험도 모른 채 걸어가는 새끼 고양이처럼 위태위태한 걸음걸이가 눈에 들어왔다.

가느다란 손발. 긴 흑발. 등 뒤의 안전지대에 있었어야 할 유이였다. 두려움 따윈 조금도 느껴지지 않는 시선으로, 똑바로 거대한 사신을 바라보고 있었다.

"바보야!! 얼른 도망쳐!!"

필사적으로 몸을 일으키려 하면서 키리토가 외쳤다. 사신은 다시 무거운 모션으로 낫을 치켜들고 있었다. 저만한 범위공격에 휩쓸렸다간 유이의 HP는 확실하게 사라져버릴 것이다. 아스나도 어떻게든 입을 움직이려 했다. 하지만 입술이 굳어서 말이 나오질 않았다.

하지만 다음 순간, 믿을 수 없는 일이 일어났다.

"괜찮아, 엄마, 아빠."

그 말과 동시에 유이의 몸이 둥실 공중으로 떠올랐다.

점프한 것이 아니었다. 보이지 않는 날개를 펄럭인 것처럼 이동해, 2미터 정도의 높이에서 딱 정지했다. 너무나도 조그마한 오른손을 살짝 허공에 치켜든다.

"안 돼……! 도망쳐! 도망쳐, 유이!!"

아스나의 절규를 지워버리듯 사신의 거대한 낫이 검붉은 빛의 띠를 그리며 가차 없이 날아들었다. 흉악할 정도로 예리한 끄트머리가 유이의 새하얀 손바닥에 닿는다—.

그 순간, 선명한 보라색 장벽에 가로막혀 커다란 음향과 함께 튕겨나갔다. 유이의 손바닥 앞에 떠오른 시스템 태그를 아스나는 경악과 함께 응시했다.

【Immortal Object】. 그곳에는 분명 그렇게 적혀 있었다. 불사 존재—플레이어가 가질 수 없는 속성.

검은 사신이 마치 당황한 것처럼 안구를 뒤룩뒤룩 움직였다. 그 직후 아스나를 더더욱 경악시킬 만한 현상이 일어났다.

화악! 하는 소리와 함께 유이의 오른손을 중심으로 홍련의 불꽃이 피어오른 것이다. 불꽃은 한순간 넓게 확산된 후 즉시 응축되더니 가늘고 긴 형태로 자리를 잡기 시작했다. 눈 깜짝할 사이에 그것은 거대한 검으로 모습을 바꾸어나갔다.

선홍색으로 빛나는 검신이 불꽃 속에서 나타나고, 쭉쭉 뻗어 나갔다.

유이의 오른손에 출현한 거대한 검은 그녀의 신장을 가볍게 웃도는 길이를 가지고 있었다. 녹기 직전의 금속과도 같은 광채가 통로를 비추었다. 검의 불꽃에 휩싸인 두터운 동복이 한순간에 불타기 시작했다. 그 아래에서는 그녀가 처음에 입고 있던 하얀 원피스가 나타났다. 신기하게도 원피스도, 긴 흑발도 불꽃에 휩싸이면서도 전혀 영향을 받지 않았다.

자신의 키보다도 훨씬 큰 검을 부웅 하고 한 번 돌리더니—.

조금도 주저하지 않고 불꽃의 궤도를 그리며 유이는 검은 사신에게 짓쳐들어갔다.

어디까지나 시스템이 단순한 알고리듬에 근거해 움직이는 것에 지나지 않는 보스 몬스터의 핏발 선 안구에서, 아스나는 명백한 공포의 빛을 본 것 같았다.

불꽃의 소용돌이를 몸에 감은 유이가 굉음과 함께 공중을 돌진해나간다. 사신은 자신보다도 훨씬 조그마한 소녀를 두려워하듯 거대한 낫을 전방으로 내밀고 방어 자세를 취했다. 그곳을 향해 유이는 정면에서 거대한 화염검을 있는 힘껏 내리쳤다.

격렬하게 불꽃을 뿜어내는 검신이, 옆으로 치켜든 낫의 자루와 충돌했다. 한순간 양측의 움직임이 모두 멈추었다.

그렇게 생각할 틈도 없이, 다시 유이의 화염검이 움직이기 시작했다. 무시무시한 열량으로 금속을 태워 끊어버릴 것처럼 조금씩조금씩 낫자루에 발광하는 칼날이 파고들어갔다. 유이의 긴 머리카락과 원피스, 그리고 사신의 로브가 찢어질 것처럼 뒤로 나부끼며 이따금 튀어오른 거대한 불똥이 던전 안을 밝은 오렌지색으로 물들였다.

마침내—.

꽈앙! 하는 폭음과 함께 사신의 낫이 두 쪽으로 갈라졌다. 그 직후, 이제까지 축적되어 있던 에너지를 모두 해방하며 불꽃의 기둥으로 변한 거검이 보스의 이마 한가운데에 내리꽂혔다.

"웃······!!"

아스나와 키리토는 그 순간 출현한 화구(火球)의 어마어마한 기세에 자신도 모르게 눈을 감고 팔로 얼굴을 감쌌다. 유이가 검을 일직선으로 내리친 것과 동시에 화구가 작렬하고, 홍련의 소용돌이는 거대한 사신의 몸을 에워싸며 통로 안쪽으로 쓸려나갔다. 굉음의 뒤에 어렴풋한 단말마의 비명이 들려왔다.

감았던 눈을 떠보니, 그곳에는 이미 보스의 모습은 보이지 않았다. 통로 여기저기에 조그마한 불똥이 떨어져 타닥타닥 소리를 내고 있었다. 그 한가운데에 유이 혼자만이 고개를 숙인 채 서 있었다. 바닥에 꽂힌 화염검은 출현했을 때와 마찬가지로 불꽃을 발하며 녹아들더니 사라졌다.

아스나는 겨우 힘이 돌아온 몸을 일으켜 세검을 지팡이 삼아 천천히 일어났다. 그 뒤를 따라 키리토도 일어났다. 두 사람은 비틀비틀 소녀를 향해 몇 걸음을 다가섰다.

"유이……?"

아스나가 갈라진 목소리로 말을 걸자 소녀도 소리 없이 돌아보았다. 조그마한 입술이 미소를 짓고 있었지만, 커다란 칠흑의 눈동자에는 눈물이 가득 맺혀 있었다.

유이는 아스나와 키리토를 올려다보며 조용히 말했다.

"엄마……아빠……, 전부, 생각났어……."

흑철궁 지하 미궁 심장부의 안전 에이리어는 완전한 정사각형이었다. 입구는 하나뿐이고, 중앙에는 매끄럽게 닦인 검은 입방체 돌 테이블이 설치되어 있었다.

아스나와 키리토는 돌 테이블에 오도카니 앉은 유이를 말없이 바라보고 있었다. 유리엘과 싱커는 한 발짝 먼저 탈출했기 때문에 지금은 셋뿐이었다.

기억이 돌아왔다고 말한 후로 유이는 몇 분 동안 침묵을 지키고 있었다. 그 표정은 어째서인지 슬픔이 맺혀 있었으며, 말을 거는 것이 주저되었지만 아스나는 마음을 굳히고 물어보았다.

"유이……. 생각이 났니……? 지금까지, 무슨 일이 있었는지……?"

유이는 더더욱 고개를 숙였으나, 마침내 고개를 끄덕였다.

눈물 어린 눈으로 웃으며 살짝 입을 움직였다.

"네……. 전부, 설명을 드리겠습니다—. 키리토 님, 아스나 님."

그 정중한 말을 듣자마자 아스나의 가슴이 불길한 예감에 옥죄어들었다. 무언가가 끝나버릴 것만 같은 애절한 확신.

네모난 방 한가운데에서 유이가 천천히 설명을 시작했다.

"《소드 아트 온라인》이라는 이름의 이 세계를 제어하는 것은 하나의 거대한 시스템입니다. 시스템의 이름은 《카디널》. 그것이 이 세계의 밸런스를 자신의 판단에 의거해 제어하고 있습니다. 카디널은 원래 인간의 정비가 필요 없는 존재로 설계되었죠. 두 개의 코어 프로그램이 상호 에러를 수정하며, 또한 무수한 하위 프로그램으로 세계 전체를 조정하고 있습니다……. 몬스터 및 NPC의 AI, 아이템과 통화의 출현 밸런스, 이 모든 것이 카디널이 지휘하는 프로그램에 의해 조작되는 것이죠. —하지만 단 한 가지, 인간의 손에 맡겨야만 하는 것이 있었습니다. 플레이어의 정신성에 기초한 트러블, 그것만은 같은 인간이 아니고서는 해결할 수 없었습니다……. 그 때문에 수십 명 규모의 스태프가 준비될 예정이었죠."

"GM……."

키리토가 중얼거렸다.

"유이, 그럼 넌 게임 마스터였어……? 아가스의 스태프였던 거야……?"

유이는 몇 초 동안 침묵한 후 천천히 고개를 가로저었다.

"……카디널 개발자들은 플레이어를 돌보는 것까지도 시스템에 맡겨보기 위해 어떤 테스트 프로그램을 제작했습니다. 너브 기어의 특성을 이용해 플레이어의 감정을 상세히 모니터링하고, 문제가 생긴 플레이어의 곁에 찾아가 말을 들어주는…… 《멘탈 헬스 카운슬링 프로그램》, MHCP 테스트 1호, 코드네임 《Yui》. 그것이 바로 저였습니다."

아스나는 경악한 나머지 숨을 들이켰다. 그녀의 말을 곧바로 이해하지 못했다.

"프로그램……? AI였단 말이니……?"

갈라진 목소리로 물었다. 유이는 슬픈 미소를 지은 채 고개를 끄덕였다.

"플레이어에게 위화감을 주지 않도록, 제게는 감정 모방 기능이 주어졌습니다. ―가짜인 거지요, 전부……, 이 눈물도……. 죄송합니다, 아스나 님……."

유이의 두 눈에서 눈물이 줄줄 흘러내리더니 빛의 입자가 되어 증발했다. 아스나는 유이에게 한 걸음 다가갔다. 손을 뻗었지만, 유이는 살짝 고개를 저었다. 아스나의 포옹을 받아들일 자격 따윈 없다고 말하듯.

아직까지 믿을 수가 없어 아스나는 말을 쥐어짜냈다.

"하지만……하지만, 기억이 없었던 건……? AI에도 그런 일이 일어나는 거야……?"

"……2년 전……정식 서비스가 시작된 날……"

유이는 눈을 내리깔고 설명을 이었다.

"무엇이 일어났는지 저도 자세히는 알 수 없었지만, 카디널이 제게 예정에 없는 명령을 내렸습니다. 플레이어에 대한 일체의 간섭을 금지한다는……. 구체적인 접촉이 허용되지 않는 상황에서, 저는 어쩔 수 없이 플레이어의 정신 상태 모니터링만을 계속했습니다."

아스나는 반사적으로 그 《예정에 없는 명령》이란 SAO 유일의 게임 마스터 카야바 아키히코의 조작이란 것을 깨달았다. 아마도 그 인물에 관한 정보를 지니지 않았을 유이는, 어린 얼굴에 침통한 표정을 지으며 다시 입을 움직였다.

"상태는—최악이라고 해도 좋을 정도였습니다……. 거의 모든 플레이어는 공포, 절망, 분노와 같은 어두운 감정에 항상 지배당했으며 때로는 광기에 빠지는 사람마저 있었습니다. 저는 그런 사람들의 마음을 계속 지켜보기만 했습니다. 원래대로였다면 당장이라도 그 플레이어의 곁에 달려가 이야기를 들어주고 문제를 해결해야만 하는데……, 하지만 플레이어들에게 접촉할 수는 없었습니다……. 의무만 있을 뿐 권리가 없는 모순된 상황 속에서, 저는 서서히 에러를 축적했고, 붕괴되기 시작했습니다……."

조용한 지하 미궁 바닥에 은실을 흔드는 듯한 유이의 가느다란 목소리가 울렸다. 아스나와 키리토는 조용히 들을 수밖에 없었다.

"어느 날, 여느 때처럼 모니터링을 하고 있을 때, 다른 플레이어들과는 매우 다른 정신 파라미터를 가진 두 플레이어의 존재를 알아차렸습니다. 그 뇌파 패턴은 그때까지 채취했던 적이 없는 것이었습니다. 기쁨……편안함……, 하지만 그것만이 아니었습니다……. 그 감정은 무엇일까, 그렇게 생각한 저는 그 두 사람을 계속 지켜봤습니다. 대화나 행동을 접할 때마다 제 안에 이상한 욕구가 태어나기 시작했습니다. 그런 루틴은 없었을 텐데……. 그 두 사람의 곁에 가고 싶다고……직접 이야기를 나누고 싶다고……, 조금이라도 다가가고 싶어서 저는 매일 두 사람이 사는 플레이어 홈에서 가장 가까운 시스템 콘솔에 실체화해 방황하고 있었습니다. 그 무렵에는 저도 상당히 망가졌던 것일 테지요……."

"그게, 22플로어의 그 숲이었어……?"

유이는 천천히 고개를 끄덕였다.

"네. 아스나 님, 키리토 님……. 저는 줄곧 두 분을……만나고 싶었습니다……. 숲속에서, 두 분의 모습을 봤을 때는……굉장히, 기뻤답니다……. 이상하지요? 그런 생각을 할 수 있을 리가 없는데……. 저는, 그저, 프로그램인데……."

끊임없이 눈물을 흘리며 유이는 말했다. 아스나는 형언할 수 없는 감정에 휩싸여 두 손을 가슴 앞에서 꼭 쥐었다.

"유이……, 넌 진짜 AI구나. 진짜 지성을 가지고 있구나……."

속삭이듯 말하자 유이는 살짝 고개를 기울이며 대답했다.

"전……모르겠어요……. 제가, 어떻게 된 것인지……."

그때, 이제까지 침묵을 지키고 있던 키리토가 한 걸음 앞으로 나섰다.

"유이는 이제 시스템에게 조종당하기만 하는 프로그램이 아니야. 그러니까 자신의 바람을 입으로 말할 수 있겠지?"

부드러운 어조로 말을 걸었다.

"유이의 바람은 뭐니?"

"저……저는……."

유이는 두 사람을 향해 가느다란 팔을 한껏 벌렸다.

"계속, 함께 있고 싶어요……, 엄마…… 아빠……!"

아스나는 넘쳐나는 눈물을 닦으려 하지도 않고 유이에게 다가가서는, 그 조그마한 몸을 꼬옥 끌어안았다.

"그래. 언제까지나 함께 있을 거야, 유이."

키리토도 유이와 아스나를 끌어안았다.

"그래……. 유이는 우리 아이야. 집으로 가자. 다 함께 같이 살자……, 언제까지고……."

하지만—유이는 아스나의 품 안에서 고개를 살짝 가로저었다.

"왜……?"

"이젠……늦었어요……."

키리토가 당황한 목소리로 물었다.

"뭐가……? 늦었다니……?"

"제가 기억을 되찾은 건……저 돌을 건드렸기 때문이었어요."

유이는 방 한가운데로 시선을 돌려 그곳에 안치된 검은 입방체를 조그만 손으로 가리켰다.

"조금 전 아스나 님이 저를 이 안전지대로 대피시켜주셨을 때, 저는 우연히 저 돌을 건드리고, 그리고 알았죠. 저건 단순한 장식 오브젝트가 아니었어요……. GM가 시스템에 긴급 액세스하기 위해 설치한 콘솔이에요."

유이의 말에 무슨 명령이 담기기라도 한 것처럼, 검은 돌에 갑자기 몇 줄기의 광채가 흘러갔다. 그 직후 부웅……하는 소리를 내며 표면에 푸르스름한 홀로그램 키보드가 떠올랐다.

"조금 전의 보스 몬스터는 이곳으로 플레이어가 접근하지 못하도록 카디널이 배치한 것일 테지요. 저는 이 콘솔에서 시스템에 액세스한 후《오브젝트 이레이저》를 불러내 몬스터를 소거했습니다. 그때 카디널의 에러 정정 능력 덕에 파손된 언어기능을 복원할 수 있었지만……, 그와 동시에 지금까지 방치되었던 저를 카디널이 주목하는 결과도 가져왔지요. 지금 코어 시스템이 제 프로그램을 스캔하고 있어요. 금방 이물질이라는 결론이 도출되어 저는 사라질 테지요. 이젠……별로 시간이 없어요……."

"그럴 수가……그럴 수가……!"

"다른 방법이 없는 거야?! 이 장소를 떠나면……."

두 사람의 말에도 유이는 잠자코 미소만 지을 뿐이었다. 다시 유이의 하얀 뺨에 눈물이 흘러내렸다.

"엄마, 아빠, 고마워요. 이제 작별할 시간이에요."

"싫어! 그런 건 싫어!!"

아스나는 필사적으로 외쳤다.

"이제부터 시작이었는데! 이제부터, 다 함께 즐겁게……사이좋게 살아가려고 했는데……."

"어둠 속에서……언제 끝날지도 알 수 없는 길고 긴 괴로움 속에서, 엄마 아빠의 존재만이 절 붙들어주고 있었어요……."

유이는 아스나를 똑바로 바라보았다. 희미한 빛이 그 몸을 에워싸기 시작했다.

"유이, 가지 마!"

키리토가 유이의 손을 쥔다. 유이의 조그마한 손가락이 살짝 키리토의 손가락을 잡았다.

"엄마 아빠 곁에 있으면 모두들 활짝 웃음 지었어요……. 저는 그게 너무나도 좋았어요. 부탁이니, 앞으로도……저 대신……사람들을 구해주세요……. 기쁨을 나눠주세요……."

유이의 흑발과 원피스가 끄트머리부터 아침 안개처럼 덧없는 빛의 입자를 흩뿌리며 소멸하기 시작했다. 유이의 미소가 천천히 투명해져 갔다. 무게가 희미해져 갔다.

"싫어! 싫다구!! 유이가 없으면, 난 웃을 수가 없어!!"

넘쳐나는 빛에 휩싸이며 유이는 생긋 웃었다. 사라지기 직전의 손이 살짝 아스나의 뺨을 쓰다듬었다.

─웃으세요, 엄마…….

아스나의 머릿속에 어렴풋한 목소리가 울려 퍼진 것과 동시에 한층 눈부신 빛이 사방으로 뻗어나가고, 그것이 사라진 순간 아스나의 품은 이미 텅 비어 있었다.

"으아아아아아아아아앙!!"

억누를 수 없는 울음을 터뜨리며 아스나는 무릎을 꿇었다. 돌바닥 위에 웅크린 채, 아이처럼 엉엉 울었다. 차례차례 지면에 떨어지는 눈물방울이 유이가 남긴 빛의 파편에 섞여 사라져 갔다.

4

어제까지 싸늘했던 날씨가 거짓말인 것처럼 따뜻한 미풍이 잔디 위에 불고 있었다. 온기에 이끌렸는지 작은 새들이 몇 마리 정원수 위에 앉아 인간들의 모습을 흥미진진하게 내려 다보고 있었다.

사샤네 성당의 넓은 앞뜰에는 식당에서 옮겨온 커다란 테이블이 설치되어, 때 이른 가든파티가 벌어졌다. 커다란 그릴에서 마법처럼 요리가 튀어나올 때마다 아이들이 환성을 질렀다.

"이렇게 맛있는 게……이 세계에 있었다니……."

어젯밤 구출한 《군》 최고 책임자 싱커는 아스나가 실력을 발휘해 만든 바비큐를 물어뜯으며 감격한 표정으로 말했다. 곁에선 유리엘이 생글생글 웃으며 그 모습을 바라보고 있었다. 첫인상은 냉철한 여전사 같았는데, 싱커가 곁에 있으니 명랑한 새신부로밖에 보이지 않았다.

아울러 싱커는, 어제는 얼굴을 볼 여유도 없었지만 이렇게 새삼 같은 테이블에 앉아서 보니 도저히 거대 조직의 톱으로 는 보이지 않는 온화한 인상의 소유자였다.

키는 아스나보다 살짝 큰 정도. 유리엘보다는 분명히 작을 것이다. 약간 통통한 몸에 수수한 색의 옷을 걸치고 무장은 일절 하지 않았다. 곁에 있던 유리엘도 오늘은 군의 유니폼 차림이 아니었다.

싱커는 키리토가 권하는 와인을 글라스로 받으며 새삼스럽게 고개를 숙였다.

"아스나 씨, 키리토 씨. 이번엔 정말로 많은 도움을 받았습니다. 뭐라고 감사를 드려야 좋을지……."

"아뇨, 저도 저쪽 세계에서는 《MMO 투데이》에 많은 신세를 졌는걸요."

웃음을 지으며 키리토가 대답했다. 그 말에 싱커의 둥그스름한 얼굴이 화악 피어났다.

"정말 오랜만에 들어보는 이름이군요……. 당시에는 매일 갱신하는 게 너무 힘들어서 뉴스 사이트 같은 걸 왜 시작했을까 고민도 많이 했는데, 길드 리더에 비하면 차라리 그게 낫던걸요. 이쪽에서도 신문쟁이를 했더라면 좋았을걸."

테이블 위에 화기애애한 웃음소리가 피어났다.

"그럼……《군》은 어떻게 됐나요……?"

아스나가 묻자 싱커가 표정들 다잡았다.

"키바오와 그의 부하들은 제명되었습니다. 좀 더 일찍 그렇게 했어야 하는데……. 싸움을 싫어하는 제 성격 때문에 사태가 점점 악화되고 말았지요. ―군 자체도 해산할까 생각해요."

아스나와 키리토는 눈을 슬쩍 크게 떴다.

"그건……, 상당히 과감한데요."

"군은 너무나도 거대해졌습니다……. 길드를 소멸시킨 후 다시 좀 더 평화롭게 서로 돕는 조직을 만들 겁니다. 해산만 하고 도망치는 것도 무책임하니까요."

유리엘이 살짝 싱커의 손을 잡으며 말을 이었다.

"―군이 축적했던 자산은 멤버들만이 아니라 이 도시의 전 주민들에게 균등하게 분배할까 생각해요. 이제까지 많은 피해를 입혔으니까……. 사샤 씨, 죄송해요."

갑자기 유리엘과 싱커가 깊이 고개를 숙여 사과하자 사샤는 안경 안에서 눈을 깜빡거렸다. 황급히 두 손을 내젓는다.

"아뇨, 괜찮아요. 군의 좋은 분들이, 필드에서 아이들을 얼마나 많이 도와주셨는데요."

솔직한 사샤의 말에 다시 화기애애한 웃음이 퍼졌다.

"저어, 그러고 보니……."

고개를 갸웃거리며 유리엘이 말했다.

"어제 그 여자아이, 유이……는 어떻게 됐나요……?"

아스나는 키리토와 얼굴을 마주본 후 미소를 지으며 대답했다.

"유이는―집에 돌아갔어요."

오른손을 살짝 가슴께에 가져간다. 그곳에는 어제까진 없었던 가느다란 목걸이가 빛나고 있었다. 가녀린 은제 사슬의 끄트머리에는 같은 은색 펜던트 헤드가 걸려 있고, 그 한가운데에 투명하고 커다란 돌이 빛나고 있었다. 눈물 모양 보석을 쓰다듬으니 약간의 온기가 손끝으로 스며드는 것 같았다.

그때—.

유이가 빛에 휩싸여 소멸한 후, 돌바닥에 무릎을 꿇고 하염없이 눈물을 흘리던 아스나의 곁에서 갑자기 키리토가 외쳤다.

"카디널!!"

젖은 얼굴을 들어보니 키리토가 천장을 노려보며 외치고 있었다.

"그렇게 항상……, 네 마음대로 하게 놔둘 줄 알아?!"

뿌득 이를 갈더니 그는 갑자기 방 한가운데의 검은 콘솔로 달려들었다. 아직도 사라지지 않은 홀로그램 키보드를 재빨리 두드렸다. 놀람이 한순간 슬픔을 씻어내 아스나는 눈을 크게 뜬 채 외쳤다.

"키, 키리토……, 뭐 하는 거야……?!"

"지금이라면……지금이라면 아직 GM 어카운트로 시스템에 간섭할 수 있을지도 몰라……!"

중얼거리면서 키보드를 난타해대는 키리토의 눈앞에 부웅 소리를 내며 거대한 윈도우가 나타나더니, 고속으로 스크롤하는 문자열의 광채가 방 안을 비추었다. 멍하니 아스나가 지켜보는 가운데 키리토는 다시 몇 가지 커맨드를 잇달아 입력해댔다. 조그마한 상태진행창이 출현하고 가로선이 오른쪽 끝까지 도달한 순간—

갑자기 검은 바위로 만들어진 콘솔 전체가 창백한 빛을 번쩍이더니 파열음과 함께 키리토를 튕겨냈다.

"키, 키리토!!"

황급히 바닥에 쓰러진 그의 곁으로 다가갔다.

고개를 설레설레 저으며 윗몸을 일으킨 키리토는 초췌해진 표정 속에 엷은 웃음을 짓더니 아스나를 향해 꽉 쥔 오른손을 펼쳐보였다. 영문도 모른 채 아스나도 손을 내밀었다.

키리토의 손에서 아스나의 손바닥 안에 떨어진 것은 커다란 눈물 모양을 한 크리스탈이었다. 복잡하게 커팅된 돌의 한가운데에선 두근, 두근 하고 하얀 빛이 반짝였다.

"이, 이게 뭐야……?"

"……유이가 기동했던 관리자 권한이 끊어지기 전에, 유이의 프로그램 본체를 어떻게든 시스템에서 분리해 오브젝트화한 거야……. 유이의 마음이, 그 안에 있어……."

그 말만을 남기고 키리토는 정신력이 바닥난 듯 그 자리에 벌러덩 드러눕더니 눈을 감았다. 아스나는 손바닥 위의 보석을 들여다보았다.

"유이……거기, 있는 거구나……. 우리……유이……."

다시 하염없는 눈물이 흘러내렸다. 뿌연 빛 속에서 아스나에게 대답하듯 크리스탈의 한가운데가 한 차례 두근 하고 빛났다.

작별을 아쉬워하는 사샤, 유리엘, 싱커와 아이들에게 손을 흔들고 텔레포트 게이트를 통해 제22플로어로 돌아온 아스나와 키리토를 숲의 향기가 맴도는 싸늘한 바람이 맞아주었다. 겨우 사흘 동안의 외출이었지만 꽤나 오랜 동안 집을 비웠던 것 같아 아스나는 가슴 가득 공기를 들이마셨다.

이 얼마나 넓은 세계란 말인가—.

아스나는 새삼 이 신비한 부유세계에 대해 생각했다. 무수하다고 해도 좋을 플로어 하나하나와, 그곳에 살고 있는 사람들이 있고, 울고 웃으며 하루하루를 보낸다. 아니, 대다수의 사람들에게는 행복한 일이 훨씬 많을 것이다. 그래도 모두가 자신의 싸움을 매일 이어나가고 있는 것이다.

내가 있어야 할 곳은—.

아스나는 집으로 이어지는 오솔길을 바라보고, 이어서 상부 플로어의 바닥을 올려다보았다.

—전선으로 돌아가자. 문득 그런 생각이 들었다.

조간만 나는 다시 검을 쥐고 나의 전장으로 돌아가야만 한다. 언제가 될지는 몰라도 이 세계를 끝내 모두가 다시 한 번 진정한 미소를 되찾을 때까지 싸우는 것이다. 모두에게 기쁨을—. 그것이 유이가 바란 것이었으니까.

"있지, 키리토."

"응?"

"만약 게임이 클리어되고 이 세계가 사라진다면, 유이는 어떻게 될까?"

"아……. 용량은 아슬아슬했지만 클라이언트 프로그램의

환경 데이터 일부로 내 너브 기어의 로컬 메모리에 보존해놨
어. 저쪽 세계에서 유이로 다시 풀어놓는 건 좀 힘들겠지
만……, 분명 어떻게든 될 거야."

"그렇구나."

아스나는 몸을 돌려 키리토를 꼬옥 끌어안았다.

"그럼, 저쪽 세계에서도 유이를 만날 수 있구나. 우리의 첫
아이를."

"그래. 반드시."

아스나는 두 사람의 가슴 사이에서 빛나는 크리스탈을 내
려다보았다.

엄마, 힘내세요…….

귓가에서 어렴풋하게 그런 목소리가 들린 것 같았다.

(끝)

루돌프 사슴 코

§ 아인크라드 제46플로어
2023년 12월

1

어둠을 꿰뚫는 《보팔 스트라이크》의 핏빛 섬광이 대형 곤충 몬스터 두 마리의 HP를 동시에 날려버렸다.

폴리곤 껍데기가 사방으로 흩어지는 것을 시야 끝으로 확인하며, 경직시간이 풀리는 것과 동시에 검을 거두고는 돌아서자마자 등 뒤에 다가와 있었던 날카로운 큰턱 공격을 튕겨냈다. 키이이익 하고 귀에 거슬리는 울음소리를 내며 몸을 뒤로 젖히는 거대 개미를 다시 한 번 같은 기술로 해치웠다.

바로 사흘 전, 한손 직검 스킬이 숙련도 950에 달한 것과 동시에 소드 스킬 리스트에 출현한 이 단발 중공격기는 활용도가 매우 높아 나를 놀라게 했다. 기술을 쓴 후 경직시간이 약간 길긴 하지만, 검신의 두 배 이상 되는 사정거리와 양손용 장창에 필적하는 위력은 그것을 보충하고도 남았다. 물론 대인전에서 이렇게 남발한다면 타이밍을 읽히고 말겠지만 단순한 AI가 움직이는 몬스터를 상대할 때는 상관없다. 사양하지 않고 남발해 밀려드는 적군을 진홍색 광원 이펙트와 함께 날려버렸다.

—그렇다고는 하나 어렴풋한 횃불 밑에서 한 시간 가까이 잇달아 계속된 전투에 집중력이 떨어지기 시작하는 것을 나는 자각하고 있었다. 큰턱의 물기 공격, 그곳에서 튀어나오

는 산성 점액. 단순한 공격 패턴인데도 조금 전부터 대응을 하지 못하고 있었다. 큰개미들은 숫자가 많지만 결코 피라미는 아니다. 현재의 최전선인 제49플로어에서 겨우 3플로어 아래에 서식하는, 충분히 강력한 몬스터였다. 레벨로만 보자면 안전선이지만 여러 마리에 에워싸여 잇달아 공격을 받으면 HP바는 금세 노란색으로 변할 것이다.

그런 위험을 무릅쓰면서까지 이미 공략된 플로어에서 혼자 전투를 계속하는 이유는 단 하나, 이곳이 현재 알려진 곳에서 가장 효율 높은 경험치 앵벌이가 가능한 인기 사냥터이기 때문이다. 주위의 절벽에 수도 없이 뚫린 굴에서 우르르르 기어 나오는 거대 개미는 공격력은 높지만, HP와 방어력은 모두 낮은 타입의 몬스터여서 공격만 잘 피하면 짧은 시간 내에 대량으로 쓰러뜨릴 수가 있다. 물론 앞서 말한 것처럼 사방에서 포위당해 공격을 맞는다면 자세를 고칠 틈도 없이 단숨에 게이지가 줄어들기 때문에 도저히 솔로에게 맞는 사냥터라고는 할 수 없다. 인기 사냥터인 탓에 한 파티마다 한 시간씩이라는 협정이 맺어져 있지만, 대기열에 혼자 서 있는 것은 나뿐이었다. 지금도 계곡 입구에서 눈에 익은 길드 멤버들이 내 사냥이 끝나기를 기다리고 있지만, 그들의 얼굴에는 도장으로 찍어놓은 것처럼 질린 표정이 떠올라 있을 것이다. 아니, 그 정도라면 그나마 다행이지. 동료의식이 강한 대형 길드의 플레이어들은 《최강 바보》, 《낙오자 비터》라고 비웃는 놈들도 있다고 들었다. ―하지만 물론 내 알 바는 아니다.

시야 왼쪽 끝에 표시된 타이머가 57분을 넘어서는 것을 보고, 나는 다음에 몬스터가 몰려나오는 웨이브가 끊어진 타이밍에 철수하기로 결심한 후, 마지막 집중력을 끌어모으기 위해 숨을 크게 들이쉬다가 딱 멈추었다.

좌우에서 동시에 접근한 개미 중 오른쪽 녀석에게 투척용 픽을 던져 움직임을 견제한 후, 왼쪽 녀석을 허점 없는 3연속 기술 《샤프 네일(Sharp Nail)》로 해치웠다. 돌아서는 것과 동시에 《보팔 스트라이크》를 커다랗게 벌린 턱 한가운데에 꽂아넣었다. 경직 도중 조금 떨어진 곳에서 발사된 녹색 산성 타액을 왼팔 글러브로 쳐내고는, 치이익 소리가 나는 것과 동시에 약간 감소하는 HP바에 혀를 차면서 땅을 박차 크게 점프했다. 공중에서 개미의 부드러운 배를 헤집으며 숨통을 끊고, 그 너머에 있던 마지막 두 마리를 현재 마스터한 가장 긴 연속기인 6연격을 반씩 나누어 사용해 해치운 다음, 다음 웨이브가 굴에서 솟아나오기 전에 있는 힘껏 대시했다.

전장 30미터 정도 되는 개미 계곡을 5초도 되지 않는 사이에 빠져나와 좁은 출구에서 굴러 나오듯 탈출한 후에야 비로소 숨을 내쉬었다. 신선한 공기를 들이마시기 위해 격렬하게 헐떡이며, 이 괴로움은 의식 속에서만 있는 것일까, 아니면 현실의 육체도 호흡을 멈췄던 것일까 하고 생각했다. 대답을 찾는 사이에도 위가 경련하는 듯한 감각이 찾아와 견디지 못하고 몇 차례 토해낸 후, 한겨울의 얼어붙은 지면 위에 걸레

짝처럼 엎드렸다.

쓰러져 있던 내 귀에 다가오는 몇몇 발소리가 들렸다. 알고 지내는 놈들이지만 지금은 인사하는 것도 힘들었다. 다녀오라고 오른손을 힘없이 흔들자 굵은 한숨 소리와 함께 탁한 목소리가 들려왔다.

"난 너희들하고 레벨 차이가 좀 났으니까 오늘은 빠질게. 원진(圓陣) 무너뜨리지 않는 거 명심하고, 양옆에 있는 놈들을 항상 커버하라고. 위험해지면 사양하지 말고 소리 질러서 불러. 여왕이 나오면 무조건 도망치고."

리더십이 몸에 밴 지시에 6, 7명이 저마다 대답하는 소리가 들리고, 서벅서벅 잡초를 밟는 발소리가 멀어져 갔다. 나는 그제야 정리된 호흡을 깊이 반복하며 오른손을 짚고 몸을 일으켜 곁의 나무에 몸을 기댔다.

"옛다."

날아온 회복 포션을 고맙게 받아들고 엄지손가락으로 뚜껑을 딴 후 벌컥벌컥 들이켰다. 씁쓸한 레몬주스 같은 맛이 너무나도 맛있게 느껴졌다. 텅 빈 병을 지면에 버리고, 그것이 작은 빛과 함께 사라지는 걸 보며 고개를 들었다.

데스 게임 SAO가 시작됐을 때부터 알고 지낸, 길드《풍림화산》의 리더 클라인은 언제 봐도 악취미스러운 반다나 아래 덥수룩한 수염에 에워싸인 입가를 일그러뜨리며 말했다.

"아무리 그래도 너무 무모한 것 아냐, 키리토? 오늘은 몇 시부터 여기 왔던 거야?"

"어……, 밤 8시쯤?"

내가 갈라진 목소리로 대답하자 클라인이 요란하게 얼굴을 찡그렸다.

"야, 야, 지금이 오전 2시야. 여섯 시간이나 틀어박혀 있었다고? 이렇게 위험한 사냥터에서 기력이 빠졌다간 죽어."

"괜찮아. 기다리는 사람들이 오면 한두 시간은 쉴 수 있어."

"없으면 밤 샜을 거 아냐."

"그러려고 일부러 이런 시간에 왔는걸. 낮에 오면 대여섯 시간은 기다려야 하니까."

"이 멍청한 자식이."

혀를 차며 그렇게 내뱉은 클라인은 허리에서 레어 무기인 카타나를 벗어들고는 내 앞에 털썩 주저앉았다.

"……뭐, 네가 얼마나 강한지는 SAO 첫날부터 뼈저리게 알고 있었지만……. 레벨, 얼마나 올랐냐?"

레벨을 포함한 스탯 정보는 플레이어의 목숨줄이기 때문에 쉽게 물어봐서는 안 된다는 것이 이곳 SAO의 불문율이지만, 클라인과는 이제 와서 감추고 자시고 할 사이도 아니었다. 나는 어깨를 으쓱하며 솔직히 대답했다.

"오늘 올라서 69야."

턱을 북북 긁던 손을 멈추고, 클라인은 반다나 밑에 반쯤 가려진 눈을 휘둥그렇게 떴다.

"……야, 진짜야? 어느새 나보다 10이나 더 많아졌어? ―

그럼 더더욱 모르겠네. 너 요즘 너무 광렙하잖아. 안 봐도 뻔해. 낮에도 사람 뜸한 사냥터에 틀어박혀 있지? 왜 그렇게까지 해야 하는데? 게임 클리어를 위해서라느니 그딴 핑계는 안 통해. 너 혼자 아무리 강해봤자 보스 공략 페이스는 KoB 같은 큰 길드가 정하는 거니까."

"냅둬. 레벨광이라 그래. 경험치 앵벌이가 좋아서 미치겠다고."

자학적인 미소와 함께 내뱉은 내 말을 클라인은 코웃음 한 번에 날려버렸다.

"그럴 리가 있냐……. 그렇게 너덜너덜해지면서까지 하는 사냥이 얼마나 빡센지, 그 정도는 나도 알아. 솔로는 신경을 깎아먹으니까……. 아무리 레벨을 70 가까이 올렸어도 이 사냥터에서 혼자 싸우면 안전선 같은 건 없는 거나 마찬가지 잖아. 무슨 낭떠러지 위에서 외줄타기 할 일 있어? 추락하기 일보 직전인 곳에서 경험치 앵벌이를 할 필요 어디 있냔 말야."

풍림화산은 클라인이 SAO 전부터 사귀었던 친구들과 함께 결성한 길드였다. 멤버들은 모두 간섭받기를 싫어하는 독불장군들이며, 그것은 리더인 클라인도 예외가 아니었다.

좋은 놈이긴 하지만, 그런 놈이 이 정도로 나 같은 낙오자 비터에게 신경을 써주는 척하는 것은 아마도 그럴 수밖에 없는 사정이 있어서겠지. 그리고 나는 그 사정을 어느 정도 눈치 채고 있다. 서툴게 설득을 반복하던 클라인을 도와주기 위해, 나는 쓴웃음을 지으며 말했다.

"됐어, 그렇게 걱정하는 척 안 해도 괜찮아. 알고 싶은 거지? 내가 플래그 몹(Flag Mob)을 노리고 있는 건지 아닌지."

플래그 몹이란 퀘스트 등의 공략 키가 되는 몬스터를 말한다. 대부분은 며칠, 혹은 몇 시간에 한 번씩 출현하지만 개중에는 단 한 번밖에 쓰러뜨릴 기회가 없는, 말하자면 준 보스급 몬스터도 존재한다. 당연히 무시무시하게 강하며, 보스 공략에 버금가는 대형 파티를 구성해 맞서는 것이 상식이다.

클라인은 정직하게 얼굴을 일그러뜨리더니, 시선을 돌리며 턱을 북북 긁었다.

"……난 딱히 그러려던 건……."

"까놓고 말하자고. 내가 아르고에게 크리스마스 보스의 정보를 샀다는 정보를 네가 샀다……는 정보를 나도 샀거든."

"뭐야?!"

클라인은 다시 한 번 눈을 부릅뜨더니 요란하게 혀를 찼다.

"아르고 그 자식……, 쥐새끼라는 별명이 거저 나온 게 아니구만."

"그놈은 팔 수 있는 건수라면 자기 스탯도 팔걸. ─아무튼, 그래서 우리는 피차 상대가 크리스마스 보스를 노린다는 사실을 알고 있다 이거지. 지금 단계에서 NPC에게 입수할 수 있는 힌트를 모두 구입했다는 것도. 그렇다면 내가 이런 무모한 경험치 앵벌이를 하는 이유도, 그리고 아무리 충고해봤자 그만두지 않을 이유도 너는 알 거야."

"그래…… 미안하다, 괜히 떠봐서."

클라인은 턱에서 뗀 손으로 머리를 북북 긁더니 말을 이었다.

"24일 밤까지 앞으로 닷새도 안 남았으니……. 보스 출현에 대비해 조금이라도 전력을 올려두고 싶은 건 어느 길드나 마찬가지야. 아무리 그래도 이렇게 추운 한밤중에 사냥터에 틀어박히는 바보는 없지만. 그나마……, 우리는 길드 멤버가 열 명쯤 된다고. 충분히 승산이 있어. 하물며 1년에 한 번 있는 거물 플래그 몹이 솔로로 잡을 수 있을 만한 놈이 아니란 것쯤은 너도 잘 알 텐데."

"……"

반론하지 못하고 나는 갈색으로 물든 잡초에 시선을 떨어뜨렸다.

SAO가 시작된 지 1년. 두 번째 크리스마스를 앞두고 지금 온 아인크라드에는 한 가지 소문이 떠돌고 있었다. 한 달쯤 전부터 각 플로어의 NPC가 입을 모아 같은 퀘스트 정보를 입에 담기 시작한 것이다.

그것은 호랑가시나무의 달―다시 말해 12월, 24일 밤 24시 정각이 되면 어떤 숲의 어떤 거대한 전나무 아래에 《배교자(背教者) 니콜라스》라는 전설의 괴물이 출현한다는 이야기였다. 만약 쓰러뜨릴 수 있다면 괴물이 등에 짊어진 거대한 자루 속에 가득한 보물을 손에 넣을 수 있을 것이다―.

언제나 미궁구역 돌파에만 관심을 보였던 공략파 유력 길드들도 이번만큼은 눈빛이 바뀌었다. 보물이라는 것이 거액의 콜이건 레어 무기이건, 플로어 보스 공략에 큰 도움이 되리란 것은 명백하기 때문이다. 이제까지 플레이어들로부터 빼앗아가기만 했던 SAO 시스템이 보내주는 통 큰 크리스마스 선물. 그렇다면 받는 것을 거부할 이유가 없었다.

하지만 솔로 플레이어인 나는 당초 그 소문에는 전혀 관심이 가지 않았다. 클라인의 말마따나 혼자 사냥할 수 있는 상대라곤 생각할 수 없었으며, 이제까지 솔로 플레이를 통해 마음만 먹으면 집을 하나 살 만한 돈도 얻었다. 무엇보다 누구나 노리는 플래그 몹 공략에 나섰다가 쓸데없는 주목을 받는 것이 싫었다.

하지만—2주일 전. 그런 내 심정을 어떤 NPC의 정보가 180도 바꿔놓았다. 그 후로 나는 이 인기 사냥터에 매일 찾아와 엄청난 비웃음거리가 되면서도 미친 듯이 레벨업에 매진하고 있었던 것이다.

클라인은 잠자코 내 앞에서 입을 다물고 있다가, 낮게 중얼거렸다.

"역시, 그 이야기 때문에 그래? —《소생 아이템》……."

"……그래."

이제 와서 굳이 감출 필요도 없었다. 내가 무뚝뚝하게 긍정하자, 이 카타나전사는 몇 번째인지 모를 굵은 한숨을 토해내며 쥐어짜듯 말했다.

"마음은 알아……. 그야말로 꿈 같은 아이템이니까. 《니콜라스의 자루 속에는 죽은 자의 영혼을 되돌릴 수 있는 신기 (神器)마저도 감추어져 있다》……. 하지만……, 다른 사람들도 그렇고 나도 마찬가지지만, 그것만은 헛소문이라고 생각해. 아니, SAO가 평범한 VRMMORPG로 개발됐을 때 심어 놨던 NPC의 대사가 그대로 남아 있던 거라고……. 다시 말하자면 원래는 사망했을 때의 경험치 페널티 없이 플레이어를 소생시킬 수 있는 아이템이겠지. 하지만 지금 SAO에선 그런 건 있을 수 없어. 페널티가 곧 플레이어 본인의 목숨이니까. 생각하고 싶지도 않지만, 그 첫날 카야바 자식이 말했잖아?"

내 귀에도 사건 첫날 튜토리얼에서 카야바 아키히코의 GM가 말한 목소리가 다시 재생되었다. ─HP가 0이 된 시점에서 플레이어의 의식은 이 세계에서 사라지고, 현실의 육체로 돌아가는 것은 영원히 불가능해진다고.

그 말이 기만이었다고는 생각할 수 없다. 하지만……하지만.

"……이 세계에서 죽은 후 실제로 어떻게 될지 아는 사람은 아무도 없어."

나는 무언가에 저항하듯 그렇게 말했다. 그러자 클라인이 미간에 주름을 잡으며 내뱉듯 말했다.

"저쪽으로 돌아가보면 죽었던 놈들이 사실은 살아 있고, 눈앞에서 카야바가 '뻥이었지롱' 할 것 같아? 웃기지 마, 자식아. 그런 건 1년도 전에 이미 끝난 얘기야. 만약 그런 엿 같은 농담이 통할 것 같으면 플레이어들이 전부 너브 기어를 벗어서 사건은 끝났을걸. 그걸 못하니까 이놈의 데스 게임이 진짜란 거야. HP가 0이 된 순간 너브 기어가 전자레인지로 변해 우리의 뇌를 땡 구워낼 거라고. 안 그러면……, 이제까 지 빌어먹을 몬스터에게 당해서 죽고 싶지 않다고 울면서 사 라진 놈들은……대체 뭣 때문에……."

"닥쳐."

스스로도 놀랄 만큼 콱 잠긴 목소리로 나는 클라인의 말을 가로막았다.

"내가 정말로 그 정도도 모를 거라고 생각한다면, 이제 너 하고 할 말은 없어. ……분명 그날 카야바가 그렇게 말했지. 하지만 요전 플로어 보스 합동 공략 때 KoB의 히스클리프 가 말했잖아. 동료들의 목숨을 구할 확률이 1퍼센트라도 있 다면 온 힘을 다해 그 가능성을 쫓아가라고. 그럴 수 없는 놈은 파티를 짤 자격이 없다고. 그놈은 마음에 안 들지만 말 자체는 옳아. 난 가능성 이야기를 하고 있는 거야. 예를 들 자면, 그래. 이 세계에서 죽은 사람의 의식은 현실로 돌아가 진 않지만 사라지지도 않아. 말하자면 보류 에이리어 같은 곳에 옮겨져서, 거기서 마지막으로 게임이 어떻게 될지를 기 다리는 거야. 그러면 소생 아이템이 성립될 여지도 있잖아."

나로서는 드물게 장광설을 늘어놓으며 최근 내가 매달려 있는 덧없는 가설을 설명하자, 클라인은 분노의 빛을 거두고 대신 연민과도 같은 눈으로 가만히 날 바라보았다.

"……그래……?"

마침내 흘러나온 목소리는 완전히 조용해진 것이었다.

"키리토……. 너, 아직도 못 잊은 거야? 예전 길드에 대해
서……. 벌써 반년도 더 지났는데……."

나는 고개를 돌리고 변명하듯 말했다.

"반년 '밖에' 안 됐다고 해야지. 그걸 어떻게 잊겠어…….
전멸했다고. 나 말고는 전부……."

"《달밤의 검은 고양이단》이었던가? ……공략 길드도 아닌
데 최전선 부근까지 올라와선 도적이 알람 트랩을 건드렸다
며. 네 책임이 아니야. 살아남은 널 칭찬하면 모를까, 아무
도 책망하진 않아."

"그게 아니야……, 내 책임이라고. 난 전선에 올라가는 것
을 막을 수도, 보물상자를 무시할 수도, 알람이 울린 후에
길드 멤버들을 탈출시킬 수도 있었어……."

─내가, 내 레벨과 스킬을 동료들에게 감추지만 않았더라
면. 클라인에게도 밝히지 않았던 그 사실을 가슴속에서 쓸쓸
하게 곱씹었다. 이 요령 없는 카타나전사가 어울리지 않게
위로하는 말을 입에 담기도 전에 나는 말을 이었다.

"물론 1퍼센트도 안 되는 확률이겠지. 내가 크리스마스 보
스를 발견할 수 있을 가능성, 놈을 솔로로 쓰러뜨릴 가능성,
소생 아이템이 실존할 가능성, 그리고 죽은 사람들의 의식이
보존되어 있을 가능성……, 전부 합치면 사막에서 모래 한

알을 찾는 거나 마찬가지일지도 몰라. 하지만……하지만 0 퍼센트는 아니야. 그렇다면 난 그걸 향해 최대한 노력해야만 한다고. 애초에……클라인, 너도 딱히 돈이 궁하진 않을 텐데? 그럼 보스를 노리는 이유는 나랑 같은 거 아닐까?"

내 물음에 흥 코웃음을 치더니, 클라인은 지면에 놓아두었던 카타나의 칼집을 쥐며 대답했다.

"난 너처럼 몽상가는 아니야. 하지만……, 내 친구도 전에 한 명 당했다고. 그놈을 위해 해야 할 일을 하지 않는다면 두 발 쭉 뻗고 잠자지 못할 테니까……"

자리에서 일어나는 클라인에게 나는 슬쩍 쓴웃음을 지었다.

"똑같네."

"달라. 어디까지나 우린 보물을 노리면서 겸사겸사 찾을 뿐이니까. ……자아, 저놈들만 가지곤 레벨 높은 개미가 나왔을 때 걱정이니까 나도 좀 보고 오련다."

"그래라."

짧게 고개를 끄덕이고 눈을 감으며 나무줄기에 깊이 몸을 기댄 내 귀에, 멀어져 가는 카타나전사의 목소리가 작게 들려왔다.

"그리고 말이야, 내가 네 걱정을 한 건 딱히 정보를 캐내려고 떠보기 위해서만은 아니었어, 이 자식아. 무리하다 이런 데서 뒈져도 난 몰라, 너 같은 놈에겐 소생 아이템 안 써줄 거야."

"걱정해줘서 고맙습니다. 그럼 사양하지 않고 출구까지 호위를 좀 부탁해도 될까요?"

그것이 길드 《달밤의 검은 고양이단》 리더 케이타가 제일 먼저 했던 말이었다.

SAO라는 이름의 데스 게임이 시작되고 다섯 달 정도 지난 어느 봄날 저녁, 나는 당시의 전선에서 10플로어나 아래쪽의 미궁구역에 들어갔다. 무기의 소재가 될 아이템을 수집하기 위해서였다.

베타테스트 시절 지식을 살린 스타트 대시와 무리한 솔로 플레이로 고경험치 효율을 노린 탓에, 이미 최전선 몬스터와 단독으로 맞붙을 수 있을 만한 레벨에 도달한 내게 그곳에서 사냥하는 것은 따분할 정도로 편한 작업이었다. 다른 플레이어를 피하며 겨우 두 시간 만에 필요한 양의 아이템을 확보하고 돌아가기 위해 출구로 향하던 때. 조금 큼지막한 몬스터 무리에게 쫓기며 통로를 따라 도망치는 파티와 맞닥뜨렸다.

솔로 플레이어인 내가 봐도 밸런스가 나쁜 파티였다. 5인 편성 중에서 포워드라고 할 만한 것은 방패와 메이스를 장비한 남자 하나뿐이고, 나머지는 단검만 든 도적형, 쿼터스태프(quarterstaff)를 든 봉전사에, 장창전사가 둘. 메이스전사의 HP가 줄어들어도 스위치해 방패가 되어줄 동료가 없다 보니 주춤주춤 후퇴만 하게 될 것이 뻔한 구성이었다.

전원에게 시선을 맞춰 HP바를 확인해보니 이대로 출구까지 도망칠 만한 여유는 있을 것 같았지만, 도중에 다른 몬스터 무리에게 걸리면 그럴 수도 없을 것이다. 나는 잠시 주저했지만, 숨어 있던 샛길에서 튀어나와 리더로 보이는 봉전사에게 말을 걸었다.

"앞쪽을 좀 맡아볼까요?"

봉전사는 눈을 크게 뜨고 나를 보며 잠시 주저하는 모양이었지만, 금세 고개를 끄덕였다.

"죄송합니다, 좀 부탁드려요. 위험할 것 같으면 그냥 도망치셔도 되니까요."

고개를 끄덕여 대답하고, 나는 등에서 검을 뽑아 메이스전사의 등 뒤에서 스위치라 외침과 동시에 억지로 몬스터 앞에 끼어들었다.

적은 조금 전까지 내가 솔로로 박살을 내놓았던 무장 고블린 무리였다. 소드 스킬을 전력으로 발휘하면 한 방에 쓸어버릴 수도 있으며, 저항하지 않고 얻어맞고만 있다 해도 배틀 힐링 스킬로 회복되는 HP만으로 상당히 오랜 시간을 버텨낼 수 있다.

하지만 나는 순간적으로 두려워졌다. 고블린이 아니라, 뒤쪽에 선 플레이어들의 시선이.

일반적으로 고레벨 플레이어가 하위 플로어의 사냥터를 휩쓸고 다니는 것은 도무지 칭찬받을 만한 행위가 아니다. 오랜 기간 계속하면 상부 플로어의 길드에 제거 의뢰가 날아가 호되게 혼이 난 후, 신문의 비매너 플레이어 리스트에 실리게 된다. 물론 지금은 긴급상황이니 괜찮다고는 생각하지만, 그래도 나는 두려웠다. 고맙다는 말을 하는 그들의 눈에, 비터라고 나를 조롱하는 빛이 떠오르는 것이.

나는 소드 스킬을 극히 초보적인 것으로 한정해 사용하며 일부러 시간을 들여 고블린과 싸웠다. 그것이 결과적으로는 돌이킬 수 없는 잘못으로 이어질 것도 모르고.

포션으로 HP를 회복한 메이스전사와 몇 번인가 스위치를 반복하며 고블린 무리를 모두 물리친 후, 낯선 파티 다섯은 내가 놀랄 정도로 요란하게 환성을 질러댔다. 일일이 하이파이브를 나누며 승리를 기뻐한다.

속으로 당황하면서도, 나는 익숙하지 않은 미소를 지으며 그들이 내미는 손을 하나하나 잡고 악수했다. 마지막으로 두 손으로 내 손을 덥석 쥔 홍일점 흑발 창전사는 눈에 눈물까지 글썽이며 몇 번이고 고맙다고 했다.

"고맙습니다……정말, 고맙습니다. 엄청 무서웠어요……. 구해줬을 때, 정말로 기뻤어요. 정말 고맙습니다."

그 말을 들으며 그녀의 눈물을 봤을 때, 내 가슴속에 찾아든 감정을 나는 지금도 무어라고 해야 할지 알 수 없었다.

하지만 구해줘서 다행이다, 그리고 그들을 구해줄 수 있을
만큼 내가 강해서 다행이라는 생각을 한 것만은 기억한다.

　게임 개시 이래 솔로 플레이만을 고집하던 나였지만, 최전
선 플로어에서 다른 파티의 도움을 주는 일이 처음은 아니었
다. 하지만 공략파 사이엔 필드에서는 서로 돕는다는 암묵적
인 룰이 있다. 자신이 언제 도움을 받는 쪽이 될지 알 수 없
으니, 도움을 준다 해도 딱히 사례 따윈 바라지 않으며, 도
움을 받은 쪽도 짧게 인사만 하는 정도로 끝낸다. 재빨리 전
투 뒤처리를 마친 후 말없이 다음 전투로 향한다. 그곳에 있
는 것은 추구할 수 있는 최대의 효율로 자신을 강화해 나가
기 위한 단순한 합리성뿐이다.

　하지만 그들―달밤의 검은 고양이단은 달랐다. 딱 한 번 전
투에 승리한 것을 모두 함께 기뻐하고, 서로 건투를 치하했
다. 스탠드얼론 RPG에 언제나 따라오는 전투 승리 팡파르
가 들릴 법한 광경이 일단락된 후, 내가 먼저 출구까지 동행
하겠다고 제안한 것은 그들의 너무나도 가족적인 분위기에
이끌렸기 때문인지도 모른다. 좀 더 자세히 말하자면, 이
SAO라는 미쳐버린 게임을 진정한 의미로 공략하고 있는 것
은 그들일지도 모른다는 생각이었다.

　"나도 이제 포션이 얼마 남지 않아서……, 괜찮으면 출구
까지 같이 갈까요?"

　내 거짓말에 케이타는 환하게 웃으며 고개를 끄덕였다.

　"걱정해줘서 고맙습니다."

―아니, 검은 고양이단의 전멸로부터 반년이 지난 지금이라면 알 수 있다. 나는 그저 기분이 좋았던 것이다. 이기적인 솔로 플레이어가 되어 쌓아올린 스탯으로, 나보다 훨씬 약한 그들을 지켜주고 의지의 대상이 되며 쾌감을 느꼈던 것이다. 그저 그것뿐이었던 것이다.

미궁구역에서 탈출해 주거구역으로 돌아온 나는, 술집에서 한잔하자는 케이타의 말에 금세 고개를 끄덕였다. 그들에게는 값비싼 것이었을 와인으로 축배를 올리고, 자기소개도 끝나 분위기가 달아오르자 케이타는 작은 목소리로, 굉장히 어려워하며 내 레벨을 물었다.

나는 그 질문을 반쯤 예상하고 있었다. 그래서 그때는 이미 적절하다고 생각되는 거짓 수치를 계산해 놓고 있었다. 내 입에서 나온 숫자는 정확히 그들의 평균 레벨보다 3 정도 위―그리고 내 진짜 레벨보다 20이나 아래였다.

"와, 그 레벨로도 거기서 솔로 사냥이 가능해요?"

놀란 표정을 짓는 케이타에게 나는 쓴웃음을 지어 보였다.

"이제 그만 말 놓자. ―솔로라고 해도, 그냥 도망쳐 다니면서 혼자 돌아다니는 놈만 노리는 그런 사냥이야. 효율은 별로 안 좋아."

"그렇구나―. 그럼……, 키리토. 갑자기 이런 말은 좀 뭣하지만 너라면 금방 다른 길드에서 데려갈 것 같아서 그러는 건데, 괜찮으면 우리 길드에 들어오지 않을래?"

"뭐……?"

천연덕스럽게 되묻는 내게, 둥근 얼굴을 상기시키며 케이타가 열띤 목소리로 말했다.

"우리 레벨이면 아까 그 던전 정도는 충분히 사냥할 수 있을 거야. 하지만 스킬 구성이 좀 애매하거든…… 너도 이미 알겠지만, 포워드를 맡을 수 있는 게 테츠오밖에 없어. 아무래도 회복이 받쳐주질 못해서, 싸우다 보면 슬금슬금 당하게 되거든. 키리토가 들어와주면 꽤나 편해질 테고, 게다가…… 저기, 사치. 잠깐 와볼래?"

케이타가 손을 들어 부른 것은 그 흑발의 창전사였다. 와인글라스를 든 채 다가온 사치라는 이름의 조그마한 여성 플레이어는 날 보자 부끄러워하며 인사를 했다. 케이타는 사치의 머리에 손을 탁 얹으며 말을 이었다.

"얘는 보다시피 메인 스킬이 양손용 장창인데, 다른 창전사에 비하면 아직 스킬이 낮아서 얼른 방패검사로 전향시킬까 생각해. 하지만 좀처럼 수행시간을 낼 수도 없는 데다 한손검을 어떻게 써야 좋을지 잘 모르겠다더라고. 괜찮으면 코치를 좀 해줄 수 없을까?"

"뭐야, 내가 무슨 떨거지인 것 같잖아."

사치는 볼을 부풀리더니 혀를 낼름하며 웃었다.

"게다가 난 계속 멀리서 몬스터를 찌르는 역할이었는걸. 그런데 갑자기 앞으로 나가서 접근전을 하라고 하면 무섭단 말이야."

"방패 뒤에 숨어 있으면 된다고 몇 번이나 말했는데 이해

를 못하니~. 넌 정말 옛날부터 너무 겁이 많다니깐."

이제까지 줄곧 살벌한 최전선에서만 살며 SAO를—아니, 모든 MMORPG를 리소스 쟁탈전으로만 이해했던 내게 그들의 대화는 훈훈하게 들렸다. 그리고 눈부셨다. 내 시선을 알아차린 케이타는 멋쩍어하며 말했다.

"사실 우리 길드는 다들 같은 고등학교 PC 연구회 멤버들이거든. 특히 나하고 얘는 집이 가까워서……. 아, 그래도 걱정은 안 해도 돼. 다들 좋은 녀석들이니까 키리토도 금방 친해질 거야. 분명히."

그렇게 말하는 케이타를 포함해 모두들 좋은 사람이란 것은 미궁구역에서 여기까지 오면서 이미 알 수 있었다. 그런 사람들을 속이는 것에 죄책감을 느끼면서 나도 미소를 짓고 고개를 끄덕였다.

"그럼……, 동료로 받아줘. 앞으로 잘 부탁해."

포워드가 두 명이 된 것만으로도 검은 고양이단의 파티 밸런스는 대폭적으로 개선되었다.

아니, 만약 그들 중 한 명이라도 의심하는 마음을 품고 내 HP바를 봤더라면 그것이 부자연스럽게 감소한다는 것을 언젠가는 알아차렸을 것이다. 하지만 사람 좋은 동료들은 코트가 레어 소재라는—거짓말은 아니지만—내 설명을 곧이곧대로 믿고 전혀 의문을 품지 않았다.

파티로 전투하는 사이에 나는 오로지 방어에만 전념하고

적의 숨통을 끊는 역할은 등 뒤의 멤버들에게 맡겨 경험치 보너스를 양보했다. 케이타 일행의 레벨은 쑥쑥 상승해, 내가 가입한 후 일주일 뒤에는 주요 사냥터를 한 플로어 위로 올릴 수 있을 정도였다.

던전의 안전 에이리어에 둘러앉아 사치가 만들어온 도시락을 먹고 있을 때, 케이타가 둥근 눈을 반짝이며 내게 자신의 꿈을 들려주었다.

"물론 동료들의 안전이 제일 우선이지. 하지만……, 안전만 추구하려면 시작도시에 틀어박혀 있으면 되잖아. 이렇게 사냥을 해서 레벨을 올리는 이상, 언젠가는 우리도 공략파의 대열에 들어가고 싶어. 지금은 최전선도 까마득하고 혈맹기사단이니 성룡연합(聖龍連合) 같은 톱 길드에 공략을 맡기고만 있지만……. 저기, 키리토. 그 사람들하고 우리는 뭐가 다르다고 생각해?"

"어……으음……. 정보력 아닐까? 걔들은 어느 사냥터가 효율이 좋다거나, 어떻게 하면 강한 무기를 얻을 수 있는지 정보를 독점하고 있으니까."

그것은 그야말로 내가 공략파가 될 수 있었던 이유 그 자체였지만, 케이타는 그 해답이 불만스러운 모양이었다.

"그야……. 그런 것도 있겠지. 하지만 난 의지력이라고 생각해. 동료를 지켜주고, 모든 플레이어를 지키겠다는 의지가 강하달까? 그런 힘이 있으니까 그들은 위험한 보스전에서도 계속 승리할 수 있었던 거야. 우리야 지금은 아직 보호를 받는 쪽이지만, 마음만은 뒤지지 않을 거야. 그러니까……, 이 대로 열심히 노력하면 언젠가는 그들을 따라잡을 수 있을 거라고 생각해."

"그렇구나……, 그렇겠다."

입으로는 그렇게 말하면서도, 나는 속으로는 그렇게 거창한 것이 아니라고 생각하고 있었다. 공략파를 공략파로 있게 해주는 모티베이션은 단 하나, 수천 플레이어들의 정점에 선 최강의 검사로 남아 있고 싶다는 집착 그 자체다. 그 증거로 SAO 공략, 플레이어 보호만이 목적이라면 톱 플레이어들은 그들이 입수한 정보와 아이템을 최대한 중층 플레이어들에게 제공해야 할 것이다. 그러면 플레이어 전체의 평균 레벨이 올라가고, 공략파에 가담하는 사람의 수도 지금과는 비교가 되지 않을 정도로 증가할 것이다.

그러지 않는 것은 자신들이 항상 최강이고 싶기 때문이다. 물론 나도 예외는 아니었다. 그 무렵의 나는 심야가 되면 여관을 빠져나가 최전선으로 이동해 솔로로 레벨을 올려나가고 있었다. 그 행위가 검은 고양이단 멤버들과의 레벨 차이를 벌리고, 결과적으로는 그들을 끊임없이 배신한다는 것을 알고 있었음에도 불구하고.

하지만 그 무렵, 나는 조금이지만 믿고 있기도 했다. 만약 정말로 검은 고양이단의 레벨이 급상승해 최전선에서 싸울 플레이어들에게 가담하게 된다면, 그때야말로 케이타의 이상이 폐쇄적인 공략파의 분위기를 바꿔놓을 수 있을지도 모른다고.

실제로 검은 고양이단의 전력 강화는 특필할 만한 스피드였다고 할 수 있다. 당시 전장으로 삼았던 필드는 내게는 한참 전에 공략이 끝나 위험한 구역도, 효율이 좋은 사냥터도 모두 알고 있던 곳이었다. 은근슬쩍 그들을 유도해 최대의 효율을 유지하며 사냥을 반복하자, 마침내 검은 고양이단의 평균 레벨은 완전히 중층 플레이어들보다 앞서나가게 되었다. 내가 가입했을 때는 10이었던 전선 플로어의 차이가 단기간 내에 5까지 줄어들었다. 저금액도 금세 불어나 길드 홈의 구입까지도 현실적인 이야기가 되어갔다.

하지만 단 한 가지, 사치의 방패검사 전향 계획만은 순조롭지 못했다.

그것도 무리는 아닌 것이, 지근거리에서 흉악한 몬스터와 검을 마주하기 위해선 스탯 외에도 공포를 견디며 발을 내디딜 수 있는 담력이 필요하기 때문이다. SAO 개시 직후에는 접근전에서 혼란에 빠지는 바람에 수많은 플레이어들이 목숨을 잃기도 했다. 사치는 비교하자면 얌전하며 겁이 많은 성격이라 도저히 포워드에는 어울리질 않아 보였다.

나는 자신이 방패가 되기에 충분하고도 남을 스탯을 가지고 있다는 사실을 알았기 때문에, 사치의 전향을 서두를 필요가 없다고 생각했다. 하지만 다른 멤버들은 그렇지 않았던 모양이었다. 오히려 도중에 가입한 나 한 사람에게 힘든 포워드를 계속 떠넘기는 것이 미안했는지, 친목 그룹인 탓에 말로는 하지 못했지만 사치에게 주어지는 압박은 나날이 강해져 갔다.

그러던 어느 날 밤, 여관에서 사치의 모습이 사라졌다.

길드 멤버 리스트로 장소를 확인할 수 없었으므로 혼자 미궁구역에 간 것으로 여겨졌다. 케이타 이하 전 멤버들은 요란법석을 떨며 즉시 모두 함께 찾으러 나가기로 했다.

하지만 나는 혼자 미궁구역 이외의 장소를 찾아보겠다고 고집했다. 필드에도 추적이 불가능한 곳이 몇몇 있다는 것이 표면적인 이유였지만, 사실은 색적 스킬에서 파생되는 상위 스킬인 《추적》을 이미 획득했기 때문이었다. 물론 동료들에게 이 사실을 밝힐 수는 없었다.

케이타 일행이 미궁구역을 향해 뛰어나간 후, 나는 사치의 방 앞에서 추적 스킬을 발동시켜 시야에 표시된 연녹색 발자국을 따라갔다.

작은 발자국은 다른 멤버들과 내 예상을 뒤엎고 주거구역을 벗어난 어떤 수로 속으로 사라졌다. 고개를 갸웃거리며 안으로 들어선 나는 물방울 떨어지는 소리만이 울려 퍼지는 어둠 한구석에서, 최근에 막 손에 넣은 하이딩 옵션이 붙은 망토를 걸친 채 웅크리고 앉아 있는 사치의 모습을 발견했다.

"……사치."

말을 걸자, 어깨까지 검은 머리카락을 늘어뜨린 그녀는 고개를 들고 깜짝 놀란 듯 말했다.

"키리토……, 내가 여기 있다는 걸 어떻게 알았어?"

나는 어떻게 대답해야 좋을지 알 수 없어 궁색한 변명을 했다.

"그냥, 감으로."

"……그렇구나."

사치는 살짝 웃은 후, 다시 무릎을 끌어안은 채 고개를 숙였다. 나는 열심히 할 말을 생각하다가, 멋없는 한마디를 했다.

"……다들 걱정하고 있어. 미궁구역으로 찾으러 갔어. 얼른 돌아가자."

이번엔 오랫동안 답이 없었다. 1분인가 2분을 기다린 후, 다시 한 번 같은 말을 하려던 내게 고개를 숙인 채 사치가 속삭였다.

"저기, 키리토. 같이 어딘가로 도망치자."

반사적으로 되물었다.

"도망치다니……, 왜?"

"이 도시에서, 길드 애들에게서, 몬스터에게서……, SAO에서 도망치고 싶어."

그 말에 즉시 대답할 수 있을 만큼 나는 여자를—인간을 알지 못했다. 다시 오랫동안 생각한 끝에 나는 주저주저하며 물었다.

"그거……동반자살하자는 소리야?"

한동안 침묵한 끝에 사치는 조그맣게 웃었다.

"후후……. 그러게. 그것도 좋겠다. ……아니, 미안해. 농담이야. 죽을 용기가 있다면 이렇게 안전권 안에 숨어 있진 않았겠지. ……좀 앉지 그래?"

어떻게 해야 좋을지 알 수 없어진 나는 사치에게서 조금 떨어진 곳에 앉았다. 반달 모양 수로의 출구에서 시내의 불빛이 별처럼 조그맣게 보였다.

"……나, 죽는 게 무서워. 무서워서 요즘은 잠도 못 자겠어."

마침내 사치가 불쑥 중얼거렸다.

"어쩌다 이렇게 된 걸까……? 왜 게임에서 나갈 수가 없는 거야? 왜 게임인데 정말로 죽어야 해? 그 카야바란 사람은 이런 짓을 해서 무슨 이득이 있을까? 이런 데 무슨 의미가 있을까……?"

그 다섯 가지 질문에 개별적으로 대답하는 것은 가능했다. 하지만 사치가 그런 해답을 원할 리 없다는 것쯤은 나도 알 수 있었다. 나는 열심히 생각해서 대답했다.

"아마, 의미는 없을 거야……. 누군가가 이득을 보는 것도 아니고. 이 세계가 완성됐을 때 이미, 모든 건 다 끝나버렸을 테니까."

눈물을 흘리지 않고 우는 여자아이에게 나는 지독한 거짓말을 했다. 왜냐하면, 적어도 나는 자신의 힘을 감추고 검은 고양이단에 들어와 은밀한 쾌감을 얻고 있었으니까. 그런 의미로 봤을 때 나만은 명백한 이득을 보고 있었으니까.

나는 이때 사치에게 모든 것을 털어놓았어야 했다. 조금이라도 성의를 가지고 있었더라면 자신의 추악한 이기심을 감추지 말고 털어놓았어야 했다. 그랬더라면 적어도 사치는 어느 정도 압박감에서 해방되었을 것이고, 약간의 안도감도 얻었을지 모른다.

하지만 내가 말할 수 있었던 것은 거짓말로 점철된 한 마디뿐이었다.

"……넌 죽지 않아."

"어떻게 그렇게 단언할 수 있어?"

"……검은 고양이단은 지금 이대로도 충분히 강한 길드야. 안전선도 필요 이상으로 잡고 있어. 그 길드에 있는 한 너는 안전해. 굳이 억지로 검사로 전향할 필요는 없어."

사치는 고개를 들고 내게 애원하는 듯한 시선을 보냈다. 나는 그 눈을 똑바로 바라볼 수가 없어 고개를 숙였다.

"……정말로? 정말 나 안 죽어도 돼? 언젠가 현실로 돌아갈 수 있는 거야?"

"그래……, 넌 죽지 않아. 언젠가 분명, 이 게임이 클리어될 때까지."

설득력 따위 조금도 없는 얄팍한 말이었다. 하지만 그래도 사치는 내게 다가와선, 내 왼쪽 어깨에 머리를 기대고 잠시 울었다.

한동안 있다가 케이타 일행에게 메시지를 보낸 후 나와 사치는 여관으로 돌아왔다. 사치를 방에서 쉬게 한 후 케이타 일행이 돌아오는 것을 1층의 주점에서 기다렸다가 그들에게 말했다. 사치가 방패검사로 전향하는 데는 시간이 걸린다는 것, 가능하다면 지금 그대로 창전사를 계속하는 편이 좋겠다는 것, 내게 포워드의 부담이 걸리는 것은 아무런 문제가 없다는 것을.

케이타 일행은 나와 사치 사이에 무슨 대화가 오갔는지 신경이 쓰이는 모양이었지만, 그래도 내 제안을 흔쾌히 받아들였다. 나는 살짝 가슴을 쓸어내렸지만, 물론 그렇다고 본질적인 문제까지 해결된 것은 아니었다.

다음날 밤부터 사치는 밤이 깊어지면 내 방에 찾아와 잠들게 되었다. 내 곁에서, 너는 죽지 않는다는 말을 들으면 어떻게든 잠이 들 수 있다고 그녀는 말했다. 필연적으로 나는 심야의 경험치 앵벌이에 나갈 수 없게 되었으나, 그렇다고 사치와 다른 동료들을 속인다는 죄책감이 사라진 것은 아니었다.

그 무렵의 기억은 어째서인지 단단하게 뭉친 눈덩이처럼 작게 오그라들어 자세히 떠올릴 수가 없다. 한 가지 확실하게 말할 수 있는 사실은, 나와 사치는 결코 연애를 한 것이 아니었다. 같은 침대에서 자긴 해도 서로 건드리는 일도, 사랑의 밀어를 속삭이는 일도, 서로를 마주보는 일조차도 없었다.

우리는 아마 서로의 상처를 핥아주는 들개 같은 심정이었을 것이다. 사치는 나의 말을 듣고 아주 약간 공포를 잊었을 것이며, 나는 그녀에게 의지가 되어주며 더러운 비터라는 찜찜함을 아주 약간 잊을 수 있었다.

그렇다—나는 사치의 고뇌를 엿보면서 처음으로 이 SAO 사건의 본질 일부를 이해했던 것 같다. 그때까지 나는 데스게임으로 뒤바뀐 SAO의 공포를 진정한 의미로 느끼지 못했을 것이다. 하위 플로어의, 베타테스트 때 익히 경험한 몬스터들을 기계적으로 쓰러뜨려선 레벨을 올리고, 그 후에는 그 안전권을 천천히 유지한 채 공략파를 자청해왔다. 성기사 히스클리프만큼은 아니지만, 내 HP바가 위험영역으로 떨어지는 일은 생각해보면 한 번도 없었던 것이다…….

내가 고생도 하지 않고 긁어모은 방대한 리소스의 그늘에 이처럼 죽음의 공포에 겁먹은 무수한 플레이어가 존재했던 것이다—그렇게 인식하게 되면서부터, 나는 마침내 자신의 죄책감을 정당화할 방법을 발견한 것 같았다. 그 방법이란 물론 사치를, 그리고 검은 고양이단 멤버들을 지켜나가는 것이었다.

나는 자신이 쾌감을 얻기 위해 레벨을 속이고 길드에 들어왔다는 사실을 억지로 잊어버리고, 내 행위는 그들을 지켜 일류 공략 길드로 키워내기 위한 것이었다고 제멋대로 기억을 조작했다. 매일 밤마다 침대 곁에서 불안하게 몸을 웅크린 사치에게, 너는 죽지 않아, 너는 죽지 않아, 분명 살아남을 수 있어, 하고 주문처럼 읊조려댔다. 내가 그렇게 말을 걸면 사치는 이불 속에서 살짝 눈을 올려 뜨고 나를 보면서, 어렴풋이 웃은 후 옅은 잠에 빠져들었다.

하지만 결국, 사치는 죽었다.

그 지하수로의 밤으로부터 채 한 달도 지나지 않은 어느 날, 내 눈앞에서 몬스터에게 베여 몸과 영혼을 잃었다.

그날 케이타는 마침내 목표액에 달한 길드 자금 전액을 들고 길드 하우스에 적합한 작은 1층 건물을 내놓은 부동산 중개 플레이어에게 간 참이었다. 나와 사치, 나머지 세 동료들은 거의 바닥을 드러낸 길드 멤버 공통 아이템란의 콜 잔액을 바라보고는 웃으며 여관에서 케이타가 돌아오기를 기다렸으나, 마침내 메이스전사인 테츠오가 말했다.

"케이타가 돌아오기 전까지 미궁구역에서 잠깐 돈을 벌어다가, 새집에 필요한 가구를 전부 갖춰놓고 그놈을 깜짝 놀라게 해주는 거야."

우리 다섯은 그때까지 가본 적이 없었던, 최전선에서 겨우 세 플로어 아래의 미궁구역에 가게 되었다. 물론 나는 예전에 그 던전에서 싸운 적이 있었으므로, 그곳이 앵벌이에는 좋지만 트랩이 많은 지역이라는 것도 알고 있었다. 하지만 그것을 입에 담지는 않았다.

레벨만 놓고 봤을 때는 안전권이었기 때문에 미궁에서의 사냥은 순조로웠다. 한 시간쯤 지나 목표액을 모두 벌고, 얼른 돌아가 물건을 사기로 결정했을 때였다. 도적 역할을 담당한 멤버가 보물상자를 발견했다.

나는 그때만큼은 방치해둘 것을 주장했다. 하지만 그들이 이유를 물었을 때, 이 플로어는 트랩의 난이도가 한층 높기 때문이라고는 말하지 못하고 그냥 위험할 것 같다고만 얼버무릴 수밖에 없었다.

알람 트랩이 요란하게 울려 퍼지고, 세 개 있던 방의 입구에서 노도처럼 몬스터가 밀려들어왔다. 이건 무리라고 순식간에 판단한 나는, 모두에게 텔레포트 크리스탈로 긴급 탈출하라고 외쳤다. 하지만 그 방은 크리스탈 무효 에이리어여서—그 시점에서 나를 포함한 모두가 정도의 차이는 있었지만 혼란에 빠졌다.

처음으로 죽은 것은 알람을 울렸던 도적이었다. 다음으로 메이스전사 테츠오가, 남자 창전사가 그 뒤를 이었다.

나는 완전히 공황상태에 빠져 그때까지 제한해 두었던 상위 소드 스킬을 마구 펼쳐대며 쇄도하는 몬스터들을 쓰러뜨려 갔다. 하지만 수가 너무나 많아 계속 울려대는 보물상자를 파괴할 여유도 없었다.

사치는 몬스터의 파도에 휩쓸려 HP를 모두 잃는 그 순간, 내게 오른손을 뻗으며 무언가를 말하려고 입을 열었다. 활짝 뜬 그 눈에 떠올랐던 것은 밤마다 나를 쳐다본 것과 마찬가지로, 애원하는 것처럼 아플 정도로 애절한 신뢰의 빛이었다.

어떻게 살아남았는지는 나도 잘 기억나지 않는다. 문득 정신을 차리고 보니 그렇게 많던 몬스터의 모습도, 그리고 네 동료의 모습도 그 방에는 없었다. 하지만 그런 상황에서도 나의 HP바는 절반이 살짝 못 되는 정도였다.

나는 아무 생각도 못하고 혼자 멍하니 여관으로 돌아왔다.

새 길드 하우스의 열쇠를 테이블 위에 올려놓고 우리가 돌아오기를 기다리던 케이타는 내 이야기를—네 명이 어떻게 죽었으며, 내가 어떻게 살아남았는지, 그 모든 이야기를 들은 후 모든 표정을 잃어버린 눈으로 나를 보며, 단 한 마디 이렇게 말했다. 비터인 네가, 우리하고 같이 있을 자격이 어디 있다고.

그는 그 길로 몸을 돌려 시외의 플로어 가장자리로 향하더니, 뒤를 쫓아간 내 눈앞에서 조금도 주저하지 않고 철책을 뛰어넘어 무한한 허공으로 몸을 던졌다.

케이타가 한 말은 모두 진실이었다. 내가, 내 교만으로 인해 달밤의 검은 고양이단 넷—아니, 다섯을 죽여버렸다는 것은 아무런 의심할 여지가 없다. 내가 얽히지만 않았더라면 그들은 계속 안전한 중층 플로어에 머물면서, 무모한 트랩 해제에 손을 대지도 않았을 것이다. SAO에서 살아남기 위해 가장 먼저 필요한 것은 반사신경도 스탯도 아닌 충분한 정보였다. 나는 그들에게 고효율 파워 레벨링을 해주면서 정보를 나눠주는 것을 게을리했다. 예정된 비극이었다. 지키기로 맹세했던 사치를, 나는 이 손으로 죽여버렸다.

　마지막 순간, 그녀가 하려 했던 한마디가 그 어떤 욕설이라
해도 나는 그것을 받아들여야만 한다. 애매한 소문에 지나지
않는 소생 아이템을 이렇게 갈구하는 것도, 그저 그 한마디
를 듣기 위해서일 뿐이었다.

3

크리스마스까지 남은 4일 동안 나는 레벨을 하나 더 올려 70대에 도달했다.

그동안 나는 말 그대로 한숨도 자지 않았다. 그 대가인지 이따금 쇠못을 때려 박는 듯한 두통이 엄습했지만, 아마 자려 해봤자 잘 수 없었을 것이다.

그 후로 클라인의 길드 풍림화산은 개미 계곡 사냥터에는 나타나지 않았다. 다른 길드의 대형 파티에 뒤섞여 줄을 서서, 기계처럼 혼자 끊임없이 개미를 사냥해대는 나를 본 플레이어들의 눈빛은 마침내 조소에서 혐오로 바뀌었다. 이따금 뭔가 말을 걸려던 녀석도 있었던 것 같지만 나와 시선이 마주치자마자 고개를 돌리고 가버렸다.

크리스마스 선물을 노리는 수많은 플레이어들의 최대 현안이었던 《배교자 니콜라스》가 출현한다는 전나무 거목이 대체 어디에 있는 것인가―그 문제에 대해서는 난 개미 계곡에서 레벨업에 전념하는 짬짬이 거의 확신을 가지게 되었다.

수많은 정보꾼들에게 사들인 몇몇 나무의 좌표를 모조리 찾아가 확인해봤으나, 그것들은 형태만 크리스마스트리와 비슷했을 뿐 실제로는 전나무가 아닌 삼나무 계열이었다. 바늘 같은 잎을 가진 삼나무와는 달리, 전나무의 잎은 끝이 둥글며 가늘고 긴 타원형이라는 것을 나는 알고 있었다. 현실 세계의 자택 뒤에 삼나무와 전나무가 모두 있었기 때문이다.

몇 달 전, 제35플로어의 필드에 있는 랜덤 텔레포트 던전 《방황의 숲》 한구석에서 나는 구불구불한 거목 한 그루를 발견했다. 너무나도 의미가 있어보이는 형태였기 때문에 아직 밝혀지지 않은 퀘스트의 시작점일 거란 생각에 상세하게 조사해봤으나, 그때는 아무것도 발견하지 못했다. 생각해보면 그 거목이 바로 전나무였다. 크리스마스—다시 말해 오늘밤, 그 나무 밑에 플래그 몹 《배교자 니콜라스》가 출현하는 것은 거의 틀림이 없을 것이다.

레벨이 70으로 오른 것을 알리는 팡파르를 아무 느낌 없이 들으며, 나는 주위의 개미를 쓸어버린 후 파우치에서 텔레포트 크리스탈을 꺼내들었다. 순서를 기다리던 플레이어들에게 한 마디 말도 없이 숙소가 있는 최전선 제49플로어 주거구역으로 일단 돌아갔다.

텔레포트 게이트 광장에서 시계탑을 올려다보니 0시까지는 앞으로 세 시간이 남았다. 광장에는 이브를 함께 보내려는 수많은 커플들이 팔짱을 끼고, 어깨를 끌어안고 천천히 걷고 있었다. 그 사이를 빠른 걸음으로 누비며 나는 여관으로 발걸음을 옮겼다.

오랜 기간 머물던 방에 뛰어들자마자 우선 방에 상비된 수납상자를 열어, 그 위에 나타난 아이템 윈도우에서 있는 대로 회복 및 해독 크리스탈과 포션 종류를 내 인벤토리로 옮겼다. 이것만도 엄청난 가격이지만, 물론 이걸 전부 쏟아 붓는다 해도 아깝지 않았다.

아껴두었던 레어 한손검도 꺼내들고 내구도를 확인한 후, 개미를 상대하느라 너덜너덜해진 등의 검과 교환했다. 레더 코트를 포함한 방어구도 신품으로 바꿨다.

모든 작업을 마치고 나는 윈도우를 닫으려 했으나, 문득 손을 멈추고 내 아이템 란의 위쪽을 들여다봤다.

그곳에는 《Self》, 즉 나 자신의 아이템 인벤토리를 나타내는 탭과 나란히 《사치》라는 이름이 적힌 탭이 남아 있었다.

이것은 사이가 좋지만 결혼까지는 가지 않은 플레이어들끼리 설정하는 공통 아이템 인벤토리라는 것이다. 무조건 모든 아이템과 돈이 공유되는 결혼과는 달리, 이 탭 안의 아이템만이 두 사람 사이에서 공유되는 시스템이다.

사랑의 밀어도, 손을 잡는 것조차도 바라지 않았던 사치가 죽기 조금 전에 만들자고 했던 것이었다. 이유를 물으니 포션 같은 아이템을 전해주기 편해서라고 약간 납득이 가지 않는 말을—그 목적을 위해 이미 길드 멤버 공통 탭이 있었으므로—했으나, 그래도 나는 승낙하고 사치와 둘만의 공통 탭을 설정했다.

사치가 죽어도 그 창은 남아 있었다. 물론 프렌드 리스트에도 아직 사치의 이름이 있다. 그러나 사치의 이름은 연락 불가를 뜻하는 회색으로 바뀌었으며, 이 공통 아이템 란에 남은 몇몇 포션이며 크리스탈 종류도 이젠 쓰일 일이 없을 것이다.

반년이 지났어도 나는 사치의 이름이 붙은 탭을 없애지 못했다. 길드용 탭은 아무렇지도 않게 없앴음에도 불구하고. 그녀의 소생 가능성을 믿고 있었기 때문에—그랬던 것도 아니다. 그저, 그것을 없애 내 마음이 조금이라도 편안해지는 것을 용서할 수 없었기 때문이다.

10분 가까이 사치의 이름을 들여다본 후, 나는 정신을 차리고 윈도우를 닫았다. 0시까지는 앞으로 두 시간.

방을 나와 텔레포트 게이트로 가는 동안, 나는 몇 번이고 사치의 마지막 얼굴을 떠올리고 있었다. 그때 그녀는 무슨 말을 하려고 했을까. 그것만을 생각하며.

제35플로어로 텔레포트해 게이트에서 나오니 전선과는 달리 광장은 조용했다. 중층 플레이어의 주요 전장과는 살짝 어긋난 곳인 데다 주거구역도 딱히 내세울 것도 없는 초라한 농촌풍이기 때문이다. 하지만 그래도 드문드문 보이는 플레이어들의 눈을 피해 나는 코트 깃을 세우곤 빠른 걸음으로 마을을 빠져나왔다.

피라미 몬스터들을 상대할 틈도, 정신적인 여유도 없었다. 뒤를 돌아보며 미행자가 없음을 확인하자마자 전속력으로 뛰기 시작했다. 최근 한 달 동안 무모한 레벨업으로 내 민첩도 파라미터 보정은 상당히 증가해 쌓인 눈을 박차는 발은 날개처럼 가벼웠다. 여전히 관자놀이 부근이 욱신거렸지만 그 덕에 졸음도 접근하지 못하는 모양이었다.

겨우 10분 정도 질주해 방황의 숲 입구에 도달했다. 이 필드 던전은 바둑판 같은 에이리어로 무수히 나뉘며, 각 에이리어를 연결하는 포인트가 랜덤하게 바뀌기 때문에 지도 아이템이 없으면 도저히 답파할 수가 없다.

나는 지도를 펼쳐 마커를 달아놓은 에이리어를 노려보고, 그곳에 이르는 경로를 역으로 산출했다. 머릿속에 루트를 단단히 새겨놓곤 한밤중의 어두운 숲속으로 혼자 발을 들였다.

어떻게든 피할 수 없는 전투를 두어 번 거쳤을 뿐, 나는 비교적 순조롭게 목표한 전나무가 있는 에이리어 바로 앞까지 도달했다. 시간은 앞으로 30분 이상이나 남았다.

이제부터 내 목숨을 빼앗을지도 모를—아마도 그럴 가능성이 훨씬 더 높은 보스 몬스터와 단독으로 싸우려 하는데도 내 마음에는 공포가 찾아올 기색조차 없었다. 혹은, 오히려 나는 그렇게 되는 것을 바라고 있는지도 모른다. 그런 생각이 들었다. 사치의 목숨을 되살리기 위해 싸우다 죽는 거라면, 그것은 내게 유일하게 허락된 죽음이라고 할 수 있지 않을까—.

죽을 곳을 찾는다는 영웅적인 말을 할 생각은 없었다. 자신의 죽음에 의미를 찾을 자격이, 사치를, 그리고 네 동료를 허무하게 죽게 만든 내게 있을 리가 없기 때문에.

이런 것에 무슨 의미가 있어? 사치는 내게 그렇게 물었다. 그 물음에 나는 의미 따위 없다고 대답했다.

지금이야말로 나는 그 말을 진실로 만들 수 있다. 카야바 아키히코라는 미친 천재가 만들어낸 무의미한 데스 게임 SAO 안에서 사치는 허무하게 죽었다. 마찬가지로 나는 그 누구의 눈에도 들지 않는 곳에서, 그 누구의 기억에도 남지 않고, 그 어떤 의미도 남지 않고 죽는 것이다.

만약, 설령 내가 살아남아 보스를 쓰러뜨릴 수 있다면 그때는 소생 아이템의 소문은 진실이 될 것이 틀림없다. 나는 근거도 없이 그렇게 생각했다. 사치의 영혼은 황천인지 레테의 강인지에서 돌아와, 그때야말로 나는 그녀의 마지막 말을 들을 수 있을 것이다. 드디어—드디어, 그 순간이 온다…….

마지막 수십 미터를 걸어가기 위해 발을 내디디려던 그 순간, 등 뒤의 워프 포인트에서 여러 플레이어가 출현하는 기척이 느껴졌다. 나는 숨을 들이켜고 뒤로 펄쩍 물러나 등의 검에 손을 가져갔다.

나타난 집단은 약 열 명. 선두에 선 것은 사무라이처럼 가벼운 갑옷으로 무장하고 허리에 긴 카타나를 꽂고 반다나를 한 사내—클라인이었다.

길드 풍림화산의 주요 멤버들은 각각 긴장된 표정으로 마지막 워프 포인트 앞에 선 내게 다가왔다. 클라인의 얼굴만을 똑바로 응시하며, 나는 갈라진 목소리를 쥐어짜냈다.

"……미행했구나."

클라인은 반다나로 거꾸로 세운 머리를 북북 긁으며 고개를 끄덕였다.

"그래. 추적 스킬의 고수가 있거든."

"왜 나였지?"

"네가 모든 나무의 좌표 정보를 사들였다는 정보를 샀지. 그리고 만약을 위해 49플로어의 텔레포트 게이트에 매복시켜둔 녀석이, 네가 어느 정보에도 나오지 않은 플로어로 향했다 그러더라고. 난, 이렇게 말하긴 뭣하지만……, 네 전투 능력과 게임에 대한 감만큼은 진짜로 대단하다고 생각해. 공략파 중에서도 최강……, 히스클리프보다도 뛰어날 거라고 말야. 그래서……, 널 이런 데서 죽게 내버려둘 수는 없어, 키리토."

그는 오른손을 뻗어 날 똑바로 가리키며 외쳤다.

"솔로 공략 같은 무모한 소리는 집어치워! 우리와 합동 파티를 짜라고! 소생 아이템은 드롭시킨 놈이 차지하고 다른 말하지 않기다. 그러면 불만 없겠지?"

"……그래선……."

클라인이 내 몸을 걱정하는 우정 때문에 그런 말을 한다는 것조차도 나는 이제 믿을 수가 없었다.

"그래선, 의미가 없어……. 나 혼자 싸우지 않고선……."

칼자루를 강하게 쥐며, 나는 광적인 열기에 휩싸인 머리로 생각했다.

—다 베어버릴까?

한때 이 데스 게임이 시작됐을 때 나는 아무것도 모르는 뉴비였던 클라인을 내버리고 혼자 다음 마을로 향했다. 그 사실을 나는 오랫동안 후회했으며, 클라인이 이렇게 훌륭하게 살아남은 것에 대해 진심으로 깊이 안도했다.

그 얼마 안 되는 친구 중 하나를 내 손으로 베어 죽이고, 레드 플레이어로 전락하면서까지 목적을 완수하는 것을 나는 이 순간 진지하게 생각했다. 그래선 의미가 없다고 어렴풋하게 외치는 마음의 목소리가 들렸다. 하지만 무의미한 죽음이야말로 내가 바라고 바라던 압도적인 음량으로 다른 목소리가 외쳐댔다.

조금이라도 검을 뽑으면 그 순간부터 나는 나 자신을 억제하지 못할 것이다. 그런 확신이 들었다. 오른손을 부들부들 떨면서 끈질기게 노려보는 나를, 클라인은 슬픈 표정으로 가만히 바라보았다.

에이리어에 제3의 침입자가 나타난 것은 바로 그 순간이었다.

게다가 이번 파티는 열 명 정도가 아니었다. 언뜻 본 것만 해도 그 세 배는 될 법했다. 나는 경악과 함께 그 대집단을 바라보고, 똑같이 어이없는 표정으로 돌아본 클라인에게 불쑥 물었다.

"너희도 미행을 당한 모양이군, 클라인."

"……그래, 그런가 보다……."

50미터 정도 떨어진 에이리어 끝에서 풍림화산과 날 말없이 바라보던 집단 한가운데에는, 최근 한동안 개미 계곡에서 빈번하게 마주쳤던 얼굴들이 수도 없이 섞여 있었다. 클라인의 곁에 서 있던 풍림화산의 검사 하나가 리더에게 얼굴을 가져다 대고 낮게 속삭였다.

"저 자식들은 《성룡연합》인데요. 플래그 몹을 위해서라면 잠깐 오렌지가 되는 것쯤은 신경도 안 쓸 놈들이에요."

그 이름은 나도 잘 알고 있다. 혈맹기사단과 견주는 명성을 자랑하는, 공략파 최대의 길드였다. 각 플레이어들의 레벨은 나보다도 밑이겠지만, 저만한 인원을 상대로 싸워 이길 자신은 전혀 없었다.

하지만—그래도, 결국은 똑같은 일이 되지 않을까?

보스 몬스터에게 죽건 대형 길드에게 살해당하건, 그것이 개죽음이라는 데는 변함이 없을지도 모른다. 문득 나는 그렇게 생각했다. 적어도 클라인과 싸우는 것보다는 나은 선택이 아닐까?

이번에야말로 나는 등의 검을 뽑으려 했다. 이젠 이것저것 생각하는 것도 짜증났다. 그저 기계가 되어버리면 그만이다. 오로지 검을 휘둘러 시야에 들어오는 것을 죽이고, 그러다 망가지면 그만이다.

하지만 클라인의 외침이 내 손을 멈추게 했다.

"젠장! 빌어먹을!!"

카타나전사는 나보다도 먼저 허리의 무기를 뽑아들곤 등을 돌린 채 소리를 질렀다.

"얼른 가라, 키리토! 여긴 우리가 막을 테니까! 넌 얼른 가서 보스를 해치워! 하지만 절대 죽지 마, 이 자식아! 내 앞에서 죽었다간 가만 안 둬! 절대로 가만 안 둬!!"

"……."

이제 시간은 거의 없었다. 나는 클라인에게 등을 돌리곤 고맙다는 말 한마디조차 없이 마지막 워프 포인트로 발을 들였다.

전나무 거목은 내 기억과 똑같은 장소에, 똑같이 구부러진 모습으로 조용히 서 있었다. 다른 나무가 거의 없는 네모난 에이리어는 쌓인 눈으로 새하얗게 빛났으며, 모든 생명이 죽어버린 평원처럼 보였다.

시야 한구석의 시계가 0시가 된 것과 동시에, 어디선가 방울소리가 들려와 나는 나뭇가지 꼭대기를 올려다보았다.

칠흑의 밤하늘, 정확하게는 상부 플로어의 바닥을 배경으로 두 줄기의 빛이 내려왔다. 가만히 응시하니 무언가 기괴한 형상을 한 몬스터가 이끄는 거대한 썰매인 것 같았다.

전나무 바로 위에 도달한 것과 동시에 썰매에서 검은 실루엣이 뛰어내려 나는 몇 걸음 물러났다.

요란하게 눈을 파헤치며 착지한 것은 키가 내 세 배는 될 법한 괴물이었다. 일단 인간형이긴 했지만, 팔은 매우 긴 데다 자세까지 꾸부정해 거의 지면에 닿을 것 같았다. 툭 튀어나온 이마 밑의 어둠 속에 조그마한 붉은 눈이 반짝이고, 얼굴 아래쪽 절반은 뒤틀린 회색 수염이 아랫배까지 길게 늘어져 있었다.

가장 기괴한 것은, 그 괴물이 붉고 흰 윗옷에 같은 색깔 삼각모자를 뒤집어쓰고 오른손에는 도끼, 왼손에는 커다란 자루를 들고 있었던 점이었다. 아마도 이놈을 디자인한 개발자의 의도는 많은 플레이어들이 산타클로스를 추악하게 캐리커처한 이 보스를 보고 웃고 떠들게 만드는 것이었으리라. 하지만 오직 혼자서 《배교자 니콜라스》와 대치하는 내겐 보스의 디자인 따위 아무래도 좋은 것이었다.

니콜라스는 퀘스트에 수반한 대사를 읊을 생각인지 구불구불한 수염을 움직이려 했다.

"시끄러워."

나는 중얼거리며 검을 뽑고는 오른발로 있는 힘껏 눈을 박찼다.

4

1년간의 SAO 플레이를 통틀어 내 HP는 처음으로 위험영역인 붉은색에 돌입했고, 거기서 멈췄다.

보스가 쓰러지고 자루만 남긴 채 터져나갔을 때, 내 아이템 인벤토리에는 회복 크리스탈이 하나도 남아 있지 않았다. 더할 나위 없을 정도로 죽음에 다가섰으며, 그럼에도 불구하고 아슬아슬하게 살아남았는데도 나의 마음에는 환희도, 안도조차도 일어나지 않았다. 오히려 살아남고 말았다는 실망과도 같은 감정이 있을 뿐이었다.

느릿느릿 검을 거둔 것과 동시에, 남겨진 자루도 빛줄기를 흩뿌리며 소멸했다. 보스가 드롭한 아이템은 모두 내 윈도우에 수납되었을 것이다. 크게 한 차례 한숨을 내쉰 후, 떨리는 손을 들어 창을 열었다.

신규 입수란에는 진절머리가 날 정도로 많은 아이템의 이름이 있었다. 무기며 방어구로 보이는 것들, 보석류, 크리스탈류, 식재료에 이르기까지 뒤죽박죽 열거되어 있는 창을 신중하게 스크롤하며 나는 단 한 가지 물건만을 찾았다.

몇 초 후, 그것은 어이없을 정도로 쉽게 내 눈앞에 튀어나왔다.

《환혼(還魂)의 성정석(聖晶石)》. 그것은 그런 이름이었다.

내 심장이 쿵쾅쿵쾅 뛰며, 최근 며칠—혹은 몇 달 동안 마비되어 있던 마음의 일부에 갑자기 피가 통하는 듯한 느낌이 들었다.

정말로……정말로 사치는 살아 돌아오는 것일까? 그렇다면 케이타도, 테츠오도, 이제까지 SAO 안에서 목숨을 잃는 플레이어들의 영혼은 모두 소멸하지 않았던 걸까……?

사치와 다시 한 번 만날 수 있을지도 모른다. 그렇게 생각하자 내 마음이 떨렸다. 어떤 말로 욕을 하건, 내 거짓말을 얼마나 책망하건, 이번에야말로 나는 그녀를 이 팔에 끌어안고, 그 까만 눈을 똑바로 바라보며 진심으로 말할 것이라고, 그렇게 생각했다. 너는 죽지 않아—가 아니라, 내가 널 지켜주겠다고. 그러기 위해서 나는 열심히 강해진 거라고.

손가락이 떨렸다. 몇 번이나 조작을 실수하면서 나는 드디어 환혼의 성정석을 실체화시켰다. 윈도우 위에 떠오른 그것은 계란만큼 커다란, 그리고 일곱 색깔로 빛나는 매우 아름다운 보석이었다.

"사치……사치……."

그녀의 이름을 연신 불러대며, 나는 보석을 싱글클릭해 팝업메뉴에서 도움말을 선택했다. 그곳에는 익숙한 서체로 간소한 해설이 적혀 있었다.

【이 아이템의 팝업메뉴에서 사용을 선택하거나 손에 들고 《소생 : 플레이어명》을 발성하면 대상 플레이어가 사망한 후

그 효과가 완전히 소멸되기 전까지(약 10초) 대상 플레이어를 소생시킬 수 있습니다.】

약 10초.

겨우 그 한 마디가 더할 나위 없을 정도로 명확하게, 냉철하게, 사치가 죽어 이제 두 번 다시 돌아올 수 없다는 것을 내게 알려주었다.

약 10초. 그것이 플레이어의 HP가 0이 되고 아바타가 박살난 후, 너브 기어가 마이크로웨이브를 발생시켜 플레이어의 뇌를 파괴할 때까지 걸리는 시간인 것이다.

나는 상상하고 말았다. 사치의 몸이 사라지고, 그로부터 겨우 10초 후, 그녀의 너브 기어가 주인을 불태워 죽이는 순간을. 사치는 괴로워했을까? 10초의 유예시간 동안 무슨 생각을 했을까? 나에 대한 수도 없는 저주……?

"아아아……아아아아아아……!"

내 입에서 짐승 같은 외침이 새어나왔다.

윈도우 위에 떠오른 환혼의 성정석을 움켜쥐고, 나는 그것을 있는 힘껏 눈 위에 내동댕이쳤다.

"아아아……아아아아아악!!"

절규하며 부츠로 몇 번이고 짓밟았다. 그러나 보석은 무표정하게 빛을 발할 뿐, 깨지거나 금이 갈 기색조차 없었다. 온몸의 힘을 쥐어짜내 포효하며, 나는 지면에 두 손을 찔러넣고는 손가락으로 눈을 파헤치고, 마침내는 그 위를 굴러다니며 울부짖었다.

무의미했다. 모든 것이 무의미했다. 사치가 겁에 질려 괴로
워하던 끝에 죽었다는 것, 내가 크리스마스 보스에게 도전했
던 것, 아니, 이 세계가 태어나고 그곳에 1만 명의 인간이 사
로잡혀 있다는 것 그 자체가 무의미했다. 그것만이 유일하고
도 절대적인 진실이라고, 나는 완전히 깨달았다.

얼마나 오랫동안 그러고 있었을까. 아무리 외치고 울부짖
어도 눈물은 흘러나올 기색조차 보이지 않았다. 아마도 내
아바타에는 그런 기능 따위 없었을 것이다. 마침내 나는 천
천히 일어나 눈에 처박힌 성정석을 주워들고 원래 에이리어
로 돌아가는 워프 포인트로 향했다.

숲속에 남겨져 있던 것은 클라인과 풍림화산 멤버들뿐이었
다. 성룡연합의 모습은 없었다. 클라인네 멤버들의 숫자가
줄어들지 않은 것을 기계적으로 확인하며, 나는 지면에 주저
앉은 카타나전사에게 다가갔다.

클라인 한 사람만이 내게 뒤지지 않을 정도로 심하게 초췌
해진 모습이었다. 아마도 성룡연합 리더와 일대일 듀얼로 담
판을 지은 모양이었으나, 내 가슴속에는 그 어떤 감회도 일
어나지 않았다.

다가서는 나를 올려다본 카타나전사는 잠시 안도한 것처럼
표정을 누그러뜨렸으나, 내 얼굴에서 어떤 표정을 읽어냈는
지 금세 입가를 굳혔다.

"……키리토……."

갈라진 목소리로 속삭이는 클라인의 무릎 위에 나는 성정
석을 던졌다.

"그게 소생 아이템이야. 옛날에 죽은 놈에겐 쓸 수 없더라.
다음에 네 눈앞에서 죽는 놈이 나오면 그때 써줘."

그 말만을 남기고 출구로 향하려는 내 코트를 클라인이 붙
잡았다.

"키리토……키리토……."

수염이 덥수룩한 뺨에 두 줄기 눈물이 흘러내리는 것을, 나
는 의외의 것을 보는 마음으로 바라보았다.

"키리토……. 넌……, 넌 꼭 살아남아라……. 만약 너 말고
다른 사람이 다 죽어도, 넌 끝까지 살아남아……."

울면서 몇 번이나 살아남으라고 되풀이하는 클라인의 손에
서 나는 코트 자락을 빼냈다.

"이만."

그 말만을 남기고, 나는 방황의 숲을 나서기 위해 발을 옮
겼다.

어디를 어떻게 걸었는지, 정신이 들고 보니 나는 제49플로
어 여관의 내 방에 돌아와 있었다.

시각은 오전 3시가 넘었다.

이제부터 어떻게 할까, 나는 생각했다. 최근 한 달간 나를
살려두고 있었던 소생 아이템은, 실존하긴 했으나 내가 원하
던 것은 아니었다. 그것을 손에 넣기 위해 나는 경험치에 굶

주린 어리석은 놈이라 조롱을 받고, 마지막에는 귀중한 우정마저도 잃고 말았다.

한동안 생각했으나, 나는 아침이 되면 이 플로어의 보스와 싸우러 가기로 결심했다. 만약 그놈에게 이기면 그 다음엔 발을 멈추지 않고 제50플로어의 보스와 싸울 것이다. 그 다음엔 제51플로어의 보스와 싸운다.

어리석은 광대에게 어울리는 말로는 이제 그것밖에 떠오르지 않았다. 한번 결심하고 나니 마음이 편해졌다. 나는 의자에 앉은 채 아무것도 보지 않고, 아무것도 생각하지 않고 아침을 기다렸다.

창문에서 밀려들어오는 달빛이 조금씩 위치를 바꿔가고, 마침내 엷어지더니 회색 서광이 이를 대신했다. 몇 시간 동안 잠을 안 잤는지 이젠 계산도 되지 않았으나, 최악의 밤 다음에 온 최후의 아침치고는 나쁘지 않은 것 같았다.

벽의 시계가 7시를 가리키고 의자에서 일어나려던 그 순간. 귀에 익은 알람소리가 내 귀에 울렸다.

방을 돌아봤지만 음원으로 여겨지는 것은 찾을 수 없었다. 겨우겨우 시야 한구석에 메인 윈도우를 열 것을 재촉하는 보라색 마커가 반짝인다는 것을 알아차리고, 나는 손가락을 휘둘렀다.

빛나고 있던 것은 아이템 윈도우 속의, 사치와 사용하던 공통 탭이었다. 그곳에 무언가 시한 기동형 아이템이 수납되어 있었던 것이다. 고개를 갸웃거리면서도 얼마 안 되는 일람을 스크롤해 발견한 것은, 타이머 기동형 메시지 녹음 크리스탈이었다.

나는 이를 꺼내들고 윈도우를 닫은 후 테이블 위에 놓았다.

깜빡이는 크리스탈을 클릭하자, 그리운 사치의 목소리가 들려왔다.

메리 크리스마스, 키리토.

네가 이걸 듣고 있을 때는 난 이미 죽었을 거야. 만약 살아 있다면 크리스마스 전날 이 크리스탈을 꺼내서 내가 직접 말할 생각이거든.

음……, 우선 내가 왜 이런 메시지를 녹음했는지 설명할게.

난 아마 그리 오래 살아남지 못할 것 같아. 물론 키리토를 포함한 검은 고양이단의 힘이 부족하다거나, 그런 생각을 한 건 아니야. 키리토는 굉장히 강하고, 다른 멤버들도 점점 강해져가는걸.

있지, 뭐라고 말해야 좋을까……. 얼마 전에 말이야, 오랫동안 친하게 지냈던 다른 길드의 친구가 죽었어. 나랑 똑같이 겁이 많아서, 완전 안전한 곳에서만 사냥하던 아이였는데, 그래도 운 나쁘게 혼자 있을 때 몬스터에게 습격을 당해 죽었대. 그래서 나도 많이 생각해서, 깨달았어. 이 세계에서 계속 살아남으려면, 아무리 주위의 동료들이 강해도 본인에게 살려는 의지가, 꼭 살아남겠다는 마음이 있어야 한다고.

난 있지, 사실대로 말하자면 처음 필드에 나갔을 때부터 계속 무서웠어. 시작도시에서 나가고 싶지 않았어. 검은 고양이단 친구들하곤 현실에서도 계속 친했고 함께 있는 건 즐겁지만, 그래도 사냥 나가는 건 싫었어. 그런 마음으로 싸우면 역시 언젠가는 죽게 되겠지. 그건 다른 사람 탓이 아니야. 내 본인의 문제야.

키리토는 그날 밤부터 줄곧, 매일 밤마다 내게 괜찮다고 말해줬지? 절대로 죽지 않을 거라고. 그래서 만약 내가 죽으면 키리토는 분명 자기를 굉장히 책망할 거야. 자기를 용서하지 않을 거야. 그래서 이걸 녹음하기로 했어. 키리토 때문이 아니라고. 잘못은 나한테 있다고. 그렇게 말하고 싶었거든. 타이머를 다음 크리스마스로 했던 건, 하다못해 그때까지는 열심히 살아가고 싶다고 생각해서야. 너랑 같이 눈 오는 마을을 걸어보고 싶었어.

있지……, 나, 사실은 키리토가 얼마나 강한지 알아. 키리토의 침대에서 눈을 떴을 때, 네가 열었던 윈도우를 뒤에서 엿봤거든.

키리토가 진짜 레벨을 감추고 우리랑 함께 싸워줬던 이유는, 열심히 생각해봤지만 잘 모르겠어. 그래도 언젠가 직접 이야기해줄 거라 생각하고, 다른 친구들에게는 말하지 않기로 했어. ……나, 네가 굉장히 강하단 걸 알고 기뻤어. 그걸 안 뒤로, 네 곁에 있으면 무서워하지 않고 잠들 수 있었어. 그리고 어쩌면, 나랑 같이 있는 게 네게도 필요할지 모른다는 생각이 들어서 그것도 굉장히 기뻤어. 그렇다면 나처럼 겁쟁이가 억지로 위쪽 플로어에 올라온 것도 의미가 있겠지?

음……음, 내가 하고 싶은 말은 있지, 만약 내가 죽더라도 키리토는 열심히 살아달라는 거야. 살아서, 이 세계의 마지막을 지켜보고, 이 세계가 태어난 의미, 나처럼 약한 사람들이 이곳에 온 의미, 그리고 너와 내가 만난 의미를 찾아줬으면 해. 그게 내 소원이야.

　어……, 시간이 굉장히 많이 남았네. 이거 녹음시간 되게 길다. 음, 그럼 기왕 크리스마스니까 노래 부를게. 나, 노래는 꽤 잘해. 《루돌프 사슴 코》부를게. 사실은 윈터 원더랜드나 화이트 크리스마스처럼 멋있는 걸로 부르고 싶지만 가사가 기억나는 게 그것밖에 없어.
　왜 《루돌프 사슴 코》만 기억하냐면, 얼마 전 밤에 키리토가 이런 말을 해서 그래. 어떤 사람이건 분명 남에게 도움이 될 수 있다고, 나 같은 사람도 이곳에 있는 의미가 있다고 말이야. 그걸 들었을 때 나, 굉장히 기뻐서, 그래서 이 노래가 생각났어. 나는 사슴이고 넌 산타 할아버지 같다, 하고. ……사실대로 말하자면 아빠 같다고 생각했어. 우리 아빠, 내가 어렸을 때 집을 나갔거든. 그래서 아빠란 게 이런 느낌이 아닐까, 하고 네 곁에서 자면서 매일 밤 생각했어. 음, 그럼 부를게.

루돌프 사슴 코는 매우 반짝이는 코
만일 네가 봤다면 불붙는다 했겠지.

다른 모든 사슴들 놀려대며 웃었네.
가엾은 저 루돌프 외톨이가 되었네.

안개 낀 성탄절 날 산타 말하길
루돌프 코가 밝으니 썰매를 끌어주렴.

그 후로 사슴들은 그를 매우 사랑했네.
루돌프 사슴 코는 길이길이 기억되리.

……내게 너는 어두운 길 저 멀리서 언제나 나를 비춰주는
별 같은 존재였어. 그럼 안녕, 키리토. 널 만나서, 그리고 함
께해서 정말 행복했어.

고마워.

안녕.

(끝)

후기

　오랜만입니다, 혹은 처음 뵙겠습니다, 카와하라 레키입니다. 『소드 아트 온라인 2 아인크라드』를 읽어주셔서 고맙습니다.

　제1권이 출판된 후, "이 엔딩을 가지고 어떻게 이어 붙이려고?" 하는 말을 정말로 많이 들었습니다. 하기야 게임은 클리어됐지, 아인크라드는 박살났지. 제가 읽어봐도 이어볼 수 있는 요소가 제로였으니까요.

　그리고 문제의 속편이 바로 이 책입니다만, 죄송합니다, 시간을 거슬러 올라갔네요. 게다가 서브스토리 모음집이랍니다. 정말로 죄송합니다…….

　저는 과거에 여러 가지 온라인 게임을 해봤지만 그중에서 무엇 하나 톱 그룹의 대열에 낀 적은 없었습니다. 강력한 레어 장비와 스탯으로 몬스터를 서걱서걱 썰어대는 분들을 "우와~, 짱~." 하고 손가락을 빨면서 바라보던 나날만을 보내왔죠. (^^;)

　그런 까닭에 1권의 주인공인 키리토나 아스나 같은 《공략파》=톱 플레이어들만이 아니라 평범한 중층 플레이어들에 대해서도 써보고 싶다는 마음이 강했습니다. 이번 2권에 담긴 네 가지 이야기는 그러한 내용으로 되어 있습니다. 모두

기본적으로는 키본좌께서 등장하셔서 대활약하는 구성이지만, 그를 "우와~, 짱~." 하고 바라보는 시리카나 리즈벳의 심정이 바로 MMORPG 플레이어로서 제가 오랫동안 느꼈던 것이랍니다. 정말로 한 번쯤은 서버에서 세 개밖에 없는 그런 무기를 남들에게 자랑해보고 싶어요.

그리고 또 한 가지 사죄의 말씀을. 이 책의 네 에피소드에 등장하는 헤로인은 모두 다른 여성 플레이어들이지만, 그 상대역은 아까 말씀드렸다시피 오로지 키본좌뿐입니다. 이 점에 대해선 변명할 여지도 없습니다만, 구차하게 변명을 하자면 미스터리 시리즈에서 《범인과 피해자는 항상 변하지만 탐정은 늘 같은 사람》이라는 것과 같다고 생각해주신다면⋯⋯, 넵, 무리겠군요. 죄송합니다, 죄송합니다.

마지막으로, 잇달아 튀어나오는 여자아이들을 개성적으로 귀엽게 그려주신 일러스트 abec씨, 또한 복잡기괴한 게임 시스템 설정에도 좌절하지 않고 수많은 아이디어를 제공해주신 담당 미키 씨, 이번에도 정말로 많은 도움을 받았습니다.
그리고 여기까지 읽어주신 여러분께도, 감사의 말씀을 드립니다.

2009년 5월 26일 카와하라 레키

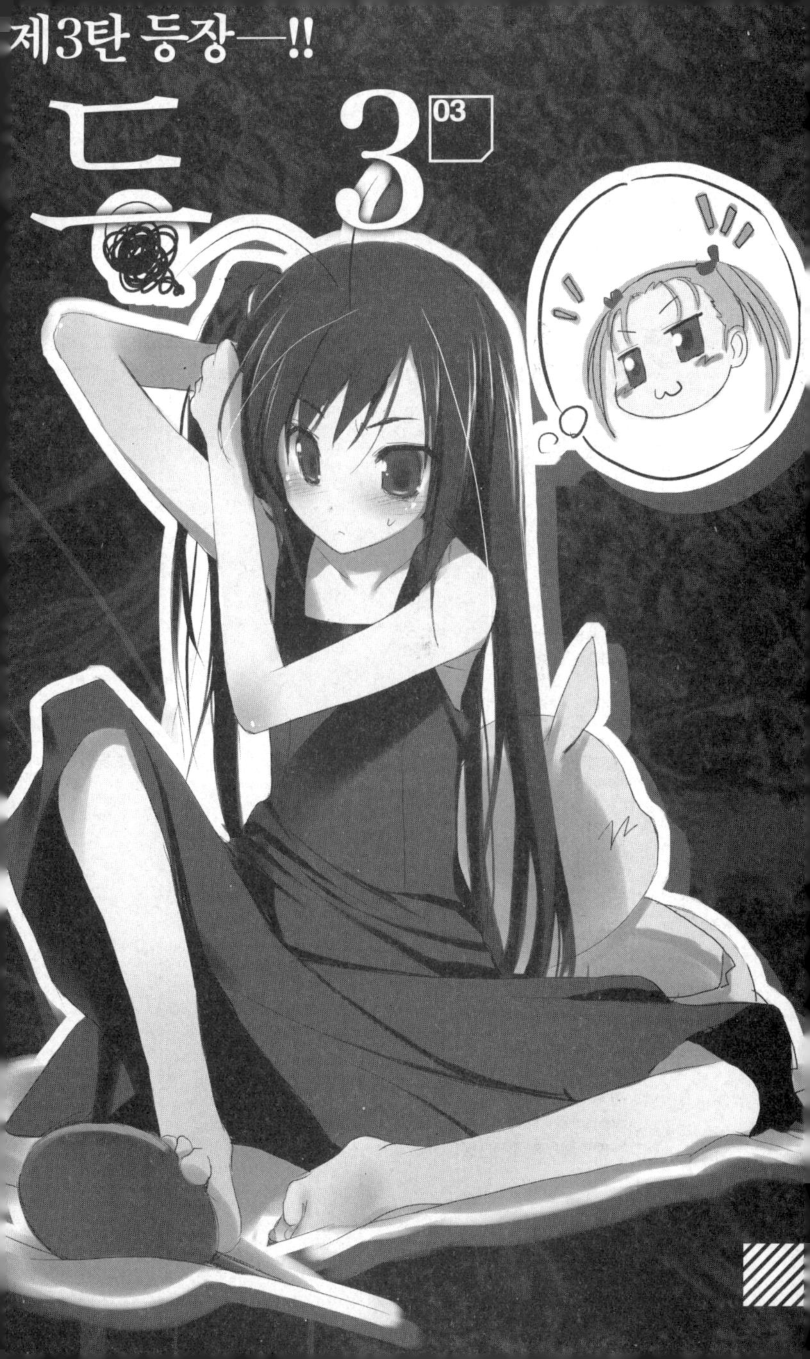

제3탄 등장—!!
3
03

SWORD ART ONLINE_소드 아트 온라인 2
〈아인크라드〉

2010년 4월 10일 제1판 제1쇄 발행
2015년 12월 10일 제2판 제24쇄 발행

지음 | 카와하라 레키
일러스트 | abec
옮김 | 김완

발행인 | 이정식
편집인 | 최원영
편집팀장 | 조병권
편집담당 | 김진아
일본어판 오리지널 디자인 | BEE-PEE
한국어판 디자인 | Design Plus
라이츠사업팀 | 조병권, 손지연, 변혜경, 박선희
출판영업팀 | 안영배, 한성봉
제작담당 | 박석주

발행처 | (주)서울문화사
등록일 | 1988년 2월 16일
등록번호 | 2-484
주소 | 서울특별시 용산구 새창로 221-19
전화 | (02)799-9181(편집), (02)791-0757(마케팅)
인쇄처 | 코리아 피앤피

ISBN 978-89-263-3068-5
ISBN 978-89-263-1086-1 (세트)

[SWORD ART ONLINE]
ⓒREKI KAWAHARA 2009
Edited by ASCII MEDIA WORKS
First published in 2009 by KADOKAWA CORPORATION, Tokyo.
Korean translation rights arranged with KADOKAWA CORPORATION, Tokyo, through KCC.

미즈타마 패닉

1

서민파 학생 미즈타마 시로가 '반짝임'이 있는 미소녀들이 사는 여자기숙사의 '가정부'로?!

옛날옛적에 이 세상에 있었다는 마법. 지금은 잃어버렸지만…… 그렇게 생각했지만, 마치 마법을 '몸에 두른' 것처럼 반짝이는 사람들도 있다─. 미즈타마 시로. 13살. 중2. 트레이닝복과 머릿수건이 표준장비인 일반인. 아르바이트비에 낚여서 시작한 유서 깊은 '초' 명문학교의 여자기숙사 '가정부'인데……. 그 기숙사에는 특별한 '반짝임'이 있는 미소녀 네 명이 살고 있었다. 개성적인 그녀들과의 생활이 물론 평온할 리는 없고. 게다가 그 여자기숙사에는 비밀이 있는데……?!

**『사신의 발라드』의
하세가와 케이스케×나나쿠사가 보내드리는
신비하고 따뜻한 이야기☆**

하세가와 케이스케 지음 | 나나쿠사 일러스트 | 송덕영 옮김

©K-Ske Hasegawa / ASCII MEDIA WORKS
Illustration / NANAKUSA

절찬 판매중!

NOVEL

오토×마호
5

새로운 마법소녀의 등장과 함께
드디어 새로운 이야기에 돌입!

Illustration: Yasu @2008 Shu Shirase / Softbank Creative Corp.

**집에 돌아온
카나타를 맞이한 것은
옷을 풀어헤치고 잠이 든
코나타의 모습!**

도심의 부티크. 시라히메 카나타는 어째서인지 '모델'이 되어 있었
다. 한편, 루마나 요리도 어떤 목적을 이루기 위해 도심으로 향하는데
──?

**갈색의 피부 & 은색 머리카락을 가진
신 캐릭터(?)에 더해,
새로운 마법소녀도 등장하는 새로운 이야기로 돌입!**

시라세 슈 지음 | **야스** 지음 | **곽형준** 옮김

절찬 판매중!